新潮文庫

硫黄島に死す

城山三郎著

新潮社版

3226

目次

硫黄島に死す

硫黄島《いおうじま》に死す

一

昭和十九年七月――。

横浜港は、見るかげもない港、いや、見たこともない港に変わり果てていた。桟橋は迷彩にくすみ、芝生の緑は剝《は》ぎとられ、夏というのに波止場を行く人の姿は暗く乏しい。にぶく静まった港内には、もちろん外国船のかげ一つなく、N・Y・K、O・S・Kなどの巨船の姿もない。

硫黄島《いおうじま》行きに組んだ船団を除けば、灰黒色に塗られた戦標船《せんびょうせん》が数えるばかり。それに、機帆船が吹きためられたように鶴見《つるみ》寄りに集まっている。

港口近くに、掃海艇と駆潜艇が一隻《せき》ずつ。閑散としていた。思ってもみない港の広さである。藁屑《わらくず》と代用革らしい靴の裏底が、あるともない波に漂っている。海の広さをたのしむように、気ままに行きつ戻りつする。

歓声や楽隊の音が水面を蔽《おお》い、紙旗のちぎれ、テープのはしなどが、にぎにぎしく海を染めた日のあることなど知る気配もない。そして、どちらが港のほんとうの姿であったろうか。

西《にし》には、にぎやかな海のほうがなじみ深かった。ロサンゼルスへ出発の日、栄光に包まれて帰国の日。敗れたとはいえ、ベルリンへの往《ゆ》き帰りも、港は歓迎のランチや小舟、それに水と岸とのけじめもつかぬほどの日の丸の小旗に埋まったものだ。

ひとりになっても、西は海をさわがせた。アメリカから大金を払って購入したモーターボートの「ウラヌス二世」を駆り、波の上に波を立て、深夜の東京湾を縦横に引っ裂いて、海を眠らせなかったこともあった。

真夏の太陽の下で、汐《しお》の香だけは几帳面《きちょうめん》に立てながらも、いま海は深々と眠りつづけていた。海の上に、また海近くに人間の居ることも、その人間たちが血なまぐさく殺戮《さつりく》し合っていることも、すっかり忘れてしまったように。船団を眠らせ、駆潜艇を眠らせて、自らも、とろりんとした表情で眠っている。

眠りは、いつか死へ通じるかも知れぬ。この眠りの海へ船出して行くことは、二度と帰れぬことを意味している。たとえそうだとしても、いま西は、その海の静けさをしみじみと惜しみたい気持ちであった。

北満から硫黄島へ。

兵士たちは、もちろん、その行く先を知らない。「フィリピン」とか「千島」とか

「父島」とか、長い暗い船旅の中でさまざまの地名が話題に上った。その中でも「硫黄島」は予想されるかぎりでの最悪の地名であった。臆測《おくそく》の中に「硫黄島」の名をあげることを、兵士たちは縁起でもかつぐように忌《い》みきらった。

六百人の将兵を運んできた輸送船の中は、空の倉庫のようにひっそりしていた。将兵の大半は上陸している。

横浜にはいると、西はすぐ部下に家族を呼び寄せさせた。十日間の碇泊《ていはく》期間を心おきなく過ごさせるつもりであった。鶴見の寺を宿舎に借り、家族との面会所にも当てておいた。西自身は、最後の二日間を割いて、東京に出て妻子との別れをすませた。

戦車第二十六連隊長、騎兵中佐――四十三歳。同期の中で、昇進の早いほうではない。

そして、いま、同期中、いや騎兵科出身のすべての将校中、最も苛酷《かこく》な運命を引き当てて、硫黄島へ進発して行く。

いや、騎兵将校は西だけではない。もう一人、騎兵科出身の大先輩が――。最高指揮官栗林忠道《くりばやしただみち》中将は、その気魄《きはく》・識見・指揮能力すべて騎兵将校の鑑《かがみ》とされていた。馬政局長時代、「くにを出てから幾月ぞ……」の愛馬進軍歌をつくらせて、軍馬への国民的な関心をたかめさせた人でもある。だが、硫黄島には、馬一匹居ない。全く騎兵を必要としない戦場である。

騎兵の機動力は、すでに戦車のそれにとって代わられている。騎兵連隊は、ことごとく戦車連隊に衣更《ころもが》えした。馬上豊かに疾駆した身が、「機動力」という言葉のいたずらで、油と騒音の密室の中に閉じこめられることになった。だが、その戦車にしても、微々たる火山島の中で、どれだけの機動力を発揮できるというのか。

すでに結論は見えてはいたが、だからといって、西は女々しい感傷には落ちこまなかった。力の限り闘ってみるまでである。部下に動揺を与えてはならない。

それに、硫黄島は帝都守護の最後の防砦《ぼうさい》である。軍人として選ばれてその戦場に赴くことは、光栄以外の何ものでもないはず。

オリンピックのときとはちがい、歓声ひとつない光栄への道。無気味な沈黙と、そして永遠の沈黙との間の懸橋《かけはし》でしかない光栄への道——。

二

「部隊長殿、何を考えておられるのでありますか」

鉄梯子《てつばしご》に高い靴音を立てながら、連隊本部付の見習士官大久保が船橋に上がってきた。士官学校を出たばかり。西の連隊にはいってからも、まだ日は浅い。

短軀《たんく》。角ばった顔に太い眉《まゆ》。きっすいの戦車将校といった感じで、自信にあふれ、物怯《ものお》じしない。

（かつては歩兵が軍の根幹でした。だが、いまは戦車こそ近代戦力の根幹です）

と、赴任の夜の挨拶《あいさつ》にも、胸を張って言った。騎兵上がりの老兵たちに、あわれむような眼の色さえ見せながら。西はゆっくり、

「何も考えてはいない。それより、家族との面会は」

「終わりました」

「終わった？　まだ時間があるじゃないか」

「いつまで会ってても同じことです」

「許婚《いいなずけ》の人も来たのかね」

「いえ……。呼びません」

「どうしてだね。婚約を解消すると言っていたのに」

「両親から伝えてもらうことにしました」

「しかし、時間はあるんだ。当人とじっくり話し合ってやればよかった」

「だめです。女のほうに未練が出るばかりです」

「なるほど。……だが、仮に未練を残すにしても、人間の情として会わずにはおられ

ぬものだが」

「それなら部隊長殿は……」

「妻子には会って来た」

「ほんの短時間じゃありませんか」

「それでいいんだ。おれはもう牡丹江《ぼたんこう》に居たとき、家族と別れを尽くした。それに結婚生活だって十何年になる」

大久保見習士官は、海面に眼を落とした。藁屑《わらくず》がいつの間にか消えている。

「しかし、いま、部隊長殿は……」

「家族のことを思っていたわけじゃない」

「すると、オリンピックのことでも……。自分はまだ子どもでしたが、新聞の写真でおぼえています。父親に横浜へ連れて行けとせがんだものだそうです」

「………」

「優勝なさったときのことは、一生、忘れられぬものでしょうね」

答えぬ西に、見習士官は長靴《ちょうか》の先で船橋の床板を蹴《け》り、

「あのときの馬はどうなりました。たしかウラヌスと言いましたね。象のように大きな馬だとか」

「まさか……。いまは世田谷の獣医学校に功労馬として飼われている。二十五歳。もうすっかりおじいさんだ。昨日、会ってきた」

「すると、二日間のうちに、馬にまで会いに行かれたのですか」

見習士官は、いかにも心外だという顔をした。

西は、懐《なつか》しそうにすり寄るウラヌス（天王星の意）の暗い栗色《くりいろ》のたてがみを切って、懐中に納めてきた。そのことには触れないで、

「昔の馬なんかに会いに行ったおれを、感傷的だと思うだろう。だが、感傷だけじゃないんだ」

ウラヌスへの懐しさも、もちろんあった。だが、それだけではない。

西は、自分の歩いてきた生涯の底に、彼なりに一筋、銀の糸のように張りつめて光っているものを感じる。それは、未《いま》だに西の頭を丸刈りにさせないものと照応している。誤解も誇張も多い人生であったが、自分以外に生き切れない人生を、西は生きてきた。その心のはりを、ウラヌスの上にたしかめてきた。

ウラヌスもすっかり老いた。

体高五尺七寸五分、補助者がなければ乗れなかったばかでかい体も、一回り小さくなり、腰骨の張りが眼についた。

飼養も運動も十分でないことが、一目でわかった。騎兵の消滅にともない火の消えたような獣医学校の病馬厩舎《きゅうしゃ》のはずれで、彼はいわば飼い殺しの運命にあった。殺されぬことだけが、功労馬の身上ででもあるかのように。

もともと前進力の強いアングロ・ノルマン系の重量馬。父系にサラブレッドの駿馬《しゅんめ》の血がまじり、腰には発達した筋肉が大きな瘤《こぶ》のように盛り上がっていた。跳躍力も無類に強かったが、悍《かん》も強かった。騎坐《きざ》の弱い者は容赦なく投げ飛ばした。このため、名馬でありながら転々と人手に渡っていた。

フランスの博労《ばくろう》の手からスペインの旧貴族へ。スペイン人も手こずって、イタリアの騎兵連隊副官に。副官も乗りこなせなくて、売りに出した。

たまたまオリンピックを前に、陸軍では軍馬補充部の武官をヨーロッパに派遣して名馬を探し求めていた。前回のアムステルダム・オリンピックに国産馬に固執したため、最下位という苦杯をなめ、日本は小馬《ポニィ》に乗って出場したと笑われたりしたためでもある。

オリンピックには負けられぬと、奮起一番、各宮家も馬好きの富豪も、資金を醵出《きょしゅつ》した。数頭の駿馬が買付け候補に上がり、ウラヌスの名もその中に加わった。だが、あまりの癖の強さに、武官は二の足を踏んだ。

馬術監督遊佐《ゆさ》幸平《こうへい》からその話を聞くと、西はすぐ休暇願いを出し、ヨーロッパに向かった。だれにも乗りこなせぬということが、西の心をそそった。

（そういう馬なら、ぜひ自分の金で買わせてください）

二万円近い金をはたいた。

買っての帰り、ミラノ、リュッセルン、アーヘンなど、ヨーロッパ各地での競技に出てみた。まずまずの成績であった。

だが、オリンピックには、スウェーデンのフランケー中尉《ちゅうい》のウルフェ号、米国チェンバレン少佐のショーガール号など名馬中の名馬ぞろいで、ウラヌスの名は冴《さ》えなかった。悍威《かんい》の強いことだけが評判で、西はあえて練習にも用いなかった。

日本チームの持ち馬では、今村安《いまむらやすし》少佐のソンネボーイ号のほうが有名であった。英国産ハンター種の栗毛《くりげ》で、すでにトリノの国際競技で一等賞を得ていた。

昭和七年八月十四日。閉会式直前の午後二時半、十万五千人の大観衆を集めたメイン・スタジアムで大障碍飛越《だいしょうがいひえつ》競技が行なわれた。

墨国《メキシコ》　ボカネグラ大尉―第八障碍で三回拒止、失格
米国　ウォファード中尉―第十一障碍で三回拒止、失格
第三番目に日本の今村少佐が、ソンネボーイ号に乗って出た。だが、第五障碍の横

木を腹に当ててからソンネボーイの気力失《う》せ、第十障碍で三回拒止、落馬、失格
瑞典《スウェーデン》　ローゼン中尉―喝采《かっさい》の中《うち》に全コース突破、四個の障碍を落とす（減点十六点）
墨国　メジャ少佐―第二障碍で三回拒止、失格
米国　ブラッドフォード大尉―全コース突破、ただし六個の障碍を落とす（減点二十四点。減点は、拒止三点、三回拒止で失格。障碍を落としたり水濠《すいごう》に落ちれば四点と、一般観衆にも計算できた）
日本　吉田少佐―負傷（出場中止）
瑞典　フランケー中尉（ウルフェ号）―第十障碍で三回拒止、失格
墨国　オルチッツ大尉―第八障碍で三回拒止、失格
十番目にショーガール号にのって、チェンバレン少佐が登場した。
うわさされた本命だけのことはあった。ショーガール号は、一度も拒止することなく、障碍を飛び越え続けた。第五障碍を落とし、第六と第十三障碍の水濠に肢《あし》を踏み入れただけ。減点わずかに十二点。
大観衆は息をのみ、ついで拍手と歓声が狂ったようにスタジアムを埋めた。優勝はきまったかに見えた。

その昂奮《こうふん》のさめ切らぬ中を、西とウラヌスはうなりを立てんばかりに飛びつづけた。横木の上で、ウラヌスはその大きな後軀《こうく》をひねり、ただ一つの障碍も落とさない。第六障碍の水濠でわずかに後肢をつけ、第十障碍の前で一度だけ停止した。四秒の遅着分の減点一点を合わせても、減点数八点——。

功労馬ウラヌスは、西を認めると、蹄《ひづめ》で床をたたき、光沢のない鼻面《はなづら》を寄せてきた。尻尾《しっぽ》の動かないことだけが、変わらなかった。神経でも切れているのか、ウラヌスは以前から尻尾を振れなかった。

肋《あばら》の透いて見える胴から尾部にかけて、ハエがびっしりついていた。無駄とは知りながらも、西は竹箒《たけぼうき》をさがして、そのハエを追い散らした。箒を戻すと、黒い粒はまた見る間にウラヌスの肌にはりついて行った。ハエはたかをくっていた——。

三

「優勝したとき、部隊長殿は『わたし』じゃなく、『われわれ』が勝ったと仰言《おっしゃ》ったそうですね」

「そう。ウィ・ウォンと」

「え?」

「英語だよ。We won. だ」

「なるほど、アメリカですからねえ」

見習士官は、ちょっとしらけた顔になった。

『われわれ』が、日本選手団をさすのか、それとも日本国民をさすのか、いや、西とウラヌスだけのことをさすのか、西としては、ことさら意識して言った言葉ではなかった。意識しないうちに、その言葉が口から走った。そういう雰囲気であった。

「オリンピックはやはり勝たなくちゃいけませんね」

「そう、勝たなくちゃ」

西は、何の気もなく言った。ベルリン・オリンピックでの惨敗《ざんぱい》を、見習士官は暗に皮肉るつもりであったのかも知れない。

「戦争と同じですね」

見習士官は重ねて言った。

「うん」

西は、舷側《げんそく》にもたれたまま短く答えた。

(勝たなくては) わかりきったことだ。

バクチ好き、勝負ごと好きの西には、肌でわかっている。大きな勝負をいつもはってきたのも、ただ奔放に育てられたためではない。勝とうという意志があるためだ。「根性がある」と言われ、「負けぬ気の西」と言われた。

本番になると、自分でもおかしいくらい力がみなぎった。それを勝負師根性というのだろうか。勝負師とは何なのか。

西は、十一歳のとき死別した父徳二郎の血を考える。そのとき父はすでに六十六歳。年齢では、祖父と孫ほどのへだたりがあった。

旧鹿児島藩士。幕軍を東北の野に討ってから、明治三年二十四歳でロシアに留学。以後、外交官として三十年に及ぶ海外生活を続けた。波瀾《はらん》の多い明治の歴史を、その体に刻んで生きてきた父であった。

ロシア皇太子が大津で遭難したときには、ロシア公使として諒解《りょうかい》工作。日清《にっしん》戦争に当たっては、ロシアの介入防止。三国干渉・条約改正と、ロシアにあっての外交は戦いの連続であった。外務大臣となり、退任後さらに特命公使として北京《ペキン》で義和団事件に遭遇した。西竹一《たけいち》が生まれたのは、そうした激動の直後、明治三十五年日英同盟成立の年であった。

血の気の多い父でもあった。公務の余暇を割いて早くから中央アジアに探検旅行に出かけ、印度洋《インドよう》では坐礁《ざしょう》の憂目《うきめ》にあい、マラリヤにも侵された。そして、いつも耐え、いつも勝って行った。

（勝たなくては――）

ロサンゼルスに着いたとき、日本の馬術選手団の心意気はまさにそうであった。他種目とはちがい、一人の予備役をのぞいて、監督以下すべて現役の騎兵将校ばかり。それだけに緊張感もひとしおであった。

上海《シャンハイ》事変・満州事変と武力による中国進出を続け、国際外交における日本の信用は底をついていた。アメリカ国民の対日感情も、急激に悪化している折りであった。経済的にも社会的にもまだ下積みの階層である日系移民たちは、いたるところで白眼にさらされていた。「ジャップ！」とさげすまれ、トマトや生卵を投げつけられた。日系移民の中心ロサンゼルスは、その意味で世界一排日気分の強いところと言われた。そこでのオリンピック――。

（移民のためにも奮闘しなくては――）

送り出す軍部の当事者は、敵前上陸にも似た意気ごみであった。

馬術選手団には、前回最下位という実績があるだけで、勝てるという目算はなかった。勝てない。だが、勝たなくては。

ジャップのあしらいは、散々であった。ホテルでもレストランでも、「ジャップ？

ノウ!」と、ドアを閉められた。

馬術監督の遊佐大佐は、全員に軍刀を吊《つ》らせた。ロサンゼルス最高級のホテルであるアンバサダー・ホテルに行って夕食をとらせ、豪華なナイト・クラブへも臆《おく》せず乗りこんだ。選手の気分をひき立て、ふるい立たせることにけんめいであった。

選手村へは、二世の子どもたちが、トラックに乗って入れ代わり立ち代わり激励に来た。

郊外の移民部落へ招かれたこともあった。

(日本にはフジ山というきれいな山があり、サクラというさぎよい花が咲くと聞いています。どうか、おじさんたち、フジ山やサクラに負けぬようにりっぱに戦って、ぼくたちのために優勝してください……)

少しアクセントのずれた日本語ながら、子どもが声をはり上げて激励文を読む。感激して、遊佐大佐などは涙を流したりした。

帰りには、他にあげるものがないからと、大きなメロンや野菜を、自動車の座席いっぱいに積みこんでくれる。勝たねばならなかった。

夫人同伴で気ままにロス内外を遊び回っている各国選手団にくらべ、日本だけがそうした緊張の連続であった。まさしく戦争である。勝たねばならぬ。

（勝たなくては——）そう、勝つためには、西にとって大いに遊ぶことも必要であった。大いに遊ぶことと勝つこととは同義語である。

五尺八寸の長身。黒い生き生きした眼、大きな耳、陽灼《ひや》けした三十一歳の顔は、独身と見まがわれた。最も貴族的なスポーツである馬術の選手。六万円の私費を残さず使い切る気っぷのよさ。そして貴族、それも親しみやすい男爵《だんしゃく》。

（侯爵《マルキ》や伯爵《コンテ》もいるのに、なぜ男爵《バロン》ばかりがもてるんだろう）

と、仲間は首をかしげた。

競技前から、「男爵《バロン》・西《ニシ》」は、社交界でもてはやされ、ハリウッドの女優たちにひっぱりだこになった。「排日」の風は、男爵《バロン》に関する限りそよとも吹かず、新橋・柳《やなぎ》橋《ばし》でもてるのと少しも変わりなかった。もっとはでやかで、騒々しかった。

遊佐大佐は、手綱をしめた。選手村宿舎の二階に西たちを押し上げ、自分は階下に陣どって文字通り監督に当たった。

ある夜ふけ、西は靴をぬいで手に下げ、足音をしのばせて階段にかかったところ、靴が滑り落ち、階段をころげて行った。

（しまった！）西は思わず叫んだ。つぎの瞬間、階下から遊佐大佐の声がきこえた。怒声ではなく、腹をゆすぶって笑う声であった。

ロサンゼルスから西は夫人の武子に当てて、たった一回、葉書を書いた。

（おれはもてるよ。アバよ）

ただ、それだけであった――。

「見習士官殿！」

後甲板から伝令兵が呼んだ。

「それでは……」

見習士官は西の顔を見た。西は眼も上げなかった。

見習士官は、大げさに踵《かかと》を合わせて敬礼すると、

「なにかア」どなりながら、鉄梯子《てつばしご》を下りて行った。

四

寄港して十日目の午後、輸送船団は横浜港を解纜《かいらん》した。見送る人もない死への旅立ちであった。一隻《せき》また一隻。錨《いかり》を巻き、黒煙を未練げになびかせながら、船足重く港口を出る。

突堤の先には、ひとかたまりになって鷗《かもめ》の群れが浮いていた。真夏の午後というのに、風は冷たく、断続的に汐《しお》がにおった。

西は上甲板の通風筒近くで、軍刀を杖《つえ》に遠ざかって行く房総の岸を眺めた。船橋《ふなばし》はどこか。そして、習志野《ならしの》は。

西はスピードを愛した。自分もろとも爆発しそうなはげしいものを、スピードにたたきこんだ。士官候補生時代からロードスターのオートバイを乗り回した。ロサンゼルスから帰ると、モーターボート「ウラヌス二世号」で、水の上でも暴れ回った。

自動車も、なみのものでは満足できなかった。格も柄も人に負けぬものをと思った。ロールスロイスを買い、さらに当時日本には一台しかない十二気筒のパッカードを買った。エンジンの前正面と、側面につけた予備タイヤは金色に塗り立て、どこでも人目についた。ガソリンを垂れ流して走るような感じの金を食う車であった。

船橋で検問にひっかかったのは、そのパッカードに妻の武子を乗せ、深更二時過ぎに走らせているときであった。

車は運転手に任せ、泥酔した西は武子に頭をあずけるようにして眠っていた。車のとまったのにも気づかなかった。警官の声も夢うつつであった。だが、

(その女は何者だ)という声を耳にしたとき、西は飛び起きた。

(何者だとは何だ)

(きさまこそ何だ)

西は背広姿で頭髪を分けていた。軍人と名のってもとり合ってくれない。(夜中の二時に軍人がそんな派手な格好で、女を連れて車に乗るか。降りろ)西の態度に警官は激昂《げっこう》し、それがまた西の怒りをそそった。

(来い!)

警官が腕をつかむ。その腕を引き戻すと、警官は簡単に路上にころんだ。

(こいつ)

警官は呼子《よびこ》を吹いた。派出所からはさらに二人の警官が走り出てきた。寄ってたかって西になぐりかかる。西も負けてはいなかった。

どう止めようもなかった。武子は運転手をつついて警察の本署へ車を走らせた。

警部に会い事情を話しているところへ、大格闘でふらふらになった四人が現われた。憲兵が呼ばれ、男爵《だんしゃく》西中尉《ちゅうい》の身許《みもと》がわかった。地方の警察ではうかつに相手のできぬ男であった。

警部は警官側の落ち度を認め、そこで皆で呑《の》み直して別れた——。

西は、ふと自分の足もとに眼をやった。

洗いさらされた甲板に落ちる自分の短い影が、ひどく鮮明であった。しぶきが吹き上げ、床板に淡く水滴がにじんで消える。

習志野はどのあたりか。

騎兵連隊・騎兵学校と合わせて通算十年近くを、西はそこで送った。

かつて騎兵士官の育つのは、毎年わずかに二十人。選ばれ抜いた者同士だけに、その仲も親密であった。全騎兵士官を一丸として騎兵会をつくり、騎兵学校の卒業式を記念し、年に一度は集会を持った。

長靴に拍車をつけ、馬上颯爽《さっそう》と指揮をとる騎兵士官は、たしかに諸兵科の花形である。士官たちは、ひとりでに、ある程度、伊達者《だてしゃ》にならざるを得なかった。

（一、服　二、顔　三、馬術）という言葉がある。

騎兵士官たるもの、まず容姿に気を配れというわけである。

服とは体形を言い、顔とは顔ににじみ出る知性を言う。りこうな馬を乗りこなすためには、りっぱな人間としての肉体と識見が要る。

（一、服　二、顔）とは、そういう意味だと説く気むずかしい先輩もあったが、まず大勢はその言葉を額面通りに受けとった。習志野出入りの軍服商人は、一人一人の士官に合わせての服地の選定から型の修整などで、銀座あたりにひけをとらぬ商いをした。

西は、その大勢の先頭であった。演習から帰る日には、軍服商人を必ず待たせていた。

十一歳で父を、十三歳で母を亡《な》くし、少年の日襲爵した西にとっては、伯父の後見はあったものの、人生は奔放にして柵《さく》のない馬場であった。酒はそれほど強くはないが、泥酔してよく前後不覚に陥った。その面からも、洋服屋のよきパトロンにならざるを得なかった。

秩父丸《ちちぶまる》の一等サロンでは、ソファを投げとばして、七百円の損害賠償をとられた。けんかの相手には、人を選ばなかった。三菱財閥の岩崎彦弥太《いわさきひこやた》ら三兄弟は、馬好きの富豪として有名であったが、その馬を貸す貸さないの言い合いから、西は取っ組み合いのけんかをした。彦弥太外遊の直前、西が主催しての送別会の席上であった。彦弥太が西の足指に食いついて、ようやく、けんかは収まった。

そうした西の生き方に顔をしかめる騎兵仲間も少なくなかった。

(きざで、わがままで、派手で……)

と、西はきめつけられ、騎兵監から退職の勧告が出そうにもなった。西は騎兵監である中将にもけんかを売り、列車の中でその鼻をひねり上げたりしたためである。

西の行動は、オリンピックの勝利に結びつけられ、それゆえの増上慢《ぞうじょうまん》とみなされた。それだから辛抱してやるという姿勢である。

人は奔放な天性をにくむよりも、勝ったがための増上慢をよりにくみたいものらしかった。

だが、だれがその増上慢なるものを仕立て上げたのか。

ロサンゼルスのスタジアムからはじまって、帰国の船中―横浜港―東京駅。さらに皇居前での祝賀パレード。

麻布《あざぶ》の邸《やしき》に帰れば、道を埋め庭を埋めての提灯《ちょうちん》行列。邸の中には、盃《さかずき》をかかげた祝賀客が溢《あふ》れて翌朝まで去らず、帰国第一夜は一睡もできなかった。妻と語らう時間さえなかった。

派手好きとはいえ、すべて西がきめたことではなかった。

（勝たなければ――）そして、勝ったがために、それが押し寄せてきた。西はその狂《きょう》濤《とう》のために足をさらわれた。

同じ優勝選手にしても、（水泳は？　三段跳の南部《なんぶ》は？）という比較論が出る。優勝騒ぎが終わったとき、彼らはまた昔の地味な市民の生活に戻ったではないかと。

西もまた昔の生活に戻った。昔の生活とは、いつも爆発しそうな派手な生活である。

そこまでボルテイジを上げなければ自壊してしまいそうな生活のことである。ウラヌス二世号もパッカードも、西の昔の生活の延長線上にあった。決して優勝のためばかりではなかった。

だが、人はそれを（勝ったがために）のせいにし、（勝ったためよけいに）と見る。勝手である。気のすむように勝手に見るがよい。

西は弁解がきらいであった。天性の道を驀走《ばくそう》するほかはなかった。

勝ったがために向けられてくる憎悪《ぞうお》は、いつか負けた日の後には、容赦なく酷薄なものになって襲いかかってくるはずである。西には、自分を待ち受けている奈落《ならく》の深さが予想できた。そして、それはまさに予想通りにやって来たのだ――。

船は白い泡の帯を両舷《りょうげん》いっぱいに投げながら走って行く。ビールの泡そっくりの白い泡。

習志野時代には、毎朝騎乗から帰ってくると、白い泡を口をとがらせて吹きとばし、一息でビールをあけたものだ。

懐《なつか》しい習志野。だが、西はもう数年、習志野に行っていない。そこではすでに昭和十四、五年ごろから装甲自動車隊ができていた。

西が北海道釧路《くしろ》の軍馬補充部に送られ、さらに北満のハイラル、チチハルで得意の騎馬戦によって匪賊《ひぞく》討伐に明け暮れしているとき、習志野では騎兵の姿は消え、戦車隊への改編が進んだ。馬は無用であるばかりでなく、敵の目標として目立ち、危険であるという見方が主流になっていた。いま西が習志野に行っても、ただ耳を聾《ろう》する戦車のキャタピラの音と、大久保見習士官のようなかつての騎兵とはおよそ縁遠い将校ばかりを目にすることになるであろう——。

右手に白い断崖《だんがい》が現われ、観音崎の灯台が見えた。

眼の前を、灰色の羽で風をたたき、鷗《かもめ》が一羽、まっすぐ北へ飛び過ぎて行った。白いお菓子のような胴、飴色《あめいろ》の眼。気どり屋ですまし切った顔で飛んで行く。左手には、見おぼえのある鋸山《のこぎりやま》。

眼をこらした。習志野時代、西がよく遊びに行った浮島《うきしま》は、山の緑と重なり合って、判然としない。

騎兵学校の教官をしていたとき、近くの千葉医大の学生たちと親しくなった。医大の寮は勝山にあり、そこからわずか海ひとつへだてた先に、緑の濃い浮島という小さな無人島があった。

学生たちと島まで泳いで渡り、魚を釣り、夜はキャンプ・ファイアを焚《た》いた。

西は島が気に入った。持ち主である平田という若い網元にことわり、島の洞窟《どうくつ》の中に柱を立て畳を持ちこんで、ねぐらをつくった。

夏が過ぎ、学生たちが去ってからも、西は休みのたびに浮島で暮らした。朝から晩までひとりぼっちで魚を釣る。(あれは何者だ)と、地元の漁師たちが気味悪がった。網元の平田も同年代。悪役志願で映画界にはいり、父の死後、網元に戻ったという男、型破りで西と気性も合った。

意外に計数に明るいので、ロサンゼルスから帰ったときには、ほぼ二十日間、麻布の邸に来てもらい、泊まりこみで馬術選手団の旅費清算をやってもらった。

西は、馬術選手団の会計係でもあった。金を湯水のように使う西と知りながら、会計係を命じた軍には、別の思惑があった。

貴族の遊びとして生まれた馬術は、何といっても金のかかる競技である。きまった出費以外に、ことごとにテラ銭まがいのものが要る。(一、服 二、顔 三、馬術)が、別の意味で生きていた。見栄《みえ》をはり、顔をきかすことも必要なのだ。

チームの体面を保つためには、テラ銭をまかねばならないが、さすがの軍にもそこまで見るだけの予算はなかった。

そこで、(会計係を西に任せておけば)という答えが出た。

その思惑通り、西は六万円という気の遠くなるような私費を持って、国を出た。そして、帰るときには一銭も残らなかった。

私費はともかくとして、公用旅費の清算書が必要であり、軍はその提出を求めてきた。

西は狼狽《ろうばい》した。西の場合、会計係とは金をつかい、足らなければ奢《おご》る係りのことであった。財布は持っていても、ソロバンは用意しなかった。記録はもとより、メモ一つとってない。

平田の知恵で、まずロサンゼルス到着の日からの日誌づくりをはじめた。チームの仲間にも集まってもらった。

(あの日はこうして、たしか、いくら払って……)

おぼつかない記憶がしぼり集められ、二十日間かかって、ようやくそれらしい清算書が出来上がった――。

館山《たてやま》沖を過ぎると、船はゆれはじめた。風はいっそう冷たくなり、しぶきが雨のようにかかってくる。

それでも兵士たちは、びっしり欄干にはりついたまま動かない。内地は、黄色の夕もやの中に急速に歩み去るところであった。

西はひとり船首の海を見た。暮色のせいだけではなく、水の色は黒ずみ、そして、ほとんど視野一面にわたって白い歯をむき出していた。

右瞼《みぎまぶた》の上に銀鱗《ぎんりん》が一点光る。航空機のようだ。よぼよぼの駆潜艇に守られ、船団はそのまま進んで行く。友軍機なのか。識別を急がせねばならぬ。

「見習士官！」

西は、汐風《しおかぜ》に向かい、声をはり上げてどなった。

五

三日目の朝、船団は父島に近づいた。途中、一度警報が出たほかは、まず平穏な航海であった。

水の色がふたたび緑を帯びはじめたころ、兵士たちがさわぎ出した。木箱でも無数にこわしたように木片が漂っている。その中にまじって、明るい鉛色に光る人間のようなものがあった。

だが、船の白い泡にもまれるほど近づいて、それがマグロなどの死魚であることがわかった。

ほっとした笑い声が散り、西に子どものような笑顔を向ける兵士も居た。西はたまらなくまぶしいものを感じた。

大久保見習士官が走って来た。

「駆潜艇からまた警報がはいっています。敵潜接近の気配ありというのです」

「よし、すぐ退船準備。全員に救命具をつけさせろ」

「しかし、部隊長殿、陸岸はすぐ眼の前です。救命具のほうは……」

「つけたまま上陸したっていい」

「それじゃ、父島の守備隊に対し……」

「無格好だというのか」

「戦車連隊が……。全軍の士気に影響します」

西は憤然として言った。

「つけさせるんだ！」

船尾に敵潜水艦の魚雷を受けたのは、それからものの数分と経《た》たぬうちであった。船は舳《へさき》を持ち上げるようにしながら、ゆっくり沈んで行った。

部下は動揺しなかった。西は、ふたたび浮き上がった船材を集めて筏《いかだ》をつくらせた。水の中で部隊を一団にまとめ、漂い続けること実に五時間。救援船に拾い上げられた。

六百名を越す部隊の中で、行方不明者は二名。

ずぶ濡《ぬ》れの衣服を船長室で乾かしながら、大久保見習士官が言った。

「わずか二名ですんでよかったですね」

「見習士官！」

西は叱《しか》りつけた。見習士官は、分厚い胸をあらわにしたまま、とまどったように西を見る。

西は静かに言った。

「部下を持つようになったら、言葉に気をつけるんだ。二名といえども、その兵士たちにとっては一生を失ったわけだ。家族もある。わかったね。二名でも殺したことが問題なのだ」

西はそれだけ言うと、旧《もと》の表情に戻った。

見習士官は、まだ割り切れない顔のまま、

「部隊長殿には、どうして撃沈されることがわかったのですか」

「わかるはずがない。ただ用意させただけだ」

「しかし、おどろきました。救命具まで……」

勝負師の勘のようなものが働いたと言わせたいのか、それとも、木片を見て臆病心《おくびょうしん》が湧《わ》いたと言わせたいのか。

だが、そのいずれでもない。黙っている西に、見習士官は、

「自分なら、えらい失態をしでかすところでした」

「いや、そんなはずはない。部下を持てば、自然にそうなる。部下はかわいいものなんだ」

西としては、気恥ずかしくなるような告白であったが、それは実感でもあった。ウラヌスにも馬術界にもパッカードにも社交界にもないもの——それが、部下にはあった。気ままに愛して、それですむというものではない。

西は、フランスの老少佐のことを思い出した。ロサンゼルスで日本の馬術チームをアメリカ・チームに最初にひき合わせてくれたのが、五十歳を過ぎたと思われるフランス人の退役騎兵少佐であった。永らくアメリカに住み、そのときは、オリンピック組織委員会の顧問のようなことをしていた。きれいな英語を話したが、口数は少なかった。美しい銀髪、いつも遠くを見るような煙った眼。右の耳の後ろに銃創と思われる傷痕《きずあと》があった。

老少佐は、サンジエゴにあるアメリカ馬術チームのオリンピック訓練場にも案内してくれた。

染まるような青い海を前に、日本では想像もできぬほど広く整った馬場があり、豪華な宿舎、厩舎《きゅうしゃ》が並んでいた。

チェンバレンらアメリカ選手たちは、愛想よく、しかし、自信に満ちた物腰で日本チームを迎えた。どこから来ようと平気という顔であった。

日本チームは、このときはじめて、ショーガール号をはじめとする名馬の群れを間近く見た。くらべものにならぬほどの駿馬《しゅんめ》ぞろいであった。

だが、西にとって何より印象的だったのは、駿馬でもなく、馬場でもなく、またチェンバレンらアメリカ・チームとの会話でもなかった。夜にはアメリカ・チームがロサンゼルスで招宴を開いてくれた。排日気分はあっても、スポーツに国境はないという点をことさら誇示するような盛大なパーティであった。

日本とアメリカの両チームがにぎやかに談笑し合っているとき、フランスの老少佐は入り口の壁近くでひっそりグラスを傾けていた。相変わらず遠い眼をしたまま。ひき合わせてしまうと、静物のように引き退《さ》がり、目立つことを何より恐れている感じの異国の老少佐。

一度だけ聞いた名前は忘れ、ただ「少佐《メイジャー》」だけで通っている。

西はグラスを持って話しかけに行った。

(少佐《メイジャー》、フランスは、なぜ障碍飛越競技《しょうがいひえつ》に参加しないのですか)

(わたしの母国だけではありません。ドイツもイギリスもイタリアも、出場してない

のです）

（なぜです。馬術の本場である国々がなぜ参加しないのです）

お世辞ではなかった。チェンバレンはじめアメリカ選手はすべてヨーロッパに留学し、ヨーロッパ馬術に追いつくことを目標にしているのであった。

（男爵《バロン》の言われる通りかも知れません）

老少佐はうなずき、静かな声でつけ加えた。

（しかし、男爵《バロン》、別に勝たなくてもいいのです）

（どうして）

（みんな馬を大事にしています。……アメリカは海を越えた遠い国です。遠いところへ大切な馬を送って傷つけでもしたらという気持ちなのです）

老少佐の声にはじめて感情がこもり、血の色が頰に走った。

（男爵《バロン》もご存知のように馬は昔から貴族の遊びです。紳士的騎手《ジェントルマン・ライダー》の気持ちとしては無理からぬことなのです）

西は茫然《ぼうぜん》とした。オリンピックで優勝することよりも、愛馬をいためぬことを選ぶ。その気風を尚《とうと》しとする――それが馬を愛する豊かな心というのであろうか。

（勝たなければ――）ただそれだけの日本。

西は、日本チームが、そして日本そのものが、老少佐の眼に小さく貧しくなって透けて見えるのを感じた。

（勝つもの）ときめこむアメリカ・チームと、（勝たなくては）とあせる日本チーム。

二つのチームをひき合わせるとき、老少佐は心の中でどんなうす笑いを浮かべたことであろう。

（紳士的騎手《ジェントルマン・ライダー》）——あざやかな発音であった。オリンピック優勝などというのもほんの一つの基準でしかないという、その世界の広さや厚みを思い知らされた。

少佐はまた、いつもの無表情な顔に戻った。眼も西を避けている。

西としては話題を変えるほかはなかった。

（少佐《メイジャー》、あなたはなぜ光輝あるフランス陸軍から……）

（部下を殺したのです。多くの部下を）

老少佐は二言つづけて言い、それから黙りこんだ。

西は、少佐の耳のうしろの傷のことを思い出した。それは、背後から狙撃《そげき》された傷痕のようである。

西が、（あなたの国《ユア・カントリー》）と訊《き》いたとき、老少佐は、（わたしの母国《マイ・マザー・カントリー》）と言い変えた。彼がアメリカに帰化したかどうかは知らない。ただその後も成り上がり者のために、馬術を教え、審判をつとめるなどして、とにかく馬で細々とくいつなぎ、アメリカで朽ち果てるつもりであることはまちがいない。

やはり競技前、馬好きの富豪が各国の馬術選手をビヴァリイ・ヒルの邸《やしき》に招いて、夜会を催したことがあった。

何かの競技の優勝盃《ゆうしょうはい》にシャンペンを満たし、それを飲み干した者に当夜随一の美女に接吻《せっぷん》させるということになった。

大きな銀の優勝盃であった。シャンペン一本では足らず、さらにいくらか注《つ》ぎ足した。だれも飲めなかった。

西が進み出た。強くもないのに根性で飲み、とうとうみごとに飲み干してしまった。満場の拍手。西は胴上げして祝福された。

だが、床に下ろされたときには、もう立てなかった。四つん這《ば》いに這うのがやっとであった。

客用の寝室に運ばれ、朝まで気を失って眠り続けた。

夜会の間じゅう、老少佐はどこに居るのか眼につかなかった。人かげにひそみ、成り上がり者の饗宴《きょうえん》をその煙った眼で見守っていたことであろう。寝室へ運ばれて行く途中から、西は何度か老少佐の生々しい声を聞いた。

（男爵《バロン》……）（男爵《バロン》・西《ニシ》……）

酔いがさめた後にも、その声は西の耳に冷ややかに鳴りひびいた。

（成り上がり者の国が……。何が男爵《バロン》なんだ）

その声が続いてきこえて来そうであった――。

父島で編成し直し、さらに硫黄島《いおうじま》に向かう船の中で、このフランスの老少佐のことを西は見習士官に話した。

見習士官の答えは明快であった。

「軍人の屑《くず》ですね。だから、フランスは弱いんです」

敵潜に備えてジグザグ航法をとりながらも、船団は南へ南へと下った。船首に砕ける波の音と、にぶい機関のひびきを耳にしていると、西はふっとヨーロッパにでも遠征に出かけるような錯覚を感じた。

八年前、昭和十一年のベルリン・オリンピック。

そこでも勝たねばならぬはずであったが、結果は惨敗《ざんぱい》であった。西は大障碍で大きく転倒した。（西も落ちたし馬も落ちた）と言われた。

帰国したその日は帝国ホテルにとまり、西は一言も弁解しなかった。ただ、オリンピックの記録映画『民族の祭典』から西の転倒シーンをカットした旨《むね》、映画担当者が説明したとき、西は床を蹴《け》らんばかりにして怒った。

（おれは最善を尽くした。不注意でころんだのではない。なぜそのまま全国民に見せないのか）

西の剣幕に、担当者はあっけにとられた。

西のためを思ってカットしてやったのに。まるで、やんちゃ坊主《ぼうず》である。口惜《くや》しまぎれなのか、自虐《じぎゃく》的なのかと、ただ眼をみはった。

西は弁解しなかったが、西を転倒させたものは、主催国ドイツの勝つためには手段を選ばぬやり口であった。

大障碍に仕掛けがしてあった。三十センチからせいぜい五十センチどまりの深さであるべき水濠《すいごう》が、右寄りの部分を残して、実に一メートル五十センチを越すほど深くえぐってあった。後軀《こうく》をひねり、横木よりはるかに飛んだ西の馬が、その落とし穴で転倒したのは当然であった。

事前にそのことを報《し》らされていたドイツ・チームだけが、右寄りに飛んですべて転倒を免れた。そして、飛び越し前、馬がつまずいたため偶然右寄りに飛んだオランダ将校をのぞき、全選手がそこで転倒し、あるいは落馬した。

（勝たなければ――）どんなことをしても、勝てばいいというのが、ナチス・ドイツの方針であった。

西は、自分のぶざまな転倒ぶりを映画によって一人でも多くの国民に見てもらいたかった。

(あの西が——)と、あきれられ、笑われるのは、承知の上である。ぶざまであればあるほど話題に上り、その結果、ぶざまさの原因を探る声も起こってくるであろう。

西は進んで笑いものになりたかった。伊達者《だてしや》のトップを行く西であったが、そこまで思いつめていた——。

六

「島が見えてきました」見習士官が、南の水平線を指した。

大きな台地のようにあかね色の雲がのび、その下に、いびつな椀《わん》でも伏せたように島の頭が見えた。摺鉢山《すりばちやま》でもあろうか。

兵士たちも、その島影に気づいているはずである。だが、いつもとちがって静かであった。息をつめて、「地獄の島」と呼ばれるその島影のひろがるのに耐えていた。

小さな島であった。せまいところでは四十分も歩けば、反対の海岸に出た。いたるところに硫黄のにおいがした。

南西の根もとに、摺鉢山《すりばちやま》がその名のように摺鉢を伏せたようにそびえ、ついで黒い砂浜が南と西の海に沿ってのびる。

かつて甘蔗畑《かんしょばたけ》のあった島の中央部に、南から第一、第二、第三の飛行場。それをとり巻いて北の岬まで岩山が続いていた。

第一二〇七六部隊、西の指揮する第二十六戦車隊は、島のほぼ中心、第二飛行場の東寄りに布陣した。ほとんど連日のように、B24が編隊を組んで襲って来た。

さし当たっての仕事は、坑道陣地の構築である。アッツ以来の玉砕の戦訓から、地下深くひそむ以外に勝機はないとし、東西八キロ南北四キロという小さな島に延長二十八キロに及ぶ坑道づくりが企てられた。深いところでは、地下十二メートル。摺鉢山の下は七層にくりぬかれた。

岩質はそれほどかたくなかったが、工具としては円匙《えんぴ》一つ。火山島のため地熱が高く、坑道は掘って行く先から蒸風呂《むしぶろ》と変わる。そこへ硫黄の臭気が加わる。防毒面を必要とするところもあれば、十分と続けて作業のできぬ洞窟《どうくつ》もあった。

週に一度はあった補給のための輸送船もしだいに間遠《まどお》になり、やがて、小さな機帆船が忘れたころ来るだけとなった。主食は減量に次ぐ減量。おかずは、ワカメと乾燥野菜。汁の中にも硫黄がにおった。

がまんできないのは、水であった。

真水はスコールによる天水だけ。それも、とくに貯える設備があるわけでなく、スコールごとに大は防水テントから小は飯盒《はんごう》まで持ち出して受けた。井戸にたまる水は、硫黄分をふくんで白く濁っており、下痢患者でない者はなくなった。

間もなく西は、兵員・資材の補給打ち合わせのため、思いがけず内地の土を踏むこととなった。今度こそ最後であった。

明治神宮・靖国《やすくに》神社はじめ、祖先の墓詣《はかまい》りもすませた。

先輩や上司の間にも、それとなく別れの挨拶《あいさつ》に回った。

(硫黄島に戦車隊は要らぬ。引き揚げを考えてみないか)

という話も出た。

ふたたび硫黄島への出発の前夜、西ははげしい下痢を起こした。硫黄島へ帰れば、もっとはげしい下痢になる。医者は一日出発を延ばすようにすすめた。だが、西は首を横に振った。

「だめだ。部下が待っている」

三人の子どもの頭を一人一人撫《な》でた。

子どもの眼にも、すでに玉砕へのおそれがあるのを見て、

「玉砕するばかりが軍人の本分じゃない。お父さんは無駄死にしない。生きられるものなら、どこまでも生きて行く」

自分にも言い聞かせるように言った。

硫黄島への飛行機は、木更津《きさらづ》から出る。長男の泰徳《やすのり》は、せめて木更津まで送らせてくれとすがったが、西は許さなかった。

門のところで、もう一度、一人一人の頭を撫でてから、西は軍からの迎えの車に乗った。正確には、死からの迎えの車だった。

ほぼ一年前、まだ牡丹江《ぼたんこう》の部隊長であったとき、西はふいに妻子を呼んでいっしょに暮らしたい衝動を感じた。北海道で、北満で、また外地で、長い別居生活を当然のこととしてきた西ではあるが、その衝動は自分でもわからぬくらい強いものであった。

武子に言いつけ、

（三人の子どもの転校手続きも終わり、長男の泰徳など幼児のようにはしゃぎ回っている）

という返事を受けとったとき、南方への転進の内命が下った。

西はすぐ留守宅へ取り消しの手紙を送ったが、今度は西の心が伝わりでもしたように妻子がきかなかった。

(たとえ一カ月でもいい。荷造りのためにでも行かせてくれ)

という返事。

西は一カ月という期限をきって、妻と長女だけ来満させることにした。その日は、駅へも迎えに行かなかった。

一人住まいの官舎で馬ソリの鈴を聞き、二重の扉を開け玄関に出てみると、雪の中に妻と長女、そして、少し離れて、うなだれるように長男の泰徳が立っていた。

泰徳は、泣きそうな顔で西を見た。

(何だ、ぞろぞろやって来て)

馬丁の手前もあり、西はふきげんに言った。

(ぼく、どうしてもお父さまに会いたかったのです。もし、お父さまがだめだとおっしゃるなら、つぎの汽車でひとりで日本へ帰ります)

泰徳は頬と声をふるわせた。隣りの町から来たわけではない。何年ぶりかに、はるばる海を渡ってやってきたのだ。

泰徳の背後には、一面の銀世界の中に、馬ソリの跡が二筋、長くのびていた。汽車の中、船の中、さらに汽車の中。そして、そのソリの上での泰徳の緊張が痛いほどわかった。

西は泰徳を追い返しはしなかったが、家へも入れなかった。一カ月間、中学校の寄宿舎に住まわせた。

泰徳の顔を見ると、そのときのことが思い出されて、西は苦しくなる。どれほど責められても許されない自分を感じる。弱気の虫に負けたくなかった。

武子は、車を送り出したとき、すべてが終わったのを感じた。

結婚生活の年数こそ二十年を越すが、同じ屋根の下に住んだのは、その三分の一にも満たなかった。

それだけに、最後の牡丹江での一月の生活は、印象深かった。

一月と期限を切られながらも、武子が麻布の邸《やしき》をたたみ、牡丹江に出かけたのには、別の事情があった。

大東亜戦争がはじまってから、西家には絶えず憲兵の監視がついた。西が貴族の集会所である虎の門クラブに出入りしていたただ一人の現役軍人であり、また、アメリカに知人が多く、開戦前にはグルー駐日大使も訪ねて来たりしたため、(親米英派の不良軍人)の烙印《らくいん》が捺《お》されていたのだ。

武子の行動は、(×日×時、デパートへ)ということまで調べ上げ、それを満州の西へも知らせたりしていた。いやがらせであったが、武子は耐えられなかった。休みなくつきまとうハエをふり払うようにして、武子は夫の懐《ふところ》へ飛びこんで行った。

だが、西は照れ性であった。その日から、妻の来たことを気にしだした。

(防諜《ぼうちょう》上、若い者を町へ出してはならぬ)

と言って、毎夜のように部下を官舎に招いてご馳走《ちそう》した。下士官や兵まで呼んだ。将軍に接するときも運転手に対するときも、西は態度を変えず、それを武子にも守らせた。

〃鬼部隊長〃の渾名《あだな》はあったが、自宅では西はいつも〃おやじ〃であった。

武子はまた西に言われて、病兵の世話にも出かけた。武子の素性を知らず、恋文を渡してきた兵士もあった。

三十分と同じところにじっとしておれぬ西であったが、今度だけは腰をすえていた。兵士たちと笑いながらも、肚《はら》をきめて何かをつくろうとしていた。部下であり、部隊と呼ばるべきものを。

短い期間ではあったが、武子は夫とともに尽くすよろこびを味わった。日本での生活では触れることのできないよろこびであった。

それまでの結婚生活、とくに、二十代のそれは、表面的には花やかであった。西は武子に映画女優と見まがうばかりに装《よそお》わせ、モーターボートに乗せ、パッカードにも乗せた。夏には海水浴、冬はスキーにもスケートにも連れ出した。噴き出すような思い出も多い。

ロサンゼルスからの土産には、部屋の中にはいり切らぬほどの電気洗濯機と、かわいいハワイアン・ギターを買ってきた。

(馬はおれが教えてやる)

と、馬場に連れて行かれ、いきなり障碍《しょうがい》を飛ばされた。

(しがみついていればいい。馬が飛んでくれる)と言った。

派手で屈託のない夫であったが、それだけに妻としての悩みも多かった。

(おれはもててるよ。アバよ)の葉書には、照れ性の夫のそれなりの愛情も感じたが、それだけですむ文句でもなさそうであった。(西大尉《たいい》、金髪美人と雲隠れ)などという記事を一度ならず眼にした。

日本での遊びもはげしかった。新橋・柳橋での浮き名を聞くと、武子は進んで噂《うわさ》の美妓《びぎ》と友だちになり、たくみに西をかばった。

女として、なみたいていでない苦労であり、悲しみであった。

晩年になって、老夫婦、こたつにゆっくり向かい合い、

(あなた、こんなこともあったのよ)

と、茶のみ話に話すことを、ずっとたのしみにもしてきた。

だが、その機会はもう永久に来ない——。

七

昭和二十年二月十四日。

「八百隻《せき》から成る敵機動部隊、マリアナを出港す」との無電がはいった。

父島に向かうか、硫黄島に来るか。本土進攻を急げば父島に向かうであろうが、硫黄島には飛行場がある。——兵隊たちは、ささやき合い、そしてきおい立った。

西はこの日、東海岸の岩礁《がんしょう》へ釣りに行った。浮島で愛用した釣り竿《ざお》を持ってきていた。

連日の爆撃の影響で獲物が少なく、名も知らないキスに似た小魚が二尾。西はそれを焼かせて、二尾とも大久保見習士官にやった。その日が大久保の誕生日であることを知っていた。

見習士官は何も言わず、魚を食った。

西の釣りについて、彼はかねがね反対であった。二尾の魚が彼の眼に、いやがらせにも、また、ささやかな買収にも映ることを、西は感じていた。それでも贈らずにはいられなかった。

十六日。水平線上に一列に艦影が並んだ。

「戦艦三、巡洋艦九、駆逐艦三十、空母五」などと、伝令兵の一人がその数を伝えてきた。

空には、B29、B24、グラマン、コルセア、ロッキード、ヘルキャットと、米軍機の大ページェントであった。

砲爆撃で全島ゆれ動き、擂鉢山《すりばちやま》の山容もくずれ、島は大爆発を誘爆して空に吹き飛ぶかと思われた。

十九日午前八時。

西部隊からも望見できる南海岸に、櫛《くし》のように白い航跡を揃《そろ》えて上陸用舟艇群が突入してきた。このとき、西部隊は、戦車三中隊十九輛《りょう》のみでなく、歩兵・砲兵・工兵などを加え、千五百名の混成部隊にふくれ上がっていた。

水際《みずぎわ》までひきつけて、野砲・迫撃砲がいっせいに砲門を開く。

ひっくり返る舟艇。

だが、その後から後から舟艇群が続き、波打ち際は、米兵で埋まった。そこへ水陸両用戦車が甲虫《かぶとむし》のように上陸してくる。砲弾はおもしろいくらいに当たった。ねらわなくても、米兵を吹き飛ばした。

だが、それも数時間のことであった。

日本軍火器の所在を知ると、敵はそれに数十倍する砲火を浴びせてきた。浜を隔てて健闘していた摺鉢山の砲火も、そのため沈黙した。

その夜から西は、それまで大事にしまっておいたウイスキーを一壜《びん》ずつさげ、最前線の各中隊を回った。笑顔を失わなかった。

二十日には、第一飛行場が落ちた。西部隊は、救援に出動したが、戦車はほとんど敵陣に達する前に擱坐《かくざ》させられた。洞窟《どうくつ》寄りにトーチカ代わりにして、粉砕させられるまで応射し続けた。

はげしい戦闘が続いた。

二十二日、敵が平文電報で、苦戦を訴え救援を求めているのを、傍受した。敵の砲爆撃はいよいよ熾烈《しれつ》になり、夜は落下傘《らっかさん》に吊《つ》るした照明弾が、真昼のように日本軍陣地を浮き立たせた。

二十五日。

西は、三個中隊中、一個中隊しか残っていない戦車隊を率いて、第二飛行場に進出。敵軍を包囲の形で撃退した。

一人の敵兵が逃げおくれ、西部隊の袋の鼠《ねずみ》となった。火焔《かえん》放射器を背負っており、射程も届かぬのに、狂ったように火を噴射する。

西は、射撃をやめさせようとした。そのままにしておけば火焔は尽きる。捕虜にするつもりであった。

だが、それより早く、大久保見習士官が騎兵銃で撃った。

西は、傷ついたアメリカ兵を軍医の手に渡すと共に、自ら訊問《じんもん》に当たった。彼は母親からの手紙を持っていた。

(母は、お前が早く帰ってくることだけを待っています)

と、あった。西は、ふっと泰徳のことを思った。軍医に最善を尽くしてくれるようにたのんだ。

坑道の中の連隊本部に戻ると、見習士官は心をきめたように、進んで話しかけてきた。

「部隊長殿は、親米派と言われているのをご存知ですか」

「知っている」

「それなのに、なぜ……」

「あの兵士を助けようとしたのは、そのことと関係はない」

壕《ごう》の外では、ロケット弾と急降下爆撃の音が交互に聞こえ出した。

見習士官はかたい表情のまま、

「今日は自分は昂奮《こうふん》しております。言いたいだけのことは言わせてください」

「うん」

「栗林閣下は、愛馬進軍歌をつくった人。そして部隊長殿は、オリンピック馬術選手。馬にいちばん関係の深いお二人が、玉砕予定の硫黄島に送られたということをどう考えておられるのですか。何か底意地の悪さといったものを感じられないのですか」

感じたところでどうするというのだ。歴史はここまで歩いてきてしまっている。

「光栄だ」西はずばりと言った。

「ほんとうですか」

「帝国軍人として生きる以上、光栄というほかはない」

「この前、本土に戻られたとき、硫黄島から引き揚げぬかという話があったそうですが」

「正式な話ではない。もちろん、おことわりした。いまさら部隊を動かせるものではないし、おれひとり引き揚げられるものでもない」

「部隊長殿は、国際人です。それに、勝負の勘もある人です。それが、おめおめ玉砕にきまっている土地にとどまっておられることがわからない」

「おれが部隊長だからだ」

「これは別のところから聞いたことですが、部隊長殿は開戦前、アメリカに帰化しようとなさったのではありませんか」

思いもかけない質問であった。

「とんでもない」西は苦笑してから、

「ある舞踏家が、アメリカ行きをすすめてくれたことはある。昭和十三、四年のことかな。アメリカの友人たちが、おれを迎えてくれるというので」

「なぜ行かなかったのですか。そのときには、まだ軍馬補充部におられたはずです」

西は黙った。そうだ、あのときには、生きるチャンスが残っていた。それをなぜ選ばなかったのか。

体面や面子《メンツ》も考えたのであろう。やりかけの仕事へのこだわりもあった。だが、いちばん大きなものは、あのフランスの老少佐の姿ではなかったか。魅《ひ》かれながらも、西は第二の老少佐になることを望まなかったのだ。

黙った西をしばらく見守っていてから、見習士官は挙手をして出て行った。

西の部隊本部は、坑道の中の木机と古ぼけた籐椅子《とういす》から成っていた。その横には、寝るためのすり切れた毛布——豆ランプをつけた瞬間だけ、浮島の洞窟生活を思い出させた。

海軍部隊からもらったウイスキーを一口なめ、骨の浮き出た体をその毛布に包むと、西は机の上に横になった。南の島とはいえ、夜明けの冷気はきびしい。その冷気の中で、翌朝、アメリカ兵は死んだ。

二月二十六日。

九年前、西の士官学校同期生を加えて、青年士官たちの蜂起《ほうき》した日である。叛徒《はんと》として彼等が処刑されたのは、その年、ベルリン・オリンピック馬術競技の四日前のことであった。

五・一五、神兵隊と、事件は続いていた。青年士官の集まりである桜会から、西へは一度の勧誘もなかったが、彼なりに考えさせられることがあった。

部下の中に生きがいを求めれば求めるほど、その部下の生活に関心を持った。人事係に命じて、身上調書はとくに詳しくとらせた。

そうした西に、同年代の青年将校の苦悩がわからぬわけはなかった。ただ、西はもっと先を見ていた。統制派と言い皇道派と言う、その争いを非常手段に訴えたところで何が生まれるというのか。

西はいつの間にか老少佐の眼をしている自分を知った。

二月二十八日。

西部隊は、第三飛行場に突入してくる敵と激しく交戦した。そして、十九輛の戦車も、あますところ三輛となった。

八

(勝たなくては――)

二度のオリンピックでは、あれほど思いつめていた。

戦争になってからも、そう思っていた。

だが、硫黄島では、もはやその言葉は通じない。(いつ死ぬか、いつまで生きのびるか)だけが、問題になった。

三月にはいると、日本本土から、『硫黄島将兵を激励する夕』の放送がはじまった。

毎夜八時から九時まで。軍歌や行進曲、詩吟、わらべ歌。その間に留守家族の子どもたちが、

(お父さん、がんばってください)と、作文を読んだ。

だが、その父親たちは、洞窟《どうくつ》から洞窟へと追い立てられていた。全員戦死した中で、受信機だけが詩吟をうたっている坑道もあった。

生きる希望を求めるように、新しい噂《うわさ》がつくられ、そして消えて行った。

(三月十日、陸軍記念日を期して父島から増援軍が来る)

(三月いっぱい持ちこたえたら、わが機動部隊が救援に来る……)

三月八日、厚地《あつじ》大佐の指揮する千名の海軍航空部隊が夜襲に出、敵戦車隊に包囲されて全員戦死。組織的戦闘の最後であった。

空襲と砲撃の中で、陣地を移しながら、西部隊は戦いつづけた。

爆撃の音がやむのは、暁方《あけがた》のごく短い一時《いっとき》。島の上には、朝焼け雲に似た硝煙の幕が垂れこめ、空を隠している。

サイパンから、また真珠湾から、敵艦船は数を増すばかりであった。計数に弱い西ではあったが、どこをどう計算しても、はじめから勝てるはずのない戦争であった。

ロサンゼルスからの帰り、西はアメリカ軍将校の好意で真珠湾を上空から隈《くま》なく見せてもらったことがある。防諜《ぼうちょう》ずくめの日本では考えられないことであった。力の相違を思い知らされた。

これが親米派ということなのか——。

口がかわいた。天水も井戸水も、どこにも水がない。洞窟の壁に熱い水蒸気が結ぶ露のような水滴だけが支えであった。

唾《つば》も出なくなり、生米を噛《か》んで吐くと、白い粉になった。耐えられず、海水を飲むと、かわきはいっそうはげしくなった。自分の尿を飲む兵士もあった。二度から三度で中毒を起こし、発狂した。素裸になって狂乱する兵士も居た。ただ、そうした中でも、西の部隊だけが最後まで軍紀をみださなかった。寸断された洞窟に手榴弾《しゅりゅうだん》が投げこまれ、火焔《かえん》放射器が襲いかかる。

死体と硫黄のにおい。熱気に蒸されて耐え切れないでいると、ふいに入り口から海水が注ぎこまれた。蒸し暑さから救われる思いで、その水を浴びているうちに、ガソリンくさいにおいを嗅《か》いだ。つぎの瞬間、水面を火が走ってきた。

投降勧告もはじまった。

「ニシさん、出て来い！」

という呼びかけがあったことも知った。

九

三月十七日。

午後七時ごろ、西の妻武子は、末娘を連れて灯火管制で暗い茅ケ崎《ちさき》の駅に下りた。海岸寄りの松林の中で、西には叔父に当たる人が寓居《ぐうきょ》を結んで療養している。その見舞いのためであった。

改札口を出た人びとが、いく人か立ちどまった。駅前のラジオのニュースが、大本営の発表を伝えていた。武子も何気なく耳をすました。

(硫黄島守備部隊は最高指揮官栗林忠道中将以下、全員壮烈なる玉砕を……)

娘の手をひき、海に向かって急いだ。

歩いて行く先々の家々のラジオが、戸の隙間《すきま》から、なお玉砕の様子を伝えている。涙が流れた。

娘と手をとり合った。泣きながら走った。

月明かりがきれいであった。海は一面、銀色の鏡となって、おだやかに輝いていた。

その先に硫黄島が——。

母娘《おやこ》は、声を立てながら、月明かりの道を走りつづけた。

十

だが、このとき、まだ西は生きていた。

栗林指揮官の命令は、残存兵力のすべてに届いていたわけではなかった。西は、十八日、「西部隊玉砕」の電報を父島あて打電した。（生きられる限り生きる）と言った西ではあったが、玉砕以外に道のないことをさとった。

地下三階まである部隊本部の洞窟《どうくつ》内には、三百名の負傷者がうごめいていた。西はその一人一人の枕《まくら》もとに二日分ずつの食糧を置いて回り、やさしく別れを告げた。動ける部下は、わずかに六十名。

十九日午前二時、かつての守備位置である東海岸の銀明水めがけて出撃した。銀明水付近の壕《ごう》にまる一日ひそんで機をうかがったが、二十日の夜、ふたたび補給のため、本部の洞窟に戻った。

戻って間もなく火焔《かえん》放射器による襲撃を受け、負傷兵の大半は黒焦《くろこ》げになった。西も顔半面、火傷《やけど》を負い、片眼を失った。

だが、西はひるまなかった。顔半分を汚れた繃帯《ほうたい》で蔽《おお》い、隻眼《せきがん》のまま、その夜また銀明水まで出た。

死を覚悟し、部隊長章はじめ重要書類のすべてを処分していた。内懐《うちぶところ》にウラヌスのたてがみ。片手に拳銃《けんじゅう》、片手にロサンゼルスで使った鞭《むち》。

三月二十二日。

朝日の昇り切るのを待って、西はその異様な形相で「突撃！」と叫び、壕からおどり出た。

三百メートル走って、猛烈な機銃掃射を浴び、両足をなぎ払われた。左右両足に貫通銃創を受けていた。

「見習士官、おれを宮城《きゅうじょう》に向けてくれ」

西は、おくれて走ってくる大久保にどなった。

弾雨の中で、見習士官は西の体を内地の方角に向けた。

西は、拳銃の銃口をこめかみに当てた。新しく血を吸った繃帯のかげから、隻眼でいたずらっぽく笑い、ついで、引金を引いた。

（「文藝春秋」昭和三十八年十一月号）

基地はるかなり

一

今日も外は風が強いようだ。眼下のビル屋上の暖房用煙突から吐くうすい煙が、ほぼ真横になびいているので、それとわかる。

羽田野《はたの》頭取の毎日は、風とか気温とかをほとんど肌身に感ずることなく過ぎてしまう。分厚い二重ガラス、冷暖房完備の本店ビル内での生活はもとより、外出のときも、役員用エレベーターで地下二階へ下りると、すぐまえにリンカーンが扉を開いて待っている。リンカーンを横づけして外出先の建物へはいるときも、秘書役が小走りに先立って、その建物のドアを開ける。一秒の何分の一かでもよけいに外気に当たらせることが、何億かの損になりかねぬ、といった心づかいである。

頭取は、新聞に眼を落とした。社会面である。頭取は、いつも真先に社会面を開いて読む。そこが羽田野頭取の人間味豊かなところだという声もあるが、政財界の中枢《ちゅうすう》の一人である頭取にしてみれば、政治にせよ経済の動きにせよ、かなり裏の裏まで、あるいは先の先まで耳にしていることが多く、政治面経済面の記事に新しい発見をすることは少ない。その点、社会面記事は、頭取にとって、すべて新しいし、街の匂《にお》い、野の匂いがじかに立ち上って来るようでたのしい。荒々しい外気に触れるときの軽い昂奮《こうふん》がある。

だが、読みはじめて間もなく、頭取の眼は一つの記事に釘《くぎ》づけになった。

「何か変わった事件でもございましたか、頭取」

広いデスクの脇《わき》に斜めに立ち、スケジュール表を点検していた秘書役が、タイミングよく声をかけた。

秘書役は、聴音器のお化けである。頭取の心の中の声をいつも聞いている。

〈いま思っていることを、もっとはっきりさせたいんだ。それには軽い話し相手をつとめてくれ〉

頭取の声にならぬ声が、そう言っていた。

秘書役が首をのばすのと、頭取の手が新聞を差し出すのが同時であった。頭取は、トレードマークになっている女性的な微笑を口もとに浮かべながら、社会面の一隅を眼の端で指した。

「そこを読んでみたまえ」

前夜、九州のK市で起こった殺人傷害事件の記事であった。被害者は運輸業経営者とその部下で、犯人は二人に硫酸を浴びせた上、短刀をふるって殺し、女を巻き添えにして重傷を負わせた。そして、いったん逃走したが、間もなく交番に自首し逮捕された。原因には、痴情もからんでいるという——。

「よくある事件ですな」秘書役は頭取の期待通り、軽く応《こた》えてから、つけ足した。

「いかにも、あの町らしい殺伐な」

K市は炭鉱地帯に近い港湾都市で、気風は荒く、やくざが市街戦まがいのピストル撃ち合い事件を起こしたところである。

「そう、殺伐だな」

頭取は、気のない返事をした。頭取の眼をとめたのは、事件の場所や内容ではない。とすると、関係者の中に頭取の知人でも……。

とまどっていると、頭取のほうから言った。

「犯人は白沢柳助《しらさわりゅうすけ》とあるね」

「そうです、珍しい名前ですね」

「あまり同名異人もないだろう。それに、年格好がちょうどそのへんだ」

年齢は（四〇）とあった。秘書役は急いで記憶の中に在る人名簿を繰った。頭取の現在の交際範囲には、もちろんない。といって、頭取の『我が生涯』や『人生履歴書』などにも出たことのない名前である。

「ご存知なんですか」

秘書役は探しあぐねた顔で言った。頭取は笑顔のまま、

「かわいい男だったよ、あのころは……。もう二十年以上も前になる」遠くを見る眼でつぶやいてから、思いもかけぬことを言った。

「ある意味では、わしの命の恩人と言ってもいいな」

頭取の「命の恩人」には馴《な》れている。一人や二人ではない。前頭取、大学の先輩、同じ役員の中にも居る。羽田野頭取がそうした人たちのおかげを蒙《こうむ》ったのは事実だが、それほどに恩義を感ずるということで、ますます引き立てられることにもなった。恩を感ずるのは相手のためならずというわけである。

とはいっても、やっぱり「命の恩人」には、おどろいて見せねばならない。まして、殺人犯が命の恩人とあっては――。

秘書役は、行儀の悪くならぬ範囲で眼をみはって言った。

「本当ですか、頭取。それはまた、どうしたことで……」

訊《き》きかけて、秘書役は黙った。〈瞑想《めいそう》に耽《ふけ》らせてくれ〉と、頭取の顔が言っていた。

……命の恩人というのは、少々大げさかも知れぬ。だが、あのとき白沢が羽田野の後ろから走って来なければ、羽田野は命を失っていたところであった。

グラマンＦ６Ｆの編隊は、その渾名《あだな》どおり、まるで山猫のように音もなく襲いかかって来た。岬の稜線《りょうせん》をかすめ、みるみるその機影がふくらみ上がって来る。

誘導路に居た羽田野は、「待避！」と叫んで駆け出した。壕《ごう》まで逃げ切れるかどうか、けんめいに駆けたが、ふっと、上官の自分が先に逃げていいかと思った。走りながら振り返ると、すぐ後ろから少年航空兵出身の白沢伍長《ごちょう》が駆けて来る。羽田野を追い抜ける若さなのに、後ろについて来ている。まだ十七歳にもならぬ少年兵が……。こんな可憐《かれん》な部下より先に逃げるとは何事、禽獣《きんじゅう》にも劣るではないか。

羽田野は一瞬立ち止まり、手を振った。

「白沢、早く！」

そのとき、グラマンが頭上に襲いかかった。逃げ切れぬ。地に伏せた。

機銃弾は、土煙を上げて走り、ついで爆音が通り過ぎた。グラマンの射撃は正確であった。羽田野が逃げようとする先を、きれいに縫っていた。そのまま走り続けていたら、羽田野は確実に撃ち殺されているところであった。

後ろに部下がついて来なければ、そして、その部下が可憐な少年兵でなかったなら、いや、白沢でなかったら——と、羽田野は首筋を撫《な》でた。

設営隊隊長である羽田野と、少年兵たちとの間には、兄弟というより父子に近い年齢の隔たりがあった。学生兵たちにくらべて、少年兵たちは純粋であった。人生は二十までないとあきらめ、迷いも躊《ため》いもなく、祖国のために命を投げ出そうとしていた。自分たちが命を捧《ささ》げれば日本が勝つと、信じこんでいた。

戦前、羽田野はQ銀の駐在員としてニューヨークに居た。港を見下ろす高層アパートに住んでいたが、たまたまニューヨーク沖でアメリカ大西洋艦隊の観艦式が行なわれた日、日本大使館から内密に連絡があり、「迷惑をかけないから見せてくれ」と、大使館付きの海軍武官二人が、羽田野の部屋にやって来た。

二人は窓際《まどぎわ》に陣取り、望遠鏡をのぞいては、しきりにメモをとった。数字の多いメモであった。眼下には、戦艦・巡洋戦艦・航空母艦等々、数え切れぬほどの大小の艦艇が広い海面を埋めつくしていた。

羽田野は、コーヒーをいれてやりながら訊いた。

「いかがですか」

武官二人は顔を見合わせ、一人が苦笑してつぶやいた。

「相手にしたら、たいへんだね」

それは、羽田野たち駐在員の世界での常識でもあった。鉄・石油・麦・綿など、莫《ばく》大《だい》な量の供給を、日本はアメリカに仰いでいる。その流れを止められては、欠食児童が栄養の良い大男に突っかかるようなもので、勝負になるはずはなかった。

逆算してみると、あの観艦式の年は、白沢たち少年兵が小学校に上がった年であった。アメリカの大きさや恐ろしさなど何ひとつ教えられることなく、愛国とか神州不滅だけを教える教育の中へ幼いままに封じ込められて行った年だ——。

「……造船の社長が就任のご挨拶《あいさつ》に見えましたが」

秘書役の声に、羽田野頭取は現実に戻った。

「副頭取に会わせればいい」

短く言う。はい、と秘書役も短く答えて、すばやく手配した。その社長の来訪は約束ずみであったのだが。

頭取はおだやかな声で、

「どうだろう、きみ、死刑になると思うかね」

「これだけの記事ではよくわかりませんが、二人を殺し一人重傷では、まず免れないでしょう」

「死刑か。あの男は、これで生涯に二度、死刑の宣告を受けるわけだ」頭取はつぶやいた。「折角生きのびたというのに、どうしてまた……。よほど、運のない男だな」

秘書役は、心の耳まで澄ました。頭取は、知人や後輩の世話をよく見る。法律問題で困っている知人に銀行の顧問弁護士を紹介して、助けてやったこともある。「命の恩人」なら、弁護士の応援なりなんらかの援助でもと、頭取の声にならぬ声を待ったが、頭取はまた自分だけの思いの中に戻って行ってしまった。

……飛行服の袖《そで》に日の丸のマークをつけた白沢たちの姿が、眼の前に浮かんでくる。挙手の礼をする姿も、円陣になってはしゃいでいる姿も、記憶の中では人形のように愛らしい。

〈日本はとても勝てない。それより、おまえたちは何とか生きのびる方法を考えるんだ。生きて祖国のお役に立つんだよ〉

と、どれほど彼らに話してみたかったか知れない。

老朽機が多いため、特攻機に故障は少なくなかったが、その中には、わざと故障を起こして引き返して来たと思われるものがないではない。エンジンのふかし方ひとつで黒煙を上げて飛ぶこともできるのだ。中には、三度も引き返して来て、軍法会議に回された者もある。

いずれも学生出身の将校ばかりで、少年兵には一件もその種の疑いを持たれる事故はなかった。その迷いのなさを救いと見る人もいたが、羽田野には、やはり痛々しかった。

〈おまえたちは本当のことを教わっていない。おまえたちの信じている世界は、狭くてちっぽけなものなんだ。本当の世界は……〉

できることなら観艦式の光景を、ニューヨークの中枢部を、そしてテキサスの大平原を、彼らの心の中のスクリーンに映写してやりたかった。少しでも死からの脱出のきっかけになるものを、与えてやりたかった。

一度、白沢が伝令か何かで羽田野の部屋へやって来たことがある。そのとき羽田野は、さりげない口調で言ってみた。

「きみ、肉弾三勇士の話を知ってるね」

「はい」

白沢は直立不動のまま答えた。

「あれが特攻のはじまりのように言われている。だが、あの三勇士は、はじめから炸《さく》薬《やく》を抱えて突入するつもりはなかった。ほかに幾組か炸薬を抱えて行ったんだが、みんな効果的にそれを置いて帰還した。だが、あの一組だけは霧にまかれてどうにも帰れなくなって、止《や》むなく、そのまま突っ込んだのだ」

「………」

「彼らは別に、むやみに突っ込むことや死を急ぐことの範を示したわけではない。戦果をあげて、しかも生還できれば、それに越したことはないのだからね。そのへんのことをよく考えて、十分に効果的に、そして、十分慎重にやることだね」

「慎重に」というところに言葉に出せぬニュアンスをこめて言った。特攻に慎重も何もない。ただ一死突入せよというだけなのに。

話題として適当かどうか自信はなかったが、少しは心にひっかかる話のはずである。それを材料に、学生出身兵の考えの三分の一でも五分の一でも考え、迷い、そして、生へのチャンスと執念をつかんで欲しかった。

白沢は、澄んだ眼で羽田野を見つめていた。少年特攻兵の中でも、素直で、いちばんまじめな一人と聞いていた。

見つめられていると、突入した後、その瞳《ひとみ》を夢に見そうで、羽田野は息苦しくなった。

「よし、帰りたまえ」

と、促して去らせた。

ベニヤ板のドアが閉まった後、羽田野は後悔した。静まり返っている神域の池に石でも投げこんだような、後味の悪さがあった。それだけの話で少年兵が別の世界の存在に気づくはずもない。ただ覚悟を動揺させるだけに終わる。無用の精神的消耗を強《し》いそうな気がした。

白沢を通して他の少年兵たちにも考えてもらおうという気持ちも最初はあったのだが、その話があまり拡《ひろ》がってしまうと、重大な結果になると思った。設営隊長自らが特攻隊の士気を沮喪《そそう》させたと、飛行隊長や部隊長に睨《にら》まれ、ただでは済まなくなるかも知れぬ。事が事だけにあえて言ってみたのだが、事が事だけに責任を取らされるであろう。慎重でなくてならぬのは、むしろ羽田野のほうであった。

羽田野は、それからしばらくの間、息をつめる思いで基地内の反応をうかがった。何事も起こらなかった。白沢は自分の肚《はら》ひとつにたたんで、何ひとつ洩《も》らしたふうはなかった。羽田野は恩に着た。

そうしたことのあった後、グラマン機の編隊に襲われたのである。白沢より先には逃げられなかった。そして、そのおかげで命拾いをした。

再三の空襲のため、秘匿《ひとく》されていた特攻機もつぎつぎに破壊され、補充の機体の揃《そろ》わぬうちに終戦となった。白沢たち残留の特攻隊員も、死を免れた。

それにしてもと、羽田野頭取は首をかしげた。生き延びてみて、白沢は自他ともに命の大切なことを改めて知ったはずである。戦後の一時期、特攻くずれなどという気の荒《すさ》んだ人たちも現われたが、いまとなっては、それぞれ妻子を持ち平和な生活に落ち着いているはずである。

犯人白沢は四十歳という。思慮も分別も備えた働き盛りの年ごろである。何人か、あるいは何十人かの人を使う身になっていい。二度目の応召で設営隊の隊長になったときの羽田野が、ちょうど四十歳であった。当時の自分のことを思い出してみても、その年齢で殺人などという衝動が働く余地があるとは信じられなかった。あの白沢の性格ならと、よけい不思議な気がした。

秘書役に頼んで、白沢のことをひそかに調べてもらおうかと思った。頭取のことなら、一を頼んで五も十ものことをしてくれる男である。

頭取は目を上げた。そこには、秘書役の姿はなかった。頭取をひとりにしておくべきだと判断し、音もなく隣りの秘書役室に立ち去っていた。

頭取が一声掛ければ、すぐ秘書役は眼の前に現われるであろう。だが、その一声が頭取には重かった。頭取が他人の面倒を見るといっても、それは直接間接に銀行なり頭取にプラスになるという判断のつく人に限られていた。羽田野個人に属する私用は、やはり頼みにくかった。とくに、殺人犯にかかわり合うということに、大銀行の頭取としての躊《ため》いが働いた。

事件は起こったばかりである。判決が確定するまでには、まだまだ時間がかかる。

折りを見てまた、と頭取は思った。

その一瞬、犯人白沢柳助は運命に見放されたともいえる。

二

白沢柳助は、羽田野設営隊長が応召前はQ銀行の本店課長であったことを知っていたし、復員後も、かつての戦友仲間から、羽田野が福岡支店長―大阪支店長―取締役営業部長―専務と昇進して行くニュースを聞いていた。

K市にも、Q銀支店の古い石造の建物がある。それが羽田野隊長に通じていると思うと、一種のなつかしさを感じ、用もないのにその前を往《ゆ》きつ戻りつしたこともある。

それに、金に窮するたびに白沢は羽田野のことを想《おも》った。といっても、実際に羽田野に頼んでみようなどとは、ついぞ考えなかった。戦時中も、羽田野大尉《たいい》と自分との間には遥《はる》かな距離があった。直属の部下でもない白沢のことを羽田野が覚えていてくれるかどうか自信はなかったし、まして頼みを聞いてくれようとは思いもしなかった。

ただ漠然と、あきらめの中でQ銀を思い浮かべた。

〈Q銀には、うんと金もあるのになあ〉

と、嘆きとも怨《うら》みともつかぬ感情に浸った。

頭取就任後は、新聞に何度も羽田野のことが写真入りで出た。細い鼻筋には変わりはないが、円味を帯びて福々しくなった顔。口もとににじみ出る上品な微笑——それは、羽田野がすっかり遠い人になってしまったことを物語っていた。かつて親しげに口をきいてくれたことが信じられなくなるほど遠い人に。

羽田野のことは、どの将校よりも印象に残っていた。それは、直属の飛行隊長や小隊長よりも強い印象であった。大声で怒鳴ることさえない柔和な人がらが、将校連の中で異色だったというだけではない。肉弾三勇士のことを話した人間として、羽田野は白沢に忘れられぬ存在となった。

在隊中はそれほど意識もしなかったが、復員して世の中のことや戦争の本質がわかって来るにつれて、その話はしだいににがい色を帯びて来た。

あのとき、羽田野が何を言いたかったかが、のみこめて来た。羽田野は何もかも知っていたのだ。そのほんの一部を、小出しに曖昧《あいまい》に言って見せた。いまとなっては、真相をのぞかせてくれたことを感謝する気はなく、羽田野はえらかったと再認識する気もない。むしろ、それとは逆に、羽田野に対して何ともいえぬ鬱屈《うっくつ》したものを感じた。

何もかも知っていたのなら、なぜそれをはっきり言ってくれなかったのか。白沢た

ちは命を賭《か》けていた。羽田野も命を賭けるぐらいの気持ちで言ってくれてもよかった
ではないか。あの当時の白沢たちなら、すでに覚悟はできており、真相を知ったから
といって、未練は起きない。せいせいして死んで行けたと思う。
それを望むのが、時代といい軍隊の枠の中といい、無理とはわかっていても、なお
白沢は釈然としない。おかしいといえば、それだけわかっていて、必勝派の軍人たち
とよく歩調を合わせて生きて行けたものだ。心に染まぬ生き方を、よく平然と続けら
れたものだと思う。
白沢はそこに、おとなの狡《ずる》さといったものを感じた。娑婆《しゃば》に生きるおとなたちは、
ああいう態度をとるものだという観念が灼《や》きついた。とくに、学校出の会社や銀行で
働く人たちは信用できない。頭脳労働者というものへの不信を植えつけられた。
世辞とか言葉の言い回しとかが必要のない世界へ行こうと思った。たしかで裏切り
ようもない肉体だけの世界。肉体労働者の中で、肉体だけをたたきつけて働こう。
白沢は、筑豊《ちくほう》炭田に在る小さな炭鉱の一つで、採炭夫としての生活をはじめた。
母校の中学へは復学もできたし、数カ月顔を出せば、卒業証書ももらえた。すでに
両親は亡《な》くなっていたが、親類の援助で上級学校への進学もできぬことはなかった。
だが、白沢には、そうした「娑婆」への未練はなかった。同じ基地に居た同期七人

のうち、五人までがすでに出撃して死んでいた。生き延びて、その上、恵まれた生活をしては申し訳なかった。出世とか金儲《かねもう》けとか微塵《みじん》も縁のない世界へ。黙々と下積みの人間となって果てること、それだけが許された生き方だと思った。

それに、石炭増産は、祖国再建の第一の課題である。たとえ発破で吹き飛ばされることがあっても本望である。身を粉にして働こうと、まだ滅私奉公の路線で考えていた。

採炭夫になったころのたのしみは、ヤマから上がった後、草の生えたボタ山の麓《ふもと》に腰を下ろして、ハーモニカを吹くことであった。

眼の前には、ボタ山や赤銹《あかさ》びたトロッコの軌道、地に伏すような炭鉱住宅の長屋の屋根が並んでいるが、その先には水田が光り、島のように緑の山が浮かんでいる。空は青く、白い千切れ雲が無心に流れて行く。

そうした中で、思い出すままに軍歌のメロディを吹く。死者たちがひっそりまわりに集まって、耳を傾けてくれている気配があった。白沢自身も、死と生の間《あわい》を漂っているような頼りなげな感じにとらえられた。その感じが白沢は好きであった。

ときどき、子どもたちが集まって来た。ハーモニカを吹き止《や》めると、話しかけてくる。

「兄ちゃん、大きくなったら何になる」

「大きくなったら？　もう大きいじゃないか」

「そうじゃねえ。ほら、年をとったらだよ」

「このままだよ。炭鉱で働いているさ。それに、兄ちゃんはそんなに長生きするとは思えんしなあ」

「どうしてだ、体でも悪いだか」

「いや」

〈長生きしちゃ申し訳ないんだ〉などと言っても、子どもたちにその意味が通じるはずがない。

「きみは何になる」

と、子どもの一人に訊《き》き返した。

「おらあ、アメリカへ行くんだ」

「アメリカへ？」

その返事は白沢には意外だったが、わかる気もした。

「わたしはアメリカの向こうよ」

と、女の子。屈託がない。白沢はつりこまれた。

「ヨーロッパか」

「ちがうよ。アメリカの向こうは、イギリスよ」

「ヨーロッパっていうのは、イギリスやフランスやドイツや、いっぱい集めていうんだよ。いくつも国があるんだ」

「トルコもヨーロッパなの」

「トルコ？　変な国をひっぱり出しやがるな」

白沢は苦笑した。返事ができないでいると、

「どう、ヨーロッパなの」

「うーん、どうしてトルコなんて」

「今日、音楽でトルコ行進曲習ったの。兄ちゃんも知ってるだろ」

「さあ、行進曲はいろいろ知ってるけどな」

「どんな曲」

「愛国行進曲、太平洋行進曲、愛馬進軍歌……」

「だめよ、そんなの。やっぱりトルコ行進曲は知らないじゃないの。教えてあげようか」

子どもたちがメロディを口ずさむ。白沢はハーモニカで追う。そうした中へ、別の

子ども仲間がやって来て、白沢の教えた「折敷《おりし》ケ！」という号令をかけて腰を下ろす。白沢は、たのしかった。流れて行く雲に似て、人の世に漂っているような感じ。本物の人生に成り切っていない人生。その頼りなげな感じのままで生涯を終わることができたら、と思った。

それから平穏無事の生活が十年ほど続いた。

白沢は、無口で、よく働く採炭夫であった。ガスが出たりして、ひとのいやがる切《き》羽《は》へも、進んで繰り込んだ。事故でもあれば、真先に救助隊に加わった。

非番のときは、寝ころんでラジオを聞いたり、近所の川へ釣りに出かけたり、相手があれば下手な碁を打ったり。これといって趣味に凝るわけでもない。酒も煙草《たばこ》も少しずつ。女遊びは、たまに赤線地帯へ行く程度。人生に未練を持つことをおそれでもするように、淡々としていた。

何日か続けて休みがとれたときには、死んだ戦友の遺族の家を、一軒一軒たずねて行った。行ない澄ましているというふうにとられては、白沢の本意ではない。年は若くても、余生というものはそうして過ごすべきだと、うっすら考えていた。

三

落盤事故が白沢からその「余生」を奪い、なまぐさい娑婆《しゃば》へ押し戻すことになった。ある日、斜坑《しゃこう》を下りているとき、ゆるんでいた岩盤が崩れ落ち、白沢は左足を膝頭《ひざがしら》のところから失った。労災病院での長い入院生活は、白沢には退屈であった。身寄りもなく、深いつき合い仲間もないままに、見舞い客はほとんどない。そうした中で、かつてハーモニカを聞かせてやった子どもたちの中から、見舞いに来てくれたのが居た。

トルコはヨーロッパかと訊《き》いて、白沢を困らせた春美という少女は、もう十八歳。K市の化学会社の女子工員になっていたが、あるとき、一番《ひとつがい》の十姉妹《じゅうしまつ》を入れた小鳥籠《ことりかご》を持ってやって来た。

うとうと眠っていると、鳥の鳴き声が近づいて来た。眼を開ける。ほの暗い視野の中に、白い小鳥が飛び交っている。ちょっと夢の続きのような気がした。

夢ならば、さめてほしくない。怖《お》ず怖《お》ずと眼を上げると、のぞきこむような春美の瞳《ひとみ》と視線が合った。

春美は、まるまっちい白い顔を、びっくりしたように桜色に染めた。形の良い唇には、うすく紅をひいていた。

無聊《ぶりょう》をもてあましていただけに、白沢は嬉《うれ》しかった。その動揺を隠すように、

「どうしたの、それ」

訊くまでもないことを訊いた。

「プレゼントよ、わたしからの」かからりとした声で言ってから、あわてて言い足した。

「お見舞いと言うべきなのね」

くすんだ病室が、にわかに明るくなった。

「へえ、どうしてまた」

「……だって、兄ちゃん、お見舞い少ないでしょ。かわいそうでしょうが」

白沢もそうだが、春美もつとめて子どもっぽく言う。白沢から視線を外して、

「これ、いいでしょ、ここへ置かせてもらって」

「もちろんだよ。どうも、ありがと」

「小鳥きらい？」

「好きだよ」

好きと答えるほかなかった。気持ちがはずんだ。十姉妹とはわかっていたが、

「これ何という鳥、白スズメかい」

春美は笑った。

「ちがうわ。十姉妹というのよ」

「無理して買ったんだろ」

「ううん。安いの、いちばん安いの」

「ありがと」白沢は上半身を起こして、鳥籠に見入った。「かわいいなあ」

もっとかわいいのは、春美であった。

春美は、白沢の起きた後を片づけ、枕《まくら》もとの読みかけの本を手に取った。

「『ヨーロッパの歴史』？　えらいわね、兄ちゃん、勉強してるの」

白沢は、あわててその本をもぎとった。

「歴史を読んでると、気が休まるんだよ。おれなんか、世の中のことは何にも知らないんだから」

弁解がましく言ってから、ふっと思いついて声を高くした。

「それに、これにはトルコのことも出てるんだよ」

「トルコがどうしたの」

「トルコ行進曲のトルコはヨーロッパかって訊いたのは、春美じゃないか」

「わたし、いつ、そんなこと訊いたかしらん。……兄ちゃん、急にトルコなんて言うから、トルコ風呂《ぶろ》のことかと、わたし、びっくりしたわ」

「………」

「でも、わたしの言ったこと、兄ちゃん、よく覚えていたのね」

「……うん」

「嬉しいわ」

白沢は、そっと春美の手に触れた。春美は逃げなかった。頬に桜色がまた射《さ》した。

こんなことをしていいのかという思いと、生きるというのは結局はこういうことになるのだという思いが、交錯した。

特攻基地は町から離れていたせいもあって、戦死した同期の全員が、最後まで女を知らなかった。「女ってどんなものか、一度だけ試してみたかったな」と、出撃の前、残念そうにつぶやいて行った友もある。ときどき洗濯などの奉仕に来る女学生の一人を指して、「命があったら、おれはあの娘と結婚したのになあ。あれは気立てのいい嫁さんになるよ。芯《しん》は強そうだし、子どもも五人は産める体だな」と、したり顔で言う剽軽者《ひょうきんもの》も居た。女学生が近くに来ると、ろくに口もきけぬ男だったのに。

あれからすでに十年も、あわあわと生きのびてしまった。生きている以上、生きて行く約束に従わねばならない。この花びらのような少女と結ばれることを、戦友たちは怒るだろうか、祝福してくれるだろうか。

眼に見えぬ霊に祈るように、春美の手を握り続けた。

春美は眉《まゆ》を曇らせて、白沢を見た。

「片足なくしてしもうて、兄ちゃん、これからどうするの」

「やっぱり炭鉱で働くよ。採炭はやれないが、選炭か何かなら」

「給金が減るわねえ」

「仕方がない」

現実の風が冷たく重くはいりこんできた。二人の手は、どちらからともなく離れた。

「片足とられた上に給金が減るなんて、癪《しゃく》でしょうが」

その通りと、白沢も少し腹が立ったが、すぐ思い直した。

「でもなあ、春美。おれはどうせ死に遅れ死に損いの体なんだ。どんな目に遭おうと、文句は言わないよ」

「兄ちゃんの口ぐせね」

「口ぐせというより、本当にそう考えているんだよ。春美にはわからんかも知れんが」

「…………」

「おれはここへ来たとき、坑道の奥で粉々に吹っ飛ぶことを覚悟してた。そんなふうにして死んでしまいたいと思っていたよ。でも、いまは少しちがって来た。覚悟は覚悟として、生きていることに素直に感謝してる。生きてさえいれば、こうやって春美も見舞いに来てくれるものな」

それは、女への求愛の言葉でもあった。春美は黙って小鳥籠を見ていた。二羽の十姉妹は少し落ち着いたようで、止まり木に並んでさえずっている。

春美が振り向いて言った。

「ね、十姉妹は卵を産むわよ」

白沢は自分の言葉が聞き流されたような気がした。いつもの口調に戻って、

「鳥なら卵を産むにきまってるじゃないか。そんなことは、おれにだって……」

「あら、そういう意味じゃないの。……小鳥って籠の中に入れてあると、うまく雛《ひな》を育てるのと、そうでないのとあるの。それが十姉妹はとてもよく育てるのよ。ほかの小鳥の雛まで育ててやることもあるんだって……」

そのとき、ドアが開いて、炭鉱所長の寺尾がはいって来た。

筋肉質の中背、尖《とが》った顔、尖った鼻。白沢は寺尾を見ると、P39を連想して仕方がない。向こうではエアコブラといい、日本ではカツオ節と呼んでいた戦闘機だ。

寺尾の前身はだれも知らない。第三国人ともいうし、学歴ひとつにしても、小学校だけというのもあれば、専門学校出という噂《うわさ》もある。前職は銀行の外務員だとも、凄《すご》

腕《うで》の組夫頭だったともいうが、とにかく腕を見込まれて、福岡住まいの炭鉱主から従業員三百人の炭鉱経営を任されている男である。

炭鉱事務所には課長と名のつく人間も置いてはあるが、すべて寺尾ひとりでとりしきっている。帳簿は自分で締めくくるし、入坑者の組替《くみがえ》なども手ぎわよくやってのける。銀行員だったとか組夫頭だったとかいう前歴説は、むしろ、そうした働きぶりから生まれたものかも知れない。

切れ者であり、隙《すき》のない人間であった。服装や身だしなみもそうである。炭鉱の人間はたとえ事務所の中ばかりに居ても、どこかに石炭や煤《すす》のついた感じがあるものだが、寺尾にはそれがない。先の尖った靴も、いつも光っている。古手の下士官や准尉《じゅんい》の中に、とき折りそういう人物が居た。上級将校をふくめて、みんなが一目おく。現実処理能力といったものを一身に体現し、だれも圧迫される感じを持つが、といって将の器でもない。そのことはまた当人も意識していて、それだけよけいに他人に冷たく辛《つら》く当たる。

白沢にとっても、にが手の人間であった——。

「具合はどうだ」

寺尾所長はリンゴの紙袋を無造作にベッドの上に投げ出した。中から、小さなリンゴがころがり出た。

「傷の疼《うず》きはだいぶなおりました」

「早くよくなるんだな」寺尾は『ヨーロッパの歴史』をとり上げ、目次だけ見て、すぐまたベッドに投げ戻した。「こんなもの読んでるより、治療に専念するんだ」

煙草《たばこ》をくわえ、ライターをきらめかせて火をつけると、寺尾は最初の一服を春美の顔に向かって大きく吐き出した。

「あとどれくらいで退院できるかね、春美」

春美はむせながら、

「さあ、わたしは……」

「おや、わからんと。それじゃ何ば話してたんだ。しげしげ見舞いに来て、いい人の退院日も知らんだと」

春美は怒りもまじえて赧《あか》い顔になったが、黙って病室から出て行くのが、精いっぱいの反抗であった。

炭住では、寺尾所長は城主である。三百の作業員とその家族は、所長に隷属《れいぞく》している感じなのだ。

寺尾は、今度は白沢に向き直った。

「女子《おなご》の相手などしてると、治りがおそなるぞ」

白沢も答えなかった。心が重くなった。いままでは、坑道の奥深くで、キャップライトと黒い炭層だけを相手にしていればよかった。だが、これから地表で働くとなると、こんなコブラと顔をつき合わせなくてはならぬ。それまでのように、あわあわとは生きられまい。

寺尾は、小鳥籠へ屈《かが》みこむと、今度は煙草《たばこ》の輪を十姉妹に向かって吹きかけた。二羽の小鳥は、籠中ぶつからんばかりに羽ばたいた。

寺尾は、咽喉《のど》の奥で笑った。深々と煙草を吸いこみ、もう一度煙を浴びせかけた。

「所長、やめてください」

白沢は思わず大きな声で言った。

「えらい剣幕だな」寺尾は口もとを歪《ゆが》めて振り返り、「ところで、おまえ、これからどうするつもりだ」

「おれはヤマで働かせてもらうより……」

「その足ではヤマへは下りられん。選炭も人があまってるしな」

「でも、所長」

「事故は会社の責任だと言いたいんだろう。……おれにも、それはわかっとる。だがら、工面して、ええポストを持って来てやった」

「ポストというと……」

「炭鉱の売店をやらしたる」

「けど、あそこは」

「いまやっとる近藤が、ちょうど投げ出しおった」

「どうして」

「欲深いやつだからな。会社できめた物しか売れんというのが不服だと言うんだ」

「けど、ぼくに売店は……」

「やさしい商売だ。品物は会社の口ききで仕入れてやる。それをただ売るだけだ。代金だって金券を受け取っとけばええ。月末に会社で現金にしてやるから」

白沢は、かぶりをふり続けた。自信もなく、不安でもあった。それまでの人生とちがって、どこに力を入れて働けばよいかわからぬようなところがある。駆け引きとか狡《ずる》さとか、まるで縁のなかったものが必要になるのではないか。

そうした白沢の心の中を見透かしたように、寺尾はたたみかけた。

「客はみんな、おまえの顔見知りだ。お世辞つかうこともいらん。代金の取りはぐれもない。商売上手も下手もないんだよ」

「うちのようなところじゃ、補償金も見舞い金も出されん。それぐらいの働き口を世話してやらんとなあ……。売店なら、おまえの足が不自由でも、嫁さんに手伝わせることもできるし、子どもに店番やらせることもできる。老後まで安泰だぞ」

「…………」

老後——思いもかけぬ言葉であった。気の遠くなりそうなことを言うと、白沢は寺尾の顔を見直した。「嫁さん」というのは、春美のこともあり、まだ実感としてわかる。だがその先は——。

自分と春美の間の子どもが店番をする。その子たちが成長して家を出て行く。やがては、腰の曲がった老夫婦が日なたの店先で仲むつまじくすわっている。その光景を想像すると、ほほえましいとか嬉《うれ》しいなどというより、身ぶるいする思いがした。白沢のために用意されるとしては、場ちがいのコースであった。

片足失ったいま、そのコースしか残されていないと言われても、何となく足が踏みこめない。場ちがいのコースがうまく続くはずがない。そうしたコースをぬくぬくと歩み続けることが許されるはずはないと思う。

不安とも不吉ともつかぬ予感を、そのとき白沢は感じた。

四

売店の仕事には、寺尾所長の言うように、たしかに商才も商魂も要らなかった。仕入れるべき品物は、すべて所長が指定した先の問屋へ行って選ぶか、そこから届けさせる。味噌《みそ》・醤油《しょうゆ》・酒・罐詰などの食料品はじめ、文房具や小間物、靴下、子供服、セーターの類《たぐい》まですべてそうである。

客は炭鉱関係者であり、炭鉱で出している金券を持って買いに来る。月末に、白沢はその金券を事務所へ持って行って現金に代える。

春美と結婚して、売店にすわった白沢は、商才も要らぬ代わりに張り合いのないのにおどろいた。万事、受け身である。

努力するとすれば、みんなに喜ばれそうな安くて良い品物を仕入れて来ることだが、それには問屋がきまっているという障碍《しょうがい》があった。

春美は、福岡の衣料問屋街に仕入れに出かけるたびに、重い顔をして帰って来た。

「新柄のいいスカートが並んでたんよ。あれなら、みんな欲しがると思ったんだけど」

と、自分もその買手の一人になれぬことをぐちったり、

「ほかの問屋より一割は高いんよ。それに、ほかの小売り屋さんにはチャラチャラとソロバンで割引きしといて、うちの店には全然してくれんの」

と、指定先問屋の横暴ぶりを口惜《くや》しがった。

仕入れ先を変えるか増やしたいと、寺尾に再三頼んでみたが、寺尾はとり合わなかった。

「炭住に居て流行もくそもあるもんか」と言ったり、「商売じゃない。配給と思え」と、怒鳴りつける。前任者の近藤が売店を投げ出した気持ちが、白沢にも少しずつわかって来た。

仕入れ先を変えてはいかぬ納得のいく理由はなかった。本当の理由は、寺尾所長が仕入れ先の各問屋からリベートを受け取っていることであった。それも、かなりの額のようで、「あんたも少しは分け前もろうとるんとちがうか」と、白い眼で見る問屋もあった。どこも値引きなどしてくれるはずはなかった。

それがはっきりしたある秋の夜、夫婦は売店の奥の六畳の間で向かい合った。六畳三畳の二間しかない住宅。三畳にはユリと名づけた幼い娘が寝入っていた。

春美は白沢のために一本、酒をつけ、「わたしもやり切れないわ」と、自分もビールを抜いた。春美が自分から飲むのを見るのは、はじめてであった。

コップの縁から、雲のように白い泡がこぼれ出す。白沢は、何かおそろしいことのはじまりでも見る気がした。

「どうする」

「どうするって」春美は白沢の足もとに眼をやった。「その足だし、ユリも居ることだし」

そう言われてしまうと、もう話の余地はなかった。白沢は盃《さかずき》をあけた。

床下に蟋蟀《こおろぎ》が鳴いていた。風が出たのか、ときどき雨戸に細かい石やボタ屑《くず》の当る音がした。

白沢は、嘆息をついた。

「ああ、この足さえあればなあ」

暗い坑道へ消えて行く坑夫仲間の後ろ姿が羨《うらや》ましかった。

春美が、すぐ言い返した。

「でも、昔のようなわけにはいかんとよ」

炭鉱地帯は、永い不況にはいっていた。会社の経営は苦しいらしく、給与の中にも金券で払う分が多くなった。このため、みんな、いや応なしに売店へ買いに来る。

だが、店に溜《たま》った金券を今度は会社がなかなか現金に代えてくれず、すでに三カ月分滞っていた。このため、仕入れ代金が払えず、問屋筋からはやかましく催促され、出荷をとめるとおどす問屋もある。白沢は積み立てておいた預金を全部下ろして、問屋に払った。

それはまだ辛抱するとして、問屋筋はますます値を締めてくるので、白沢の売店で売る品はどうしても割り高になる。といって、炭鉱の人たちは金券では外へ買いに出られない。

「足もとを見て高い値をつけて」

と、まるで白沢が不当な稼ぎでもしているように怨《うら》む者も出て来た。白沢としては、立つ瀬がなかった。

どうなるのか、どうしたらよいのか、見当もつかない。自分だけならまだしも、妻子をどうする。いや、自分たち一家は苦しみに耐えるとして、不正をし、のさばって生きているように見られることは、不本意の限りであった。

白沢は、暗い天井板をにらんだ。

「おれ一人なら」

「一人ならどうすると」

「ただではおかない」

「だれを」

白沢が黙っていると、春美はコップのビールを飲み干し、泡のついたままの口で言った。

「所長さんでしょうが。でも、あんた、それはちがう。ヤマの不景気は所長さんのせいじゃないんだから」

「リベートはどうなんだ」

「……そりゃ悪いことだわ」

白沢といっしょになって突っかかるというふうではない。憎む気力もないというよりも、もっと別のことを考えている表情であった。

またコップにビールを注ぐ。白沢は奪い取った。

「女はそんなに飲まんがいい」

「女だって、たまには飲みたいときがあるんよ」

春美はコップを取り戻したが、白沢の手がそのコップを膳《ぜん》の上から払い落とした。

「何をするんよ、あんた」

春美は蒼《あお》い顔をふくらませた。

「もう、おしまいよ」

「何がおしまいだ」

おれにとってこそ、とっくにおしまいなんだ。おしまいにしておくべきだったんだ。

こんな「余生」というものが、あるだろうか。

蟋蟀の声の中で、白沢はつぎつぎと舞い立って行った特攻隊の姿を思い出していた。少ないときは四機、多いときは十二機と、上空で編隊を組んだ特攻機は、翼を左右に振りながら基地を遠ざかって行く。爆音のとどろきと、万歳の声。打ち振られる日の丸や帽子、マフラー。

それはまだ、つい昨日のことのように思えるし、生まれる前の別世界の出来事のようにも思えてくる。

出撃の朝、歯をみがきかけて、ふいにその手を止め、「今朝もみがくのかなあ」と、半ば笑い、半ば泣くような顔で、白沢を見た男も居た。白いマフラーを、「だれでもいい、女学生にやってくれ。いいか、女学生にだぞ」と、怒った顔で念を押し、投げつけて行った男も居る。

みんな、万歳と爆音のどよめきの彼方《かなた》へ消えてしまった。

彼らのことを想《おも》えば、どんな苦しみも問題ではないという思いと、どれほどもがこうと、彼らの短い人生には及びもつかぬという思いが、交々《こもごも》に襲って来る。生きるとはこういうことなんだと、天に届く声で呻《うめ》いてもみたい。――

隣りの三畳から、夢でも見ているのか、ふいにユリのふくみ笑いが聞こえた。

白沢の緊張は、ほぐれた。特攻隊の幻影も消える。どうしようもない、やはり行くところまで行くほかはない。とにかく生きて行くことだ。

「でもね、あんたみたいに、そう深刻になることはないと思うわ」

春美が気を引き立てるように言った。

「問題は金でしょ。お金さえあれば、いいんでしょ」

たしかにそうかも知れない。ここに二百万、いや百万の金があれば、売店をやめて、どこかに小さな店を借り独立できる。だが、その百万を……。

Q銀行の羽田野のことを思ったのは、このときであった。だが、Q銀は大き過ぎ、羽田野はえら過ぎる。夢見るにしても、滑稽《こっけい》過ぎた。

ついで、寺尾所長に金を出させようと思った。所長が取りこんでいるリベート分だけでも、十分、百万は越す。よこせとは言わない。貸してくれてもいい。

もっとも、それも白沢が一方的に思うだけで、所長には罵声《ばせい》とともに一蹴《しゅう》されることが見え透いていた。

白沢は、また嘆息をついた。問題はたしかに金だけ、、であるが、ここに来て、その金が人生を圧《お》し潰《つぶ》さんばかりに重く大きなものであることを思わずにはいられない。

「わたし、働きに出ようかしら」

春美が白沢の顔を斜めに見て言った。そうか、それを言いたかったのかと、白沢は春美を見直した。

春美は続けて、

「ただビールのお酌でもしてればいいんでしょ。わたし一人で、あなたとユリを結構、食わせて行けると思うわ」

「ばか、ばかを言うな」

白沢は浴びせかけたが、その声は弱くなった。

情けないとは感じながら、それしかないのではないかという予感にとらえられる。意地と感傷が去ってしまえば、残るのは実際的判断しかなかった。生きるとは、実際的判断に終始することだとも思ったが、それはかつての白沢には縁もゆかりもないものであった。少年兵たちをどよめきの中で死へ羽ばたかせて行ったものは、意地と感傷であった。それらは、生ではなく死の門への通行証であり、その通行証を握った手は、やすやすと生への通行証である「実際的判断」にすり代えることはできない。すり代えるやつは信用できないと、そのときまた羽田野のことを想った。

白沢は、唇を噛《か》む思いでつぶやいた。

「どこで働くんだ」

「博多かどこか」

「博多はよせ」

反射的に言った。売店を引き受けるとき感じた不安を、もう一度新しくする思いがした。金にがんじがらめにされている虚栄の都会。そこでは、すべてが未知である。通行証も持たぬままに、その闇《やみ》の世界へぐるぐる引き込まれて行ってはならない。

春美は不服そうに、

「博多がいちばん稼げるとよ。どうしてだめなの」

「……遠過ぎる」

「もちろん、ここからは通えんわ。でも、どこで働くにしても、日曜しか帰れんとよ。それなら博多でも同じじょ」

「……いや、遠過ぎる」

春美は白沢を見すえるようにして、

「あんた、引っこみ思案になったわねえ。採炭に居たときは、いつも先頭に立っとったんに」

「足が……」

「また足のせいにする。わたし、あんたの気分のこと、言っとるのよ」

「黙れ」

白沢には、もう怒鳴るしかなかった。足さえあれば——という痛切な思いは、何度口に出しても言い足りない。妻だけはそれに同調してくれるべきなのに。

風が雨戸をゆする。蟋蟀の声は、前よりさかんになった。炭住部落は、虫の声の海に漂っている感じである。

冷えて来ると、足の切り口が疼《うず》いた。その足を抱え込むようにして、白沢はあわあわと生きた日のことをなつかしく思い浮かべていた。

五

一億近い負債を抱えたまま、炭鉱は閉山整理した。

所長の寺尾は、早々に姿を消した。K市で新しい事業を始めたということであった。

残された者は、悲惨であった。給与は二カ月分が未払い。しかも、失業保険金は会社側で払うべき保険料を払い込んでいなかったため、受け取れない。

救いは、他の産業が好況であることであった。京阪神・中京などの工業地帯に炭鉱離職者の集団住宅がつくられ、実際的判断にすぐれた者はいち早く家族ごと、そこへ移って行った。そうでない者も、北九州に福岡にと職を探して移って行く。失対事業へは、男も女も出る。だが、そのどこにも、白沢のための口はなかった。

白沢は、もちろん売店をやれるわけがない。商品は全部、問屋に取り上げられたし、仮に開いてみたところで、店が成り立つほどの客は居ない。

はじめは白沢も債権者のつもりでいた。白沢の店には、会社が現金に代えてくれるべき金券が二十万以上もたまっていた。仕入れ代金は遅ればせながらも、預金まで下ろして自分の店の責任で払っていた。その意味では会社出入りの業者と同じなのだが、銀行を中心とする債権者会議では、建前通り、売店は会社の付帯部門と見、会社対売店の貸借は部門間決済の問題として棚上げしてしまった。金額に直せば、他の坑夫たちの何倍にも上る被害であった。

そのころには、白沢の立場が残っている人びとにも理解されるようになった。

「運が悪かったねえ」

と、慰められる。そうとしか言いようがないのだ。

運とは何だろうと、白沢は思う。「運」という字は「運ぶ」から来ている。つまり、運とは自分で運んで来るものだと、ある高名の女易者がラジオで言った。そうか、運ぶものなのか、それでは片足のないおれには運びようもないではないかと、白沢はひそかに自嘲《じちょう》もした。

近くにプラスチック工場ができ、部品の加工を家庭内職としてやらせてくれることになった。土間に貸しつけてくれた小さな機械を据え、朝から夜おそくまで働く。一日に四百円から五百円。乏しいが、食うだけのことはできる。妻も力を合わせてやれば、何とか暮らせるのではないか。

白沢は、春美の呼び戻しを考えた。K市のバーに働きに出た春美は、最初のうちは千円二千円と金を持って、日曜ごとに帰って来ていたが、それが半月に一度となり、一月に一度になり、最近では手紙が来るだけで、もう二月も帰って来ない。往復の旅費が惜しいし、日曜に出れば割増しがつく。少しでも稼ぎ貯《た》めてということだが、白沢には春美が闇《やみ》の街に巻き取られて行くさまが、眼に見えるようであった。

保育園に通うようになったユリは聞きわけがよく、母親を恋しがらない。それだけに、よけいに不憫《ふびん》であった。プラスチック内職の話を書いて帰って来るようすすめたが、応じない。その間に、つとめ先のバーもアパートも転々と変えて行く。いまにも蒸発しそうな気配である。そして思い出したように一万円ずつ送って来た。それが白沢には、やましさを取り繕う申し訳の行為のように思えた。

ある日、K市に働きに出ていた炭住仲間が、春美が寺尾といっしょのところを見たと教えてくれた。寺尾は港湾荷役のボスのようなことをして羽振りもよく、夜の町でもちょっとした顔役扱いだという。

白沢は春美に速達を出した。寺尾とのことにも触れ、すぐ家へ戻るように書いた。返事はしばらくしてから、宛先《あてさき》とは別の住所から来た。またアパートを変わっていた。「世帯持ちとは見られたくないの。実入りがちがうんだもの」と、いつか春美が口走ったことがある。転々と移るのは、そのことと関係があるのだろうか。

春美の返事には寺尾とのことについて、〈偶然、お客さんとして来られたまでで何でもありません。所長さんはいいお客さんですし、わたしたちにお客の選り好みのできるわけがありません。わたしを信用してください〉

と、あった。春美の頭に、寺尾はまだ「所長さん」として君臨しているようであった。それに、「いいお客さん」とは、どういうことなのか。春美が寺尾に笑いながら組み敷かれている姿がちらついた。

白沢は、ユリを気心知った炭住仲間に預け、K市へ春美を連れ戻しに出かけることにした。

説得に自信があるわけではなかった。おそらく、哀願したりおどしたりしなくてはならぬであろう。だが、どんなことをしても連れ帰らなくてはならぬと思った。ユリを預けて行く以上、炭住仲間にそのことは知れ渡っている。おめおめ素手で帰れない。春美も憎いし、寺尾はさらに憎い。だが、過ぎたことは穿鑿《せんさく》すまい。自分と春美を傷つけるばかりである。それより、どんな手段に訴えてでも、連れ帰ること。

白沢は、春美をおどすときのことを考えた。足の悪い白沢は、腕力だけでおどすことができない。芝居じみているが、短刀を畳に突き立てて見せることも必要かも知れない。そう思いながら、ふっと眼が仕事場の隅に在る硫酸壜《りゅうさんびん》を見た。プラスチック会社のものである。

少しばかり器量のよいことが、春美の足をとどめさせている。その器量を台無しにしてやると、脅迫してやろう。

予想される最悪のケースは、春美が寺尾の情婦にされていること。そのケースを考えると、白沢は体が熱くなる。あのしたたかな寺尾を相手に素手では歯が立たない。二人をおどすために、場合によっては身をかばうためにも、短刀でも持って行ったほうが……。

寺尾を相手にすることそのことに、ためらいはなかった。二重にも三重にも踏み倒された相手である。金銭だけでなく、春美の夫としても許せない。胸ぐらをつかんで、ゆさぶってやりたい。

いや、ただゆさぶるだけではすまない。白沢は寺尾に金を出させることを考えた。白沢の受けた数々の痛手は、当然、寺尾が償っていい。寺尾以外に償う人は居ない。いま寺尾の羽振りがよければ、よけいにそうである。百万か二百万出させよう。貸してくれてもいい。そうすれば、小さな店を持ち、親子三人で再びあわあわと生きることができる――。

K市に出て二日目、それもほとんど十二時近く、白沢は波止場寄りのクラブで寺尾が春美に戯《たわむ》れている現場をつきとめた。寺尾は、部下らしい男といっしょであった。話をつけようと、クラブの横の暗い路地へ押し出された。

白沢はまず春美だけと話をしようとしたが、不安を感じてか、春美は寺尾の背に隠れるように立った。

白沢は寺尾に突っかかるほかはなかった。それも、寺尾と一対一なら、まだ話しようもあろうが、妻ともう一人の男の前では、強面《こわもて》を崩せない。実際的判断などというものはなく、意地だけであった。

寺尾は、春美との関係については何もないと言い、売店のことについては、債権者会議に任せたと、突っぱねた。

白沢がなお食いさがると、

「おまえのような屑《くず》は、ここにでもはいっていろ」

と、そこにあった円筒形の屑入れを白沢めがけて蹴《け》ころがした。

「所長！」と迫ると、「何だよ、こいつ」と、力任せに肩を突かれた。男が横に回り込んで来た。

「たたき込んじまいましょうか」

路地のすぐ先には、海が黒く光っていた。白沢は危険を感じた。

「金を出せ。ヤマから持って行った金を」

言いながら、白沢は短刀を抜いた。

「屑がドスを構えた」

と、寺尾は笑った。

「構えるには、こうやるんだ」

はたき落とそうと手をのばして来る。横から男が飛びついた。

それから先は、無我夢中であった。何度も短刀をふるった。悲鳴を聞いた。短刀を失《な》くしたところで、ポケットの小さな硫酸壜の栓を抜いた。悲鳴と呻《うめ》きの中で、ふりまいた。

六

蛍が夜空に上るように、超高層ビルの壁面を灯のはいったエレベーターが上って行く。その麓《ふもと》あたりに赤らんだ光を散らしているのは、チャイナ・タウンであろう。少し離れて、中心街のマーケット・ストリートが、光の帯になってきらめいている。

ホテル最上階にある特別室の広い窓からは、坂の多いサンフランシスコの市街の灯が、大きな波のうねりに漂う無数の夜光虫の輝きのように見えた。チンチンと鳴らすケーブルカーの鈴は、谷底の虫のように遠い。

「すっかりお疲れになりましたでしょう」

黒い革のソファに沈んでいる羽田野頭取を、秘書役がいたわる。

四日間にわたる日米金融会議。それほど責任のある会議ではないが、言葉の問題や見馴《みな》れぬ顔触れなどのため、たしかに少し疲れたようであった。だが、後に残る心労などといったものがないだけに、むしろ快くもある。カクテル・パーティのブランデーの酔いも、少しずつ回って来ていた。

羽田野は、脇机《わきづくえ》の上から夕刊を取り上げた。第一面には、丸坊主《まるぼうず》の男の大きな写真と並んで、「第二ノ犠牲マデ後十二時間」という大見出し。一人の死刑囚の動静が、その家族の談話とともに、詳しく報じられていた。また、刑執行に再考を促すという知識人団体の呼びかけや、学生や牧師の一隊が刑務所の前にすわりこんでいるという記事もある。

その死刑囚関係の記事が紙面の過半を占め、戦争関係の報道が四分の一ぐらい。日米金融会議関係の記事は、紙面の隅に押しやられた格好であるが、それでも日米両国旗を掲げた会場の写真入りで掲載されていた。

羽田野頭取は、秘書役が赤鉛筆で囲った箇所をもう一度読み直した。

「……日本代表団ノハタノ団長ハ、私達ハゴールデン・ゲイト橋《ブリッジ》ノ雄大サニ感動シタ。コノ大キナ橋ニモ似タ国際金融トイウ懸ケ橋ヲ太平洋ニカケ、日米間ノ経済協力ヲ促進スルコトガ両国国民ノ幸福ト安全ニ大キク寄与スルコトニナルト、信ズルト、力強ク述ベタ……」

アメリカの新聞に、自分の団長挨拶《あいさつ》が掲載されている。悪い気はしなかった。二十年前の戦争は一夜の停電のようなもので、戦前のニューヨーク駐在員時代から、今日のこの輝かしい姿は約束されており、その篝火《かがりび》めがけて着実に歩み続けて来たという安堵《あんど》に似た満足感もあった。

「死刑執行をずいぶん派手に扱っていますねえ」

外国に出たせいか、秘書役の聴音器は頭取の心の動きを少し聞きちがえていた。

「何しろ十年余りも死刑をやっていなかったというんですからねえ」

「……うん」

気乗りのする話ではなかったが、ここカリフォルニアでは避けられぬ話題であった。死刑は廃止されたわけではなく、代々の知事が人道的動機から執行命令にサインしなかったのだが、前身がハリウッドの西部劇スターである新知事は、十年来たまりたまった死刑囚三十六人をかたっぱしから処刑することにし、すでに第一号を殺し、第二号の命令書にもサインした。たしかに、世論を騒然とさせるものがあった。

会議の席で羽田野の隣りにすわったアメリカの農業銀行の会長は、コーヒー時間《ブレイク》のとき、羽田野に言ったものだ。

「新知事ハドウデス。ナカナカノヤリ手デショウ」

羽田野は、白沢柳助のことを思い出した。裁判はどこまで進んだか、死刑の判決が下ったろうか。そして、あの男はいまごろ、どこで何を考えているのだろう。四国の基地では、夜ごと、ひっそり息をのむようにして特攻隊員の胸の中《うち》を想《おも》ったものであった。そして、おおよその心事は見当がつく気がしていた。

だが、いまはもう何もわからぬと言ってよい。頭取の日常の中からは、どこをどうやってくり返しても、白沢のいまの心境を想像させるものは出て来なかった。いや、わかることはたった一つある。白沢は己の不運を嘆いているであろうし、万一、羽田野の今日を知るなら、その幸運をうらやみ、いっそう己の不運を悲しむにちがいないということである。

羽田野は、自分が幸運であったことを否定はしない。たとえば、羽田野は三度も召集されながら、いつも死から遠くに居られた。最初の召集のときは、連隊区司令部勤務ということで、旗の波に送られて出たのに、つぎの日は家へ戻り、家から出勤を許された。近所の人に体裁が悪く、町会長を通じてそれとなく知らせておいてもらったが、家の軒に掲げてある「出征軍人の家」という標札が何とも気恥ずかしかった。

二度目の召集のときは、肝炎にかかって入院中、所属する大隊は満州に出征し、ついでフィリピンへ向かう途中、輸送船ごと沈められて全滅した。そして、三度目は特攻基地の設営。翼の下の雛鳥《ひなどり》がかたはしから敵に向かって死んで行くのに、安全な巣にとどまっている親鳥の役割であった。

銀行でも運がよかった。

財閥系銀行のため、首脳部が大量に追放されて、戦後は昇進が早く、異例の若さで取締役に。戦前、親しく仕えていた支店長が副頭取から頭取になると、次期首脳を噂《うわさ》されていた筆頭専務はじめ数人の役員を行外へ追い出した。そして、羽田野を登用、その頭取の態勢を固めかけて急死。まだ副頭取になる気構えもできていない羽田野のところへ、頭取の椅子《いす》がころがりこんできた。

もちろん、羽田野にも努力はあった。大学出などがばかにしてやらない簿記や珠算も、神田の夜学校へ通って覚えてきた。実際に何が役に立つか――そのへんのところを決してないがしろにしなかった。

人間関係でも決して腹を立てないことにした。感情や面子《メンツ》にとらわれず、いつもにこにこしていることに心がけた。その一方では、急死した前頭取の力量に早くから眼をつけ、命を預けるぐらいの気持ちで忠勤を励んだ。

だが、それらの努力だけが羽田野の今日をあらしめてくれたとはいえず、運の力を認めずにはいられない。とにかく、俗に言う「ついている人生」であった。

つき過ぎている男としては、あまりにもつきのない男のために何かしてやりたい気もする。恩人の端くれであるあの少年兵のために。

有能な弁護士をつけてやるか、減刑嘆願でもしてみるか。

頭取は秘書役を見た。だが秘書役の聴音器は鈍ったまま、窓に寄り、街の夜景に気をとられていた。

頭取は咳払《せきばら》いした。秘書役は、はじかれたように振り返った。

「頭取、夜の街にお出になりますか」

聴音器はまだ動いていない。頭取はむっとしたが、声は陽気に、

「このわしがゴーゴー酒場《バー》へ行くわけにもいかんだろう」

秘書役は、ごもっともというように頭をぴょこんと下げた。

「明日の朝は、少し早うございますし」

この先ニューヨークからモントリオールへ回る予定である。

頭取は、白沢についての思いを口に出すきっかけを失った。

窓の外でエレベーターの灯は動き、街は星屑《ほしくず》のようにまたたき続けている。その中の一つの灯が消えたとしても……。

二十年前のほんの短い一瞬のことである。白沢は羽田野のことなど、もう少しも念頭にないであろう。いまはおたがいに何の関係もなくまたたき続けている灯ではないのか。

頭取は腰に手を当てて背のびをした。

「やれやれ、疲れが出て来た。日本なら、マッサージを呼びたいところだ」

「お呼びしましょうか」

「調べておきました。日系人、それに中国人にも居るそうで。どちらにいたしましょう」

「え、居るのか」

「きみに任せるよ」

やっぱり気のつく男だと、頭取は満足をとり戻した。

七

白沢の死刑は確定した。

二人まで殺したということ、その殺し方が残虐《ざんぎゃく》であり、短刀と劇薬の両方を用意した点では計画的殺人の疑いを持たれた。路地の入口に居たバーテンが「金を出せ」との声を聞いた、という証言も、白沢には不利であった。硫酸に顎《あご》から肩を灼《や》かれた春美は、傷のひきつりと、気分が定まらぬため、白沢に十分有利な証言ばかり並べ立てるというわけにもいかなかった。

弁護費用とてなく、すべて国選弁護人に頼っており、白沢は最高裁への上告を取りやめた。

拘置所にはいってしばらく、白沢の気持ちは荒《すさ》んでいた。

約束された死という一点では、かつての死を思わせたが、それにしてもすべての勝手がちがっていた。ちがい過ぎる気がした。

ちがって当然である。約束された死ということであのときの死を連想すること自体が、すでに不謹慎である。そうは思っても、刻々と確実に迫って来る死を考えると……。

死の足音に向かって、あのときは意地が白沢を励まし、感傷が支えてくれもした。だが、いまは意地も感傷も逃げ出し、まるで素裸同然で死に向かわねばならない。今度こそ、虫けらのような死に。

あのときは目的のために死なねばならなかったが、いまは結果として死なねばならぬ。だが、何の結果なのか。白沢が苛立《いらだ》つのは、その点である。

自分は何をしたというのか。怠惰であったか、貪欲《どんよく》であったか、賭《か》け事や放蕩《ほうとう》に耽《ふけ》ったか、人を騙《だま》しでもしたか。そのどれでもない。人なみにまじめに黙々と働いて来た。もし何かの結果というなら、妙な言い方だが、不運の結果としか言いようがない。

白沢は、自分のつきの落ちて行った過程を思い出してみる。

学校へ行っていれば、せめて中学の卒業証書なりと。事故で片足奪われたのも、大きな不運。たしかにあれ以来、運を運べなくなった。

不安を感じながら売店を引き受けたことも、不運。器量良しの妻を迎えたことも不運。だが、もし、その妻を希望通り博多で働かせていたら、寺尾に出会わず、事件に至らなかったであろう。それも、不運。

あの夜のこと一つにしても、まず、春美なり寺尾なりに別個に当たっていたら、問題はなかった。二人いっしょに居ても、まだ辛抱できたのに、男二人と妻という最悪の組み合わせでめぐり会った。さらに、場所も悪かった。前には海。片足のため泳げる自信はなく、放り込まれて殺されるよりはという焦《あせ》りが働いた。

不運続きであった。あまりに、つきがなさ過ぎた。不運に不運を重ねた末、その締めくくりとして最大の不運。それは、死ぬべくして生きながらえたことへの罰とでもいいたい気がした。しかし、それならばなぜ自分だけに――。

近くの房から、よく、碁を打つ音が聞こえた。二十二歳の死刑囚が本を見ながら、一人で打っているという。たまには拘置所のだれかが相手をしているふうでもあった。

看守の守口が言った。

「澄んだいい音だろう。碁には性格が出るというが、とてもきれいな碁だそうだ。さとりを開いて無心になったのだろう」

それが白沢には皮肉にも聞こえた。

「ばかな。さとりなんてあるものか。それより早く殺せ。すぐ殺してくれ」

と、わめいた。

「体の具合はどうだ。何か不自由なことはないか」

と言われると、それも皮肉に聞こえて腹を立てた。

「どうせ、不自由ですよ。足だって、体だって……。全部が不自由じゃないか」

死に対して覚悟をきめるどころか、すべてに呪《のろ》いが深まるばかりであった。気のまぎれることがなかった。

ある朝、守口看守は小鳥籠《ことりかご》を持って来た。一番《ひとつがい》の十姉妹《じゅうしまつ》がはいっている。

「それはどうしたんです」

白沢は思わず叫び声を上げた。再び姿をくらましたままの春美からの差し入れかと思ったのだ。

看守の答えは、白沢を失望させた。

「うちの息子が二番飼っていたんだが、そろそろ受験勉強に専念しなくちゃならなくなってね。一番は末の娘の小学校へ持って行かせたが、この一番はわたしの自由にさせてくれたんだよ」

「それを、どうしておれに」

「新入りのきみが、いちばん、気のまぎれるものが必要だと思ってね。……どうだ、飼ってみないか」

短い時間考えてから、白沢は首を横に振った。小鳥なんかに慰められてたまるかと思った。

看守はしかし、それをコンクリートの廊下に残して行った。

十姉妹はよくさえずった。碁の音を消して鳴く。朝を告げ、眠るべき夜の時間を教えてくれる。

それは、春美と知り合ったころのことを思い出させ、なつかしくもあり辛《つら》くもあったが、ただ陰惨な思いに沈みこむことを妨げてくれもした。まわりの部屋でひっそり生きる囚人たちよりも、もっと身近に生きている仲間を感じさせた。

いっしょに生き、生かせてやろう。そして、処刑の日には、今度は死ぬ仲間になってもらう。看守の眼の前で、この手で絞め殺してやる。ついてないのがおれだけでないことを、この無垢《むく》の生命に思い知らせてやる。掌《て》の中でもがき、羽ばたき、ぐったり動かなくなるときの感じを思うと、ふっと血の沸き立つ思いもした。

大切に育ててやろうと、白沢は残忍な心で考える。弱ったり打ちひしがれている鳥を殺してもおもしろくない。二つとも生き生きとし、死の影など少しもさしていないところを殺さなくては殺し甲斐《がい》がない。雛《ひな》ができれば、さらに殺し甲斐があるであろう——。

飼い出してみれば、悪くはなかった。病院そして売店の店頭と、かつて飼っていたころのことを思い出し、甘ずっぱい気分を嚙《か》みしめた。あのときは、ついに雛をかえすまでに至らず落鳥したが、今度はぜひとも雛をもうけて、りっぱに育ててみせる。

表情こそないが、十姉妹がなついて来るのがわかった。指先から稗《ひえ》をついばみ、白沢の気持ちをうかがうように小首をかしげて見せる。それでいて、おどせば籠いっぱいにあわてふためく。小鳥には表も裏もなかった。

看守の狙《ねら》い通り、たしかに気はまぎれた。慰められる思いもした。白沢自身、白い小さな鳥になって宙に漂い出すような気分のすることもあった。

それは、戦後、子どもたちと遊んでいたころの、あのあわあわと生きて行く気分を思い出させたが、ただそれは生と死の合い間を気ままに漂い生きるということでなく、意識すればすぐに凍りついてしまいそうなほど、死に浸されていた。

新しい年が回って来た。

小さな餅《もち》のはいった雑煮が配られた。もはやつぎの年の雑煮を食うこともあるまいと思うと、四国の基地に居たころまで一足飛びに時間が戻ってしまう。とんだ余生だったと、口を歪《ゆが》めて、かたい餅を噛む。

あわあわ生きることは、所詮《しょせん》、無心な小鳥ぐらいに許されることであった。人生ははるかにきびしく、欲望も知恵も狡《ずる》さも必要であった。人生を呑《の》んでかかるような生き方でなくてはと、おくればせながら思った。

どこからも便りはなかった。春美は行方をくらましたままであり、ユリは児童福祉施設に収容され、死刑囚の父親のことを忘れるようにしつけられていた。雛が生まれたら、その福祉施設に名をかくして届けてもらおうかと、思ったりした。

十姉妹は、白沢の心を察しでもしたように、卵を産み、淡い褐色の二羽の雛をかえした。小学校の十姉妹は、と守口に訊《き》いてみると、二羽とも猫に襲われ居なくなったとのことであった。かわいそうに思い、白沢自身の保護者としての役割に満足を感じたが、一方では、大の男が小鳥の保護者でしかないと思うと情けなくもあった。

二月のはじめの冷えこみのきびしい朝のことである。「うるさい」とどなられながらも、青年は朝早くから碁を打っていたが、その音を踏み消すように、いくつもの靴音がコンクリートの廊下にひびいて来た。「お迎えだ」と、だれかが押し殺した声で言う。

靴音は迫って来た。まず拘置所長、ついで教誨師《きょうかいし》と数人の看守が白沢の部屋の前を通り過ぎた。碁の音が止《や》んだ。小さな叫びとも呻《うめ》きともつかぬ声。鉄格子《てつごうし》を開ける音がする。白沢は思わず眼をつむった。

青年は少しずつ廊下を歩いて別れの挨拶《あいさつ》をしていたが、やがて白沢の房の前に立った。

「お先に行きます」

白沢は眼を合わせられなかった。あのころは、がっしり組み合うように眼と眼を見交わしたのに。

「うん、おれもじきに」

「ばかな、白沢さん」青年は急にはげしい声になった。「あなたはあきらめがよすぎる。再審請求でも何でもやれるだけのことをやって、生きのびなくちゃ」

白沢は答えにつまった。再審請求しようにも、どこにその費用があるのであろうか。話をそらせた。

「きみは碁でさとりを……」

「さとり？　とんでもない」

「けど、とてもきれいな碁を打つとか」

「碁は好きさ。ここへ来てから、いっそう好きになったよ。だが、それだけよけい生きたくなった。おれの碁の腕は一日ずつ上がるんだ。一日でもながく、おれは生きたかったよ。生きて、みんなを相手に、かたっぱしから打ち負かしてやりたかった」

看守がうながし、ついで、その肩を抱き取るようにして引き離した。靴音はかたいこだまを返しながら、遠ざかって行った。

起きるべきことが起こったのだが、ショックであった。碁の音の代わりに、小鳥の声が耳につくようになった。親子四羽、朗らかで、にぎやか過ぎた。「無心とはこういうことよ。あなたはこうはなれないでしょう」と、さえずっているようであった。神経にさわった。

白沢は、看守の守口を呼び、十姉妹を持って行ってくれるようにたのんだ。

「小鳥の役目は終わりましたよ。おれの気持ちは、はいったときにくらべりゃ、ずいぶん変わったはずだから。……今度は学校で可愛がってやってください。子どもたちに囲まれているほうが、こんな暗いところに居るより鳥にも幸せですよ」白沢は守口に口をきく隙《ひま》を与えず続けた。「ここに置けば、おれひとりたのしんでいるだけです。もうどうでもいいようなおれひとりが……。本当言えば、おれの気持ちが落ち着いたり慰められたりしたって、何の意味もありゃしません。それより多勢の子どもをたのしませたら……。ユリだって、きっとよろこんでくれるはずだ」

「そうか、きみは雛を娘さんにおくってやる気になってたんだね。それなら、ぜひそうしてやりたまえ」

「おれは何ひとつユリに買ってやれなかった。せめてはと思っただけだ」独り言のように言ってから顔を上げ、「でも、もういい。早く学校へ持って行って。子どもたちはいま淋《さび》しがってるんでしょ。早く親子ぐるみ持って行って」

「親子は要らないよ。親か子のどちらかでいいんだ」

「両方持って行ってください。親子別れさせるのは、もうたくさんだ」

声が激し、白沢は頭を抱え込んだ。

「きみは強情だね」

「強情なのは、そっちですよ。要らないから持って行けと言ってるんだ。このまま置いておくなら殺しちまうよ」声につれて、心まで凶暴になって来そうであった。「おれは殺すことには馴《な》れてるんだ」

守口は十姉妹を持ち去った。

白沢の神経は、安まらなかった。夜半眼ざめ、鳥籠の置いてあったところがうつろなのを見て、心もうつろになるばかりである。靴音の幻聴に何度かうなされた。寝汗をかいた。どこにも支えとなるものはなかった。

春の日が高窓いっぱいに光っているある日の午後、守口が絵や手工品を抱えてやってきた。

「子どもたちがとてもよろこんでね。ぜひ、その小鳥のおじさんにお礼がしたいというんだ」

「小鳥のおじさん、おれがそう呼ばれているんですか」

白沢はきょとんとした。消え入らんばかりの白沢とは別に、もう一人の白沢が居た思いがした。

ついていた手紙を読んだ。

「親切な小鳥のおじさん、十姉妹を四羽もいっぺんにくださって、ありがとうございました。ぼくたち、おかげでさびしくなくなりました。親切なおじさん、ほんとにありがとう。ぼくたちは……」白沢は読むのをやめた。急いで読み終わるのが惜しくなった。守口に向かって苦笑した顔を向け、「おれが親切なおじさんだって、小鳥のおじさんだって、このおれが子どもたちにそんなふうに……」

学校の子どもたちからは、その後もときどき十姉妹の様子を知らせる手紙や絵が届いた。父親のことを忘れさせられてしまったユリに代わって、たくさんの子どもが自分をおぼえていてくれると思うと、少しは心が慰められた。

白沢は思いついて、守口にたのんだ。

「子どもたちに鉛筆をおくってやりたいんですよ。なに、一人一本ずつですがね。……おれ、親切な小鳥のおじさんとして死にたい。だから、欲が深いかも知れないけど、鉛筆に『小鳥のおじさんより』と刻みこんで」

「……わかった。当たってみよう」

「いくらにもならぬと思います。それぐらいの金なら、おれにも」

守口が大きくうなずくのを見て、白沢はすがりつくように言った。

「もうひとつおねがいです。その鉛筆の何本かをユリに送ってやりたいんです。いまはだれから来たかわからなくていい。大きくなって本当のことを知ったとき、おやじは死ぬまでろくでなしではなかったとわかってくれるでしょう。おれ、それを思うと……。ぜひ、おねがいしますよ。それも、できるだけ早く」

白沢の気は急《せ》いた。靴音はいつ白沢に向かって来るか知れない。死ぬ前に、その鉛筆を見ておきたかった。

『小鳥のおじさんより』の鉛筆が出来て十日ほど後、白沢は思いもかけぬユリからの手紙を受け取った。

「父ちゃん、おげんきですか。ユリはこのごろ、うれしいことばかりです。どこかとおいところへ行ってしまった父ちゃんのいどころがわかったから、てがみを書きなさいと先生にいわれました。父ちゃん、このまえは、エンピツをありがとう。へんなエンピツだなあとおもっていたら、きのう、そちらの小学校のお友だちからユリにたくさんてがみがきました。それには、父ちゃんがとてもしんせつで、いい人だと書いてありました。だから、いくつもユリはうれしいんです。父ちゃん、がんばってください。そちらはちょっとかえれないところだそうですが、ユリはかえってきてくださるようにおいのりしてまってます」

生きたい。生きて帰りたい。どんなことをしても生きのびたい。

だが、いまとなっては何ができるのか。なぜ上告をし、再審請求をしなかったのか。たしかに費用もなかったが、担当の国選弁護人のやる気のない口ぶりに、上告をあきらめたことも、事実であった。もっとやる気のある弁護士であったら、そして、もっとやる気のある被告白沢柳助であったら。

あきらめが早過ぎた。だが、おれの人生はあきらめからはじまった。人間は信じられぬというあきらめから——。

白沢は、まず小学校の子どもたちに手紙を書いた。

「おじさんの子どもから、とてもよろこんだ手紙が来ました。おじさんはたいへん幸せです。ほおをつねりたい気持ちです。悪いことをしてしまったのが残念でなりません。おじさんは気がつくのがおそかったようです」

白沢は、そこでペンを止めた。おれは何に気がつくのがおそかったのだろう。白沢は、高窓を見た。その日も窓は光に満ちていた。

祈りともつぶやきともつかず、白沢は口走った。

あわあわとしてはいけない、ユリ、決して、いけないよ。

非常勤二名を除き役員全員が役員会議室に揃《そろ》ったと、秘書役が伝えた。半年に一度の決算役員会である。羽田野は、副頭取・筆頭専務・専務・常務……と居並ぶ顔をふっと想像してみる。次期頭取にだれを選ぶのか、その時期はいつなのかと、どの顔も緊張して羽田野を見つめてくる。

まだまだと、羽田野頭取は顔でも心でも笑っている。あと十年でも二十年でもやりますよ。

頭取の顔はいつも微笑しているが、信賞必罰はきびしい。成績が上がらなければ、役員といえど叩《たた》き出す。運が強かったから自信をつけたのか、自信があるから運が強いのか。

頭取はすぐには腰を上げず、煙草《たばこ》をくわえた。

秘書役はあわてて走り寄り、ライターをすった。一服してからということなのか。それなら、一服にふさわしいお相手を。

秘書役は思い出して言った。

「いつかお話の白沢とかいう殺人犯、とうとう処刑されましたね」

頭取は小さくうなずいた。

処刑など記事にはならぬのだが、白沢が「小鳥のおじさん」として学童たちに慕われ、PTAでも減刑嘆願運動をしようとしていたというので、街の話題に取り上げられていた。

あの男の心は、小鳥によって救われたのか。小鳥なんかで……。いや、それでも、まあ、よかったと、頭取は思った。

秘書役の聴音器は、その頭取の心の声をすばやくとらえて、

「どうも、真人間になることが遅過ぎるんですね」

頭取は答える代わりに、煙草の煙を長く吐き出した。

この男はそろそろ別の仕事に回してやろう。代わりに若い秘書役をつけ、わしの時代がまだまだ続くことをみんなにそれとなく告げてやり、こちらも若返ることだ。とにかく、わしはまだ六十代の半ばだ、余生にはいるには早過ぎる。

「さあ行くよ」

頭取は元気よく腰を上げた。白沢のことは、もう念頭になかった。

（「オール讀物」昭和四十三年五月号）

草原の敵

一

敵は大草原の中から湧《わ》くように現われ、馬に乗って襲ってきた。数は約五十騎。小銃を乱射し、呪文《じゅもん》を唱え、晴家屯《せいかとん》めがけ、突っこんでくる。八路軍の制服を着たのもおれば、鼠色《ねずみいろ》の便衣のままのもある。背負った槍《やり》や抜き身の青竜刀が、きらきら光った。槍の穂先や刀の柄《つか》には、赤・黄・青の原色の布や房が、ひらめいていた。

そのとき、晴家屯の日本軍守備隊では、演芸会を開いていた。月に一度、兵隊たちが歌をうたったり、即興劇をやったり、物真似《ものまね》をしたりというわけで、変わりばえはしないのだが、これといった娯楽のない守備隊生活では、それが何よりのたのしみでもあった。

もっとも、芸のできない者は困る。三人の少年戦車兵の中で、菊川兵長は最も無芸であったが、輪番で何かやらねばならぬときには、「露営の歌」をうたう。

「いよう、十八番、待ってました」

と、兵隊たちの中からヤジがとぶ。菊川の歌は少しもうまくない。だが、きまって
その歌をうたうので、下手ながら十八番というのだ。

戦争《いくさ》する身はかねてから
すてる覚悟でいるものを
泣いてくれるな草の虫
東洋平和のためならば
なんで命が惜しかろう（作詞　藪内《やぶうち》喜一郎《きいちろう》）

見渡す限り緑の続くホロンバイルの大草原。故国を後に幾千キロ、万里の長城より
さらに北西、蒙古《もうこ》の奥深くにいることが、歌に強烈な臨場感を与える。
真赤な夕陽が、何ひとつ眼を遮るものもない曠野《こうや》の彼方《かなた》に沈むときなど、よくも遥《はる》
かな地の果てへやってきたものだ、これも「東洋平和のため」なのだと、つい、その
歌を口ずさみたくもなるのであった。兵隊たちの反応はどうでもよろしい、うたうと
すればその歌しかない、という思いであった。
その日の演芸会での注目の的は、二人の新人であった。

八月にはいっての現地召集で送られてきた親子ほども年のちがう二人の二等兵。まずチチハルで写真館をやっていたという森二等兵が、仮設の舞台に上った。ずんぐりした小男で、

「一穴主義か。母ちゃん相手ばかりに精を出したな」

と、口の悪い隊長の松原准尉《じゅんい》にからかわれた気の弱そうな男である。頭はうすく、歯は乱杭歯《らんぐいば》で、まるで風采《ふうさい》が上がらない。

ところが、その森二等兵が、ほれぼれするほどさびのきいた声で、いくつかの艶《つや》っぽい小唄《こうた》をうたってのけた。

年輩者の多い兵隊たちは、手をたたいてよろこんだ。

「あいつ、見かけによらぬ遊び人だな」

松原准尉は、見こみちがいにいまいましそうにつぶやいた。そして、傍《かたわら》にいる菊川兵長に向かい、

「どうだ、少しは鍛えてやったか」

菊川は、まだ十七歳の少年兵だが、その二人の初年兵教育を言いつけられていた。

「いや、まだまだです」

「年寄りだからと、容赦するな。徹底的に鍛えてやれ」

准尉は、反感もあらわに言った。

当の森二等兵は、黄色い乱杭歯を見せて笑い、兵隊たちの拍手にこたえている。

菊川にも、かすかに反感が湧いた。

無能な初年兵のくせに、最初から艶っぽい唄を得意そうにうたう。うまければうまいほど、許せない気になった。

「大いに鍛えます」

菊川は、小さな声だが、力強く言った。

わずか三十二人の守備隊。一人でも二人でも味方のふえることはありがたいが、いまのままでは、二人は隊のもてあまし者でしかない。あんな二人をよこすより、九九式銃の一梃《ちょう》でもくれたほうが——と、下士官や古参兵たちはぼやき、どの分隊でも引き取らなかった。

そのため、菊川兵長が初年兵教育ということで二人を預かった形になっている。反感とは別に、二人を一刻も早く有能な兵士に育て上げねばならなかった。

新しい拍手が湧いた。

いま一人の新兵、長谷部二等兵が台に上った。

痩《や》せた長身、黒縁の眼鏡をかけた青白い顔、森とは対照的である。建国大学予科から繰り上げ入営させられた学徒兵である。

菊川兵長は、聞き耳を立てた。

長谷部は菊川とは同郷の岐阜の出身であった。そして、私立と公立の中学のちがいはあったが、同学年。柳ヶ瀬《やなせ》あたりで、何度かすれちがった仲かも知れなかった。

菊川が中学二年から富士の少年戦車兵学校にはいり、軍人として生きてきたのに対し、そのまま学窓に残り、モヤシのように育ってきたこの同郷同年の学生は、いったい何をうたうのかと、人一倍関心があった。

もし、艶っぽい唄でもうたおうものなら、大いにしごいてやろうと思った。

場内は、期待で、しんとした。

兵隊たちの外側には、晴家屯の部落の男女や子どもが群れていた。言葉はわからなくても、日本軍の演芸会は彼らにとっても一つの気ばらしになっていた。

髪を二つに分けて長く編んだ王愛花《おうあいか》の姿が、楊柳《ようりゅう》の下に見えた。片言ながら何度か話し合ったことのある、眼の大きな少女であった。まだ十五、六であろうが、そこへ来ている菊川ら三人の少年兵が共通して淡い憧《あこが》れを抱いている娘であった。

舞台の上で、長谷部二等兵が直立し、歌の題らしいのを言った。聞き馴《な》れぬ名だと思ったら、中国語であった。

長谷部がうたい出すと、ざわめきが兵隊たちの外から起こった。流暢《りゅうちょう》な中国語で、歌の一節一節がよくわかるのであろう、反響は刻々とたしかになり、うたい終わると、大きな拍手が外から起こった。

兵隊たちは、それにつられて拍手する格好になった。

菊川には、「東洋」とか「中国」とかいう言葉ぐらいしかわからなかったが、東洋平和・五族協和でもうたった歌なのであろう。

「ううん、よし」

と、菊川の隣りでは、松原准尉がつぶやいた。

学生ぎらいの准尉だが、まずよかったと、菊川はほっとしたが、背後から少年兵仲間の浅井に耳打ちされて、動揺した。

「見ろ。愛花があんなに拍手しているぞ」

菊川は、楊柳の陰を見た。形のよい手がちょうど拍手を終えるところであった。眼は下りて行く長谷部の背に注がれている。

菊川は、長谷部に嫉妬《しっと》を感じた。

〈おれたちがお国のために軍務に精出している隙《ひま》に、あいつはぬくぬくと中国語など覚えて――〉

不公平だという気がし、それが怒りに変わってくる。

〈よおし、あの二人を大いに鍛えてやるぞ〉

菊川は、あらためて心に期した。

敵襲を告げる叫びが望楼から聞こえたのは、そのときであった。

二

守備隊のいる部落が正面から襲撃されるとは、思ってもみなかった。

それまで敵のゲリラが襲ったのは、動哨《どうしょう》に出ていた者や、輸送途中のトラックなどに限られていた。

それに、最近では治安状態はずっと良好だったし、ゲリラの動きを伝えてくれる日本軍側の密偵からも、絶えて報告らしい報告はなかった。

「密偵《やつ》は失業して姿をくらましてしまったぞ」

と、松原准尉《じゅんい》は鬚《ひげ》をなでながら、笑って言ったものだ。

密偵は情報を売って生きている。その売るべき情報もないほど、ゲリラは遠ざかり、なりをひそめてしまったと見ていたのである。

「敵襲とは何だ！」

准尉がどなり返した。

「騎兵隊であります。西から数十騎が攻めてきております」

そして、そのときには、小銃と馬蹄《ばてい》の音、馬のいななきが、准尉の耳にも聞こえていた。

演芸会場に当てられていた小さな広場は、まわりの中国人を突きとばして陣地へ急ぐ兵隊たちで、大混乱に陥った。

少年兵仲間の二人は、配属先の分隊とともに、機敏に散開して行く。

「菊川兵長は、初年兵二人を連れて来い」

望楼直下の壕《ごう》へ駆けながら、准尉が叫ぶ。

菊川は、うろうろしている森、長谷部の両名をつかまえて、銃を取らせて、准尉を追った。

塹壕《ざんごう》にとびこむ。眼前には、敵の第一陣が部落直前の空濠《からぼり》めがけ、殺到していた。

味方の軽機関銃がうなりはじめた。

馬の数頭が、前足を上げて宙に立った。敵の銃は、いくつか碧《あお》い空に向かって、火を噴いた。濠を見て、他の馬の出足もとまった。

そこへさらに小銃、擲弾筒《てきだんとう》も加わって、守備隊側がいっせいに応射した。敵が一正面だけから来ているのが幸いし、こちらは十字砲火を浴びせることができる。

立ちすくんでいる第一陣の脇《わき》へ、第二陣が土煙とともに突っこんでくる。青竜刀のきらめき、赤・青の布。

菊川たちの頭上を、弾丸が鋭い音を立ててかすめ過ぎた。

初年兵二人は壕の中にうずくまり、ふるえるばかりで顔を上げようともしない。

菊川は、北支一九式銃に弾丸をこめた。現地製のお粗末な銃である。

「なあんだ。子どもが来てるじゃないか」

横で双眼鏡を当てていた准尉が、つぶやいた。

「菊川、向こうも少年兵だぞ」

菊川は銃口を上げて、敵を求めた。

土煙と硝煙の中で右往左往している敵。退きかけているところへ、また後から別の一隊が突進してくる。

その先頭の敵を狙《ねら》って、菊川は撃鉄《ひきがね》をひいた。だが、まるで、手ごたえがない。北支一九式銃は、照準が定まらぬので悪評高い銃であった。

菊川は、槓杆《こうかん》をひき直した。目標は大きいほうがいい。人より馬を狙おうと思った。

栗色《くりいろ》の馬が棒立ちになっている横から、白い蒙古《もうこ》馬が頭を出した。乗っているのは小柄な敵、准尉の言った少年兵のようであった。

菊川は、白い馬の横腹めがけて銃口を向け、撃鉄《ひきがね》をひいた。

白馬は前足をすくいとられたように倒れ、敵はもんどり打って、濠へ投げ出された。

「うまいぞ」

准尉が叫んだ。

銃声といななきの中で、豆腐屋のラッパのようなものが聞こえた。

「逃げるぞ、早く撃て」

准尉が叱咤《しった》する。

菊川は弾丸をこめたが、銃口を上げたときには、もう土煙だけが舞っていた。

敵は退き方も速かった。

土煙がうすれると、いくつかの人間と馬が倒れているのが見えた。

昂奮《こうふん》が、菊川をとらえた。

近距離で敵と撃ち合ったのは、菊川にも最初の経験であった。その手で敵を斃《たお》したのも、もちろん、はじめてである。嬉《うれ》しいというより、それまでの自分とはちがう自分になったという一種の気分の昂《たか》ぶりがあった。

敵とはいえ人を殺すのはいやな気がするというが、菊川は馬を狙い、馬を斃した。

直接に敵の少年兵をやっつけたわけではない。

白い蒙古馬は、濠の縁で横倒しになっていた。馬が少しかわいそうであったが、それも、歌の文句ではないが、「東洋平和のためならば」と思った。

鬚面《ひげづら》を拭《ぬぐ》いながら、准尉は壕を出て行った。

「おまえの兵隊は、だらしがないな」

と、一言残して。

壕の中には、大きなのと小さなのと二人の初年兵が首をすくめて、うずくまっていた。

菊川は、敵を斃して面子《メンツ》を保ったという優越感に浸るとともに、一方では、

〈大いに鍛えてやらねばならぬ〉

と、またしても思った。

そのすぐ後に、戦慄《せんりつ》すべき訓練課目が用意されているのも知らずに。

三

敵の遺棄死体八、捕虜一が、その日の戦果であった。

捕虜は、落馬したはずみで足を折り、空濠《からぼり》の底で動けなくなっていたところをとら

えられた。菊川が狙《ねら》い撃ちした白馬の乗り手である。共産ゲリラの少年騎兵で、周《しゅう》なにがしと言い、十六歳。

周少年は、隊長室に連れて行かれ、准尉《じゅんい》の訊問《じんもん》がはじまった。訊問というより拷問《ごうもん》のようで、ときどき、うめきとも悲鳴ともつかぬ少年の声が流れてきた。

ただその点を除けば、晴家屯には、すぐまた、平和な時間が戻っていた。

地面がそのまま盛り上がったような低い土壁の家々。その上に、碧《あお》い空が濃く高い。

兵隊たちは、銃器の手入れや、洗濯にとりかかった。

楡《にれ》の木立ちの下で、菊川も長谷部相手に銃の掃除をはじめた。まださめぬ戦闘の昂《こう》奮《ふん》を、話すことで再確認したかった。いくらかは上官ぶって、戦果を自慢したい気もあった。

「どうだ、びっくりしたろう」

「はあ」

長谷部は答えてから、はじめて気づいたように、眼鏡を外して曇りを拭《ぬぐ》った。

「こんな襲撃がたびたびあるのですか」

「いや、おれがここへ来て半年になるが、今日のようなのは、はじめてだ」

「はじめて？　なんだ、そんな程度ですか」

気にさわる言い方である。

「どういう意味だ」

「いや、もっとたびたびあったのかと思って」

「どうして、そんなことを言うんだ」

「………」

「遠慮せず言ってみろ」

「……ここは、海の中に孤立している島みたいなものでしょう。波に洗われないのが、ふしぎじゃないですか。いや、ここだけじゃなく、日本の占領地の多くがそうではないんですか」

長谷部は、うすい唇を歪《ゆが》めて言った。それが、菊川にはひどく生意気な言い方に思えた。

同郷同年という親しみは消えた。何も知らぬ学生のくせに何を言うのかと、腹が立ってきた。

「根拠を言ってみろ」

答え方しだいでは容赦せぬぞと、気色ばんだ。

「怒らないでください。わたしは、一般論を言っているのです。それも日本軍が強いとか弱いとかいうのでなく、地理的なことを問題にしているのです」

長谷部は眼鏡を戻し、その奥から菊川の様子をうかがって、言葉を続けた。

「中国が大き過ぎるんです。満州から北支・中支を飛行機で見て回ったうちの教授が、言ってました。広大な大陸のいたるところに部落がある。一つ攻めれば、あちらへ逃げる。ここをたたけば、向こうへ行く。戸外で蠅《はえ》を追うようなことになりはせぬかと」

「きさま！」

「怒っては困ります。うちの教授の見解なのですから」

撲《なぐ》ってやりたかったが、撲ればいっそう肚《はら》の底で軽蔑《けいべつ》されることになろう。

菊川は辛うじてこらえ、眼をそらせた。部落にただ一つの池に、家鴨《あひる》が行列をつくってはいって行く。雀《すずめ》も舞い戻ってきていた。池の端では、女たちが洗濯物をたたいている。

いつもの通りの午後が見られた。襲撃があったとは思えない。昔からそうしたことに慣れているのか、彼らの心は海のように大きく無感動なのか。

長谷部も、女たちに眼をやりながら言った。

「これも教授の見解ですが、中国では、武装していると否《いな》とを問わず、わたしたちはいつも敵の包囲の中に在ると考えたほうがよいのじゃありませんか」

また教授のせいにする。卑怯《ひきょう》なやつだと菊川は思ったが、長谷部は続けて、

「たとえば、先刻《さっき》、敵が襲ってきたとき、わたしたちのまわりは部落民がとり囲んでいて、応戦に手間どったでしょう」

菊川は苦笑した。

「思い過ごしだ。演芸会のときには、いつも部落の連中が見に来る。偶然、襲撃にぶつかったんだ」

「偶然と見るか、作為があったと見るか……」

「きさま、恐怖心から勝手に想像しているんだぞ」

きめつけるように言ったが、長谷部は負けておらず、

「恐怖心も、ときに有用なことがありますよ」

学徒兵は理屈っぽいと、松原准尉は頭から毛ぎらいしている。その准尉の気持ちが、菊川にもわかる気がした。

黙っていると、今度は長谷部が訊《き》いてきた。

「あなたは少年戦車兵でしょ。それなのに、ここには戦車はないのですか」

あなたとは何だと思ったが、

たやつだ」

「おれたちが来たときは、一台だけあった。八九式中戦車、西住《にしずみ》戦車隊長が乗ってい
「旧式なんですね」

「うん、いまの主力は九七式中戦車だからな」

「その九七式だって、いまから七、八年も前の型ということでしょう。戦車の型というのは、そんなに変わらないものですか」

菊川は答えなかった。答えたくなかった。

茶褐色の戦車帽に白い防塵《ぼうじん》眼鏡帯、戦車の砲塔から上半身をのぞかせる凛々《りり》しい姿に憧《あこが》れて、菊川は少年戦車兵学校にはいったが、講義の時間、教官の一人がこう言った。

「……軍需生産はあげて航空機に集中、このため十七年第四半期は、戦車の生産ゼロである。十八年第一四半期もゼロ。ゼロ足すゼロはゼロだ。しっかりせにゃいかんぞ」

教官としては、少年兵たちの奮起を促す意味で言ったのであろう。菊川たちは、たしかに身のひきしまる思いもした。だが、一方では、果たして乗る戦車が十分にあるだろうかという不安も湧《わ》いた。

「生産ゼロだからって威張っておられちゃかなわんな」

と、ぼやく者もあった。

不安は適中した。いざ現地部隊へ来てみると、乗るべき戦車はなかった。一台だけあった八九式戦車も比島戦線へ回すと、回収されてしまった。戦車戦にはもっともふさわしい広大なホロンバイルの大草原に、戦車を持たぬ戦車兵だけが残った——。

「菊川兵長殿！」

隊長付の事務兵が走ってきた。

「隊長殿がお呼びであります」

菊川は、楡の木陰から立ち上がった。

「よく手入れしておけ」

と、長谷部に言いつけてから、思いついて事務兵に、

「捕虜はどうした」

「その捕虜のことで、隊長殿がお呼びであります」

「ほう」

准尉は手こずっているのだな。訊問を手伝わせようというのだろうかと、まず思った。

ありがたくない。菊川が撃って捕えた敵であり、年代も同じ少年兵である。拷問はもちろん、顔を見るのもつらい。

心がかげったが、とにかく駆けて、隊長室へはいった。

少年兵周は、後ろ手に縛られたまま、土間にころがされていた。紺色の便衣は土にまみれ、ところどころすり切れている。

顔や首にも、鞭《むち》か竹刀《しない》で撲ったらしい大きなみみずばれが、小豆色に光っていた。口もとには、濃い血が糸のように垂れている。

少年兵周は、その姿勢のまま眼を見開いて、はいってきた菊川をにらみつけた。

准尉は仁王立ちのまま、額に蒼《あお》い筋を浮き立たせていたが、呼吸をはずませるようにして、

「この野郎、子どものくせにしぶといやつだ。すっかり手こずらせたぞ」

菊川は返事のしようもなく、黙ったままうなずいた。

すると、准尉はいきなり菊川に言った。

「こいつをおまえにくれてやる」

「はあ?」

牢《ろう》に入れておけというのか、それとも、宣撫《せんぶ》して使役に使えという意味だろうか。

真意をはかりかねていると、准尉は鬚面《ひげづら》いっぱいに白い歯を見せて笑った。

「実敵刺殺だ。初年兵二人の材料にせい」

言葉の意味がわかると、菊川は体中がこわばる思いがした。

まちがいであってくれるようにと祈りながら、念を押した。

「……殺すのですか」

「当たりまえだ」

准尉は吐きすてるように言った。

釈放という言葉が咽喉《のど》もとまで出かかったが、それはのみこんで、

「本隊へ後送しないのですか」

「トラックは昨日出したばかりだ。つぎの便まで、十日はある。捕虜に食わせる余分な食料は、この部落にない」

「…………」

「菊川兵長は、おれの命令に不満なのか」

「……いえ」

「それなら、すぐにかかれ。……きさまのところの新兵二人はなっておらん。射撃もそうだが、いざ実戦のとき、銃剣術もいっこうに役に立たんだろう。問題は胆《きも》っ玉だ。

とにかく胆っ玉をつけさせにゃいかん。それには、実敵刺殺がいちばんいい」

「しかし、隊長殿……」

「なんだ」

「あの両名は、まだ銃剣術そのものが十分身についていないのです」

「だから、どうだというんだ。技倆《ぎりょう》の足りぬところは、精神、気力でカバーする。そのための実敵刺殺だ」

黙っている菊川を、准尉は顔を斜めにするようにして、のぞきこんだ。

「情けない顔をするな」

「…………」

「そういえば、きさまも階級だけは兵長だが、まだ敵を刺殺したことがないな。きさまも、いっしょに訓練しろ」

「…………」

「もしそれで足りなければ、きさまの仲間の少年戦車兵上がりの兵長二人も加える。目には目、歯には歯、少年には少年だぞ」

そこで、准尉はけたたましい声を立てて笑った。

菊川は、茫然《ぼうぜん》として准尉を見直した。

松原准尉は、かなり感情の起伏のはげしい男である。学歴のない兵隊としての遅い昇進、大陸の辺境に置き忘れられたような三年余の歳月。准尉の中には、鬱屈《うっくつ》したままたまっているものがある。苦労人らしい物わかりのよさを見せる反面、狂ったように頑固に狂暴になる。隊長であるだけに、手がつけられない。

その日、准尉の機嫌はよくなかった。

森二等兵が、いかにも遊び人らしい渋い咽喉《のど》を聞かせて拍手を浴びたことも、准尉を不愉快にしている。遊びにかけても隊内一と自他ともに許していた准尉であった。

だが、そうしたことよりも、もっと機嫌を悪くさせたのは、襲撃そのものである。白昼、真正面から襲われたことは、守備隊の力をなめて見られたことである。隊長としては、おもしろくない。兵力と機動力、そう、戦車でもあれば、大草原の果てまで敵を追いかけ、一騎残らず討ちとりたい気持ちであったろう。

その無念さから、准尉の血はさわいでいる。部落にはすっかり静穏な時間が戻ってきたというのに、准尉の体の中には、まだ硝煙が立ちこめ、銃声がうなっている。

「少年兵には少年兵だ」

と、准尉はまた、たのしそうにつぶやいた。思いつきが気に入っている様子であった。

下士官不足なので菊川たちを登用してはいるが、十六、七で兵長面してと、准尉は内心、不満であった。そして、そうした不満や反感をすべて銃剣に託して、少年兵周の胸に突き立てようというのだ。

菊川は、下からの視線を感じた。

周が菊川を見上げていた。ぽかんとして、いかにも少年らしいまるい眼差《まなざ》しである。だが、菊川が見返すと、ふいと横を向いた。

「まだ信じられんようだな」

と准尉。

「おれはこいつに、『おまえを撃ったやつをここへ呼んで、顔を見せてやる』と、言っておいたのだ」

「そんなことまで……」

菊川は、絶句した。なぜ、そんなことを言ったのかと、准尉が憎かった。

准尉は中国語で何か問いかけたが、周は答えない。准尉はうす笑いを浮かべて、

「こいつ、きさまのような少年兵に撃たれたとは思えんのだ。いや、思いたくないのかも知れん」

准尉は、舌なめずりして続けた。

「そこで、きさまが銃剣をふるって襲いかかれば、こいつもはじめてわかるというわけだ。日本の少年兵の威力というやつをな」

「どうしても殺すのですか」

「こいつ自身『殺せ』とわめいていた。生きて虜囚のはずかしめを受けず、というわけだ。少年兵は、いさぎよくていい」

「………」

「それとも、きさま、きさまがもし捕虜になったら、命ばかりはとたのむ気か」

「いや」

「それなら、対等に行こう。対等にもてなしてやれ。それが武士の情けだ」

「しかし、こいつを殺せば、部落の人間によくないのじゃありませんか」

松原准尉は、部落民には気をつかっていた。暴行、略奪はもとより、婦女にも一切手出ししてはならぬと厳命、みごとな統制力を発揮していた。

もっともそれは、人道主義などにもとづくものでなく、大草原の中の孤島のような部落では、部落民を心服させておくことが、戦術的にぜひ必要と見たからである。

「こいつは非戦闘員じゃない。それに理由なしに殺すわけでもない。守備隊を襲えばどういうことになるかの見せしめなのだ」

准尉の気持ちはゆるぎそうもなかった。

土塀の外からは、のどかな家鴨《あひる》の啼《な》き声が聞こえた。少年兵周は、観念したように眼を閉じていた。何を考えているのか、閉じた眼もとにうっすら涙をにじませている。

「早くとりかからんか」

准尉がどなりつけた。菊川は口ごもるようにして、

「隊長殿、殺すなら、ひと思いに銃殺に……」

「なんだと」

准尉は、眼をむいた。

「人間一人この手で殺せないで、何が兵長だ」

「…………」

「無駄に弾丸を使うことはないし、きさまらの訓練にもなる。実敵刺殺は一石二鳥なんだ」

菊川も観念せずにはいられなかった。

四

隊長室の裏庭にある楡《にれ》の木の幹に、少年兵周は縛りつけられた。周は「眼かくしは要らぬ」と叫んだが、無理に布切れで眼を蔽《おお》った。その眼で見られていては、突く勇気が鈍るからである。

森・長谷部の両二等兵、それに少年戦車兵出身の浅井・本田の二兵長が呼ばれた。准尉《じゅんい》は隊長室の前に椅子《いす》を出し、軍刀を杖《つえ》に見物の構えである。

三八式歩兵銃に着剣したものが、二梃《ちょう》用意される。ただでさえ持ち重みのする三八式銃は、つけた銃剣のためいっそう長く重く、いまから少年を刺殺するという気の重さも加わって、手にあまった。

実敵刺殺とわかると、森も長谷部も蒼白《そうはく》になって立ちすくんだ。銃に手を出そうともしない。

「いいか、相手を人間だと思うな。ただの敵だ。ただ敵という抽象的なものなんだ。……一つの物体だと思ってもいいな。藁《わら》人形と少しも変わりゃせん」

菊川はつとめて平静を装《よそお》って話した。それは菊川が自分自身をさとす声でもあった。〈敵だ、憎い敵なんだぞ〉と、菊川は心に呼びかける。〈軍人のくせに、一人の敵を

殺すことさえできなくて、どうするんだ〉

順序は二人の二等兵、ついで、菊川はじめ三人の兵長と、准尉がきめた。二等兵たちには殺し切れまいと踏んだのであろう。

そろそろ夕方が迫っていた。

空の色は淡い群青色《ぐんじょういろ》に暮れようとしている。気の早い虫が鳴きはじめていた。大草原には、いつもと変わらぬ夕昏《ゆうぐれ》が下りてくる。その中で、あの少年だけが命を奪われねばならない。

「かかれ!」

しびれを切らして、准尉が叫んだ。

菊川は、森二等兵の手に銃を渡した。森はつかむ気さえなく、危うく銃をとり落とすところであった。

楡の木の約十メートル手前から突進して行って刺すわけだが、森はよたよた走って行き、周少年の少し手前で立ち止まると、銃を抱えこんでしまった。

「ばかもん。突くんだ」

准尉がどなる。森は夢遊病者のように近寄る。

「そこで足を踏み出して突く」

掛け声におどらされるように、森は銃を突き立てた。

少年兵周は、小さな声を立てた。剣の尖《さき》は左腕のつけ根をわずかながら突いたようで、そこから血がにじみ出ていた。

突いた森は、よろけながら戻ってきた。

つぎの長谷部は覚悟をきめた顔で、長身を針金のようにこわばらせ走り出した。目標の一歩前で止まる。そこまではよかったが、さらに一歩退いて、掛け声だけは大きく銃を突き出した。剣尖が紺色の便衣に触れたかどうかという感じである。

「踏みこんで、両手で突く。突いたら、すばやく抜く」

准尉にとっては刺殺は技術でしかなく、その准尉の声は、聞く者にもまた、それを技術と思いこませる力があった。

長谷部は、准尉の言葉通りに突いた。便衣の胸めがけて。

だが、ボタンにでも当たったのか、剣尖は斜めに滑って突きささり、銃の重みではじくように抜けた。

少年兵周は、顔を歪《ゆが》めた。出血はしたが、もちろん致命傷からは遠い。「早く殺せ！」と泣くように叫ぶ。

開けた大草原の空の下での小さな地獄であった。

菊川は、自分が周少年ともども、どうにも逃げられぬ立場に在るのを感じた。とするなら、何人もの手にかけて嬲《なぶ》り殺しにするのでなく、一突きで殺してしまうことだけが、慈悲ではないのか。

菊川は銃を構えると、姿勢を立て直した。銃剣術は基礎からしっかりたたきこまれている。目標は動かないし、やわらかな体の人間である。仕損じはしないと、自らに言い聞かせた。

狙《ねら》いを少年兵周の左胸に置き、ただそれだけを見つめて走り出した。目標は心臓だけ。もうほかの事は考えまい。

一歩手前で立ち止まると、全力をこめて銃剣を繰り出した。重い手ごたえと叫びと血しぶきとが、一度に菊川を襲った。

銃剣を引き抜き、回れ右する。眼がかすんだ。

低い土塀の向こうには、いくつか部落民の頭がのぞいていたが、菊川はそちらへ顔向けできない気がした。ほとんど前のめりの格好で、銃をさげて駆け戻る。

「よおし」

准尉が、おもむろに腰掛けから立ち上がった。満足というより、早く片づいてしまってつまらなそうでもあった。

菊川は、血糊《ちのり》のついた銃剣を森二等兵に渡した。森は眼をそむけるようにして受けとりながら、つぶやいた。

「かわいそうに。たたりがありますよ。きっと、たたりが……」

「ばか」

長谷部二等兵のほうは、蒼白の顔のまま、あらぬ方角を見つめている。

浅井兵長が、菊川の肩をたたいた。

「よくやったぞ」

ほめるというより、自分たちが手を汚さずにすんだという安堵《あんど》の気持ちが、にじみ出ていた。

五

少年兵の兵長三人は、そのまま連れ立って、そこを出た。

部落の中の道を、ほとんど口もきかず重い足どりで歩いて行くと、王愛花に行き遭った。

とたんに、愛花は棒立ちになり、大きな眼をつり上げた。腕をまっすぐのばして菊川を指し、叫んだ。

「東洋鬼《トンヤンクイ》、日本鬼《リーベンクイ》！」

二つ編みの髪で宙に輪をえがき、身をひるがえして走り去った。

三人は、部落のはずれの小さな丘に出た。青くひろがる大草原を一望に見渡すことのできる三人の好きな場所である。

「いやだなあ」

菊川は草の上に腰を下ろすと、こらえていたつぶやきがついに口に出た。思いがけなく愛花に罵《ののし》られたことも、こたえた。「東洋平和のため」はるばるやってきているのに、東洋鬼《トンヤンクイ》でしかないのか。

「戦争だもの、仕方がないじゃないか」

浅井が慰めるように言った。

それはその通りだ。ひと一人殺してくよくよしていては、戦争にならない。

だが、やはり、いやなことをしたという気分は拭《ぬぐ》えない。相手が無抵抗な捕虜、しかも、自分より年少者であったためもあろう。それに加えて、銃の性能が悪いとはいえ、少年を狙《ねら》い撃ちしたのでなく、馬を狙った結果だということが、心を苦しめた。

少年に霊があるなら、うらまれても仕方がない。

「隊長は荒れてるな」

「狼子廟《ろうしびょう》に慰安所がなくなったからだよ」

草の上に足を投げ出した浅井、本田の二人は、そんな話をはじめている。

本隊のある狼子廟には慰安所があり、日本人、朝鮮人の慰安婦が五人ほどいた。松原准尉は本隊へのトラック便が出るごとに出かけて行き、精勤賞ものと自分でも笑っていた。

その慰安所が、三月ほど前に閉鎖された。理由は明らかではないが、戦局の悪化に関連しているようであった。

すでに沖縄は落ち、日本本土上陸がうわさされている。守備隊を大陸の果てにとり残したまま、大戦争の輪はどんどん回転して行っている。

大きな赤い太陽が、はるかな草原の果てに沈もうとしていた。涼しい風が、虫の声をのせて吹き渡ってくる。吹きたわめられる草原は、ゆるやかな海のうねりを思わせた。

平和な夕暮れであった。それは太古以来続き、無限に未来へ続いて行く平和を思わせた。日本軍の守備隊が来たところで、その平和に何の関係もない。むしろ、平和をみだすことでしかないのではないか。菊川の耳には、愛花の叫びがまだ残っていた。東洋平和のためとは何だろうと、またしても、菊川は思った。

「戦車が欲しいなあ」

本田がつぶやいた。

「ここで大戦車戦をやらんて法がない」

それは、三人がもう何度となくくり返した嘆きであった。

「八九式で結構だ。もう旧式だなんて、文句は言わん」

菊川の父親は、岐阜で雑貨商をやっている。男ばかり四人兄弟の次男である菊川が少年戦車兵志願を打ち明けたとき、父は二つ返事で許した。男の子が四人ある以上、一人ぐらい差し出しておかねばという思いもあったろうし、父親自身、戦車というものに何となく安心感を感じていたためでもあった。飛び来る弾丸をはね返し、縦横に敵を踏みつぶして回るそれ自身不死身の代物《しろもの》といった印象なのだ。

その戦車に託したはずの息子が、戦車らしい影ひとつない大陸の奥深い接敵地区で、不完全な武装のまま風にさらされていようとは、父親は想像もしないであろう。

「ほんとに戦車が欲しいなあ」

今度は、浅井がつぶやいた。

三人の少年兵は、大草原を見渡しながら、それぞれの瞳《ひとみ》に大戦車戦の幻を夢見た。風の中に、重々しいキャタピラの音、鋼鉄やオイルの灼《や》けるにおいを求めた。

鋼鉄と鋼鉄、武装した集団と集団が、真っ向からぶつかり合う。それこそ、菊川たちの期待した戦争の姿であった。その戦争の中でなら、よろこんで敵の少年兵も殺し、自分もまた死んで行けるはずであった。

六

それから一週間経《た》たぬうちに、大草原に戦車が現われた。

「敵戦車隊発見！」

早朝、望楼からの叫び声に、菊川ははね起きた。それは耳を疑うほかない声であった。夢の続きかと思った。

「敵の戦車？ そんなことがあるか、よく見ろ」

果たして准尉《じゅんい》がどなり返している。だが、望楼からは、

「敵にまちがいありません。友軍にあんな型の戦車はありません。しかも、何十台と続いています」

「菊川兵長が識別します」

菊川は、叫ぶと同時に望楼へ駆け上がって行った。

土壁の中の狭い階段を二段飛びに上がりながら、菊川はまだまだ夢を見ている気が

してならなかった。

何十台もの敵戦車の出現——そんなことが、あり得るのだろうか。つい一週間前に、たとえ正面から襲ってきたとしても、軽機もろくに持たぬ敵であった。戦車など、あろうはずがない。

とすると、友軍のではないか。たとえば、本土決戦用に大量の新型戦車がつくられ、それが余って大陸へ振り向けられてきたとでも……。

菊川の胸は、はずんだ。

待望の戦車。すべての悩みも不満も消しとび、世界が自分のものになってしまう感じの戦車。戦車を見たい、戦車に触れたい、戦車の音を聞き、そのにおいを嗅《か》ぎたい。

望楼に出た。草原を渡る朝の風は、夏とはいえ、冷たいほどである。

兵のさし出す双眼鏡をとった。そして、思わず、うめいた。

まだ明けきらぬ草原の彼方《かなた》、菊川たちが八〇《はちまる》高地と呼んでいる小高い稜線《りょうせん》の下に、まぎれもない戦車の列が、点々とにじんでいた。それは、日本の八九式でないのはもちろん、九五式でも九七式でも、あるいはごく数の少ない一式砲戦車でもなかった。といって、重慶政府にアメリカが供与しているといわれるシャーマン戦車でもない。

前寄りの砲塔に、九十ミリはあると思われる大型の機関砲、巨大な割りに全高は低く、いかにも安定の良い感じの重戦車である。

菊川は、記憶の中の識別表を繰った。アメリカにも、イギリスにも、オランダにもない……。そうだ、ソ連だ、ソ連のT34にちがいない。しかし、どうして、こんなところにT34が……。

菊川がその旨《むね》、准尉に叫ぶと、

「よし、わかった。すぐ下りて来い」

准尉の声が返って来た。

戦車の姿に未練はあったが、それより大きな疑問がある。菊川は一気に准尉の前へ駆け戻った。

「ソ連がどうかしたのですか」

「敵だ。三日前に宣戦布告してきている」

「えっ」

「ちくしょう。あっという間にこんなところへまで」

「それをなぜ自分たちに……」

「きさまたちには、いずれ時間を見て伝えるつもりでいた。やたらに動揺されては困るからな」

准尉だけが動揺しないかのような口ぶりであった。

この二日間、それまでの空濠《からぼり》の前面に、准尉は一メートルほどの深さの穴を、いくつも掘らせた。馬賊の突撃に備えるためということであったが、その実、いつか来るかも知れぬソ連戦車に備えるつもりであったのだ。

だまされたことや知らされなかったことに腹が立った。だが、その一方で菊川は、そうした准尉のやり口に感心もした。准尉にとって問題なのは、いつも技術である。

少年捕虜を殺すということが刺突技術の問題でしかなかったように、ソ連参戦という大きな不安も、眼の前の戦闘技術の問題として消化してしまう。准尉の姿は、どんなときにも狂わない老練な職人のそれに見えた。

准尉はやつぎばやにT34の装備・装甲・速度などを訊《き》いてきた。とくに正確な速度を知りたいという。

菊川は答えられなかった。ソ連戦車のデータは知られない部分が多いが、速度もつかみにくい一つである。

「軽戦車で時速四十キロ、重戦車なら二十キロというのが、戦車一般の常識ですが」

「世界でいちばん速い戦車は何キロ出る」

「五十キロ出るのもあります」

准尉は、鬚《ひげ》に埋まった顎《あご》で八〇高地の方角を指し、

「そういうのは、まじっていないだろうな」

「いません。重戦車ばかりです」

「すると時速二十キロ、せいぜい三十キロと見ておけばいいな」

彼我の距離からすれば、時速などたいして問題にならぬと思うのに、准尉は気にしていた。

その間にも、本隊との無電連絡をとっていたが、救援は来ないようであった。

准尉は作戦をきめ、つぎつぎに命令を出した。

ただ守備隊としては対戦車砲ひとつ持つわけでないので、勝ち目はない。急拵《きゅうごしら》えの対戦車爆雷と手榴弾《しゅりゅうだん》などで、いくらかでも損害を与えることができればといった程度、そして、こちらは全滅である。

兵隊たちの動きと同時に、部落民が騒ぎ出した。前回の襲撃のときとちがい、部落をすて、逃げ出そうとしている。准尉は最初は押し戻そうとしたが、すぐ方針を変えた。狼子廟《ろうしびょう》へ通じる道を逃げぬという条件付きで避難を認めた。

もっとも、部落から出る道らしい道はそれしかないので、部落民は子どもや老人まで持てる限りの荷を背負い、草原の中へ散って行った。家鴨《あひる》まで消えてしまった。

菊川は、もう愛花を見ることもないと思った。彼女の記憶に、日本の少年兵の自分が東洋鬼《トンヤンクイ》としてしか残らないことになるのかと思うと、悲しかった。

菊川への命令は、いちばん後回しにされた。

「菊川兵長は初年兵二名を率い、右翼尖兵線《せんぺいせん》タコツボ陣地へ！」

役に立たぬ二人を連れて行ってもと思ったが、どこに置いておいても玉砕するのだと、考え直した。

鳩色《はといろ》の朝が、草原に訪れていた。三人は、その中を身を屈《かが》めるようにして、配置についた。

まだ掘りかけたままになっていた穴を、さらに円匙《えんぴ》で掘り下げる。見回すと、二十人余りの兵隊たちが草の茂みの中にぱらぱらに散り、ある者は上半身を、ある者は頭だけをのぞかせ、黙々と土を放り上げていた。その中に、少年戦車兵仲間の二人の兵長を見たが、それ以上の階級の者はいない。三人の少年で迎撃を指揮する形になっていた。

対戦車攻撃には、戦車の構造を知り、しかも命知らずの若者が最も似合う。その三人を見本にさせようという准尉の狙《ねら》いなのだ。

昼過ぎ、後方から赤飯のおにぎりが配られてきた。いかにも准尉らしいと、菊川は思った。

一時、敵戦車の不安も忘れ、兵隊たちは赤飯にかぶりついた。

敵戦車隊は、北方約千五百メートルの地点で動きを止めたまま、時間は流れた。陽炎《かげろう》となって空気は燃え、鳥と虫の声だけが天地を蔽《おお》っている。

午後三時ごろ、「敵騎兵発見！」という望楼からの声。

戦車隊の上に騎兵隊かと観念したが、数騎の便衣や制服の入りまじった中国兵のようで、これは西方に同じ千五百ほどの距離を保ったまま、こちらの動きを見守っていた。

どちらの敵も、それ以上は進んで来なかった。その理由が後方へ連絡に行った浅井兵長の話でわかった。朝、十時間の期限つきで、投降勧告が来ていたのだという。その期限の時刻が切れた。早目に乾パンと水の夕食を終わり、鉄兜《てつかぶと》をかぶって、それぞれ壕《ごう》にはいる。

赤くとけるような夕陽が、また草原の果てに沈んだ。涼しい風が吹き渡って来る。

菊川は、一週間前の夕べを思い出した。あのとき菊川は、少年兵周が二度と夕日を見ることのできぬのをあわれんだが、それがもう自分の身に迫っている。

森二等兵の言う、たたりなのかと、淋《さび》しく苦笑した。

夕陽が沈んでしまうと、光は菫色《すみれいろ》になり、やがて遠巻きに闇《やみ》が這《は》い寄ってきた。

菊川は、その夜は敵襲はないと判断した。戦車は夜戦には向かないし、騎兵も同様である。それに、敵は圧倒的な大部隊であり、わざわざ夜攻めて来る理由がないからである。

敵襲を翌日未明と踏んだ。それまで、とにかく部下の元気を持ちこたえさせること だ。それには、離れた穴の中で長時間ひとりぼっちにさせておいてはまずい。菊川は、ときどき二人の二等兵のところへ行ってやることにした。

まず森二等兵のところへ行き、草の間に横になった。

森はよくしゃべった。菊川は、ただ「うん」「うん」とつぶやいていてやればよかった。上級者に話すというより若者相手に話す口調になっても、聞きとがめはしなかった。

「向島《むこうじま》や柳橋で、ずいぶん女を泣かせもしました。ごていねいにも二通りずつ泣かせて回って。とどのつまりは親兄弟や女房子まで泣かせて満州へ。道楽だけは人さまの五倍も十倍もつとめてきました」

などと得々と思い出話をし、ふと気づいたように、

「あんたなんか、若いのに気の毒だな。女のオの字も知らずに死んで行くなんてな

あ」

と、慰めるより嘲《あざけ》るように言ったりもした。

菊川がさりげなく戦闘の覚悟に触れようとすると、

「准尉殿に言われてきました。生きたければ殺せ、と。あの人、やっぱりベテランです。いいこと言うな、全くの殺し文句だ、生きたければ殺せ」

と、うたうようにくり返す。一種の酩酊《めいてい》状態にあるようにも見えた。

森はいつまでも菊川を引きとめようとしたが、

「また後から来るから」

と、ふり払って、露の下りはじめた叢《くさむら》を分け、長谷部二等兵の壕へ移った。

長谷部の傍では、ただ相槌《あいづち》を打つというより、心打ち割って話したかった。十七年の人生の最後の夜、最後のおしゃべりである。許されるなら、夜を徹してでもしゃべっていたかった。

ただ話す声は低く小さいし、前方の草原の気配に、片方の耳はとぎすましておく。虫の声だけが聞こえていた。

共通の郷里である岐阜の思い出が、二人の胸をあたためるたのしい話題であったが、少しでもたがいにたがいを知っておこうという気持ちも強かった。

同時に死ぬのだと思うと、少しも肩をはり合う必要もない。こだわりなく話し、こだわりなく聞けた。それほど滑らかな対話を、菊川は生まれてはじめて経験する気がした。

「折角、大学にはいったのに、こんなふうにして死ぬのは、心外かい」

「いや、もうあきらめました。というより、悔いはありません」

「負け惜しみを言うな」

「そうじゃありません。本気でそう思っているのです。ぼくは別に満州国で出世しようと思って、こちらの大学にはいったわけじゃありません。満州を、そう、あなたの言う東洋平和のための楽土にしよう、そのための石をまちがいなく積み上げて行く一人になろうと思って……。だが、やってきてみて、満州国というものがわからなくなりました。日本で考えていたことと現実とがあまりにちがい過ぎて。……ただ失望はしましたが、ぼくは日本へは帰れませんし、帰りません。満州を死に場にきめて出てきたのですから」

「骨をここに埋めるつもり？」

「もちろん、そうです」

菊川は、そのとき、不覚にも胸の熱くなってくるのを感じた。

こいつは満州に身を捧《ささ》げた。おれは戦車に捧げた。たった一度しかない人生を、二人ともきれいさっぱり捧げて、お国のため、そう、東洋平和のため、こんな遠くにまでやってきた……。

そこにはどんな友人の間にもない深い連帯感がある気がするのだった。

「もっとも、ぼくは満州国官吏に幻滅してから、いっそ、馬賊の頭目にでもなろうかと思いました」

長谷部はそう言ってから、小さく、くすんと笑った。

「ただ人を殺す覚悟はして来なかったものですから」

菊川は、長谷部がたまらなく好きになった。軍人としてはまだまだだが、「学生」などでは決してない、長谷部は満州へ献身している。

いつかの演芸会での長谷部の歌には、そうしたひたむきさがにじみ出ていて、それが愛花などにも手をたたかせたのであろう。

菊川は、そのときの嫉妬《しっと》を恥じ、長谷部には愛花が似合うと思った。長身の馬賊の頭目、長谷部が美しい愛花を前の鞍《くら》に乗せて、蒙古《もうこ》馬を疾駆させる。そうした絵のような姿を、草原の闇に思い浮かべた。

「あなたは悔いはない?」

長谷部が菊川に訊いてきた。菊川は一度はうなずいてから、

「ただ戦車に乗って死ぬつもりが、逆に戦車に敷かれて死ぬのかと思うと」

そのとき、菊川はモーターの音を聞いた。

急いで自分の壕へ駆け戻った。耳をすます。

モーターの音は、かなり近い。そして背後から聞こえていた。

菊川は、ほっとした。守備隊にただ一台のトラックが、エンジンの調整をしている音であった。

それにしてもと、ふっと、おそろしい疑惑が菊川をとらえた。

松原准尉は、逃走を考えているのではないか。

いくつか思い当たる点があった。

准尉は、敵戦車のスピードをしきりに気にしていた。部落民には、狼子廟への道路を歩かぬように命じた。兵力の過半を壕の外へ出し、古兵などいわば腹心だけを身辺に残している。

本隊からは援軍は出さぬが、とくに死守せよと命じてきているのでもないのだろう。ただ戦わずして逃げるわけには行かないので、適当に交戦したところで、少数の者だけでトラックを使って逃げるつもりではないか。

考えたくないことであったが、この段階でトラックを動かすとすれば、そうした可能性しかない。そして、それは准尉にとって戦術なのであろう。全員玉砕などということは、戦術にはならないのだ。

そう思っても、菊川は准尉に格別はげしい憎しみは感じなかった。

心情的には、隊長もいっしょに全員きれいに玉砕したい。しかし、その一方では、ああした歴戦の有能な指揮官は一人でも二人でも多く残しておくべきだと思った。

若い下士官なら、実敵刺殺など命じはしない。「踏みこんで、両手を前へ突き出して」などと兵を叱咤《しった》できるまでには、相当の年月が要る。「死ぬことはわれわれでい い。あなたたちは生き残ってください」と言ってやりたい気もした。

モーターの音は消えた。虫は鳴き疲れ、夜気が冷えこんでくる。

それにしても隊長が逃走とはと、索漠とした思いが胸の中にひろがってきた。

だが、准尉より一足先に逃亡した者があった。森二等兵である。

三時ごろ、菊川が森の壕へ行ってみると、壕はからっぽになっていた。壕のまわりには刺突爆雷と一九式銃が置いたままになっている。

用たしにでも行ったかと少し待ってみたが、いっこうに戻って来ない。ようやく敵前逃亡と気づいた。

その二時間ほど前に菊川が回って行ったときも、森はよくしゃべった。しゃべっていなければ不安だとでもいうように。そうした中で、

「どうせ死ぬなら、飢え死にしたいな」

と、つぶやいた。

戦闘がこわくてたまらぬといったふうで、情けないやつと、菊川は笑って聞き流したが、あのとき森は真剣に逃亡を考えていたのだ。

まわりは一望の草原である。戦闘はその中の点のような部落にだけ集中する。だから、その時間、部落を離れてさえいれば、命を落とさないですむ。その先にどういうことが起こるか、敵前逃亡がどれほどの重罪なのかといったことなどは考えに上らない。眼の前に迫った恐怖からただ一目散に逃げ出して行ったのだ。

同じ逃走でも、准尉の考えているそれは、戦術らしくスマートなものだが、森のそれは、玉砕式逃亡でしかない。それを思えば、あわれでもあった。

七

最後の朝が、白々と明けかかった。露に濡《ぬ》れた草のにおい。鳥が啼《な》きはじめる。遠くで、地鳴りのような音が聞こえた。敵戦車隊が動きはじめている。菊川は刺突

爆雷を手もとに引き寄せた。

一九式銃の安全装置もはずす。騎兵が襲って来るかも知れぬし、随伴歩兵があるものなら、一人でも二人でも撃ち倒してやる。

「生きたければ殺せ」と、准尉《じゅんい》は森に言ったたって。身上相談と称し、准尉はときどき兵隊を一人ずつ自室に呼んで、長時間話す。卑猥《ひわい》なことやずいぶん無責任なことも言うようだが、それで兵隊の心を掌握できるという判断なのだ。

ただ准尉は、少年兵出身の三人には、そういう機会をつくらなかった。信頼しているからということだが、冷淡に突き放していた。

「生きたければ殺せ、か」

と、菊川は鼻じろんでつぶやいた。生きたくもないおれは、殺す。そして、生きたい准尉は、殺さないで逃げる――。

急に准尉が憎くなった。

壕《ごう》ばたの土くれがくずれた。重い車輛《しゃりょう》群の近づいて来る様子を、音より先に地面が伝えてくる。

空が、ほんのり瑠璃《るり》色《いろ》に明るんできた。その空に、鋭く砲弾がうなった。

首をすくめる。砲弾は部落に落ちた。二発、三発……。自走砲部隊が加わっている様子であった。

砲声と爆発音がしばらく草原を包んだが、それが小止《こや》みになったとき、菊川は壕から身をのり出し、部落をふり返ってみた。油性の真黒な煙が立ち上っていた。

菊川は、思わずにっこり笑った。

「おい、トラックがやられたらしいぞ」

「はあ?」

味方の車がやられて何がうれしいのかといった長谷部のけげんな顔。

また砲撃がはげしくなった。弾着が近くなる。菊川はタコツボにもぐりこんだ。

猛烈な爆風。舞い上がった土が、たたきつけてくる。その中にまぎれもない戦車群のキャタピラの音が聞こえた。

一発がすぐ近くに落ちた。悲鳴が聞こえる。長谷部なのか。

菊川は壕から上半身をのぞかせたが、一面の土煙で何も見えない。

つぎの瞬間、菊川の体は爆風になぎ倒された。鉄兜《てつかぶと》は割れて飛び、額に当てた手は血糊《ちのり》で染まった。

痛みより先に、急速に意識がうすれて行く。ただキャタピラの音だけは聞こえた。

戦車よ、幻の戦車よ。たとえ、敵のものでもよい、大きな姿を見せてくれ……。

菊川の手は壕の縁でもがいたが、じきに動かなくなった。

（「小説エース」昭和四十三年十月号）

青春の記念の土地

一

東京から航空路も通じ、南国ムードいっぱいの観光地として、良吉《りょうきち》の故郷の島は急に有名になった。

「ご出身は」

と訊《き》かれて、その島の名をあげると、

「いいですな。すてきな郷里をお持ちですな」

と、うらやまれる。

「いま、島にはどなたか身寄りの方でも」

ごく気のおけぬ知人の場合には、ひとつ民宿代わりにお世話ねがおうかとの下心もひらめいての問いだが、良吉は首を振る。

「いや、だれも居《お》らんのです」

相手はがっかりしながら、

「土地とか家とかは残っていないんですか」

「家は台風でだめになったようですが、土地は少しばかり」

ちょっと小さな声で答える。

「少しというと、どれくらい」

「五百坪です」

「なるほど、農地ですな」

「いいえ、それが宅地なんです。丘の中腹にありましてね」

頭髪のうすくなった四十歳になって、小さな会社の課長にやっとなった男。そんな男にも、隠れた財産があったのかと、相手は少々やっかむ気分である。

「それにしても、宅地を五百坪とは……」

「もともと父が農家の出だったものですから。少しは畑いじりのまねごとでもできるようにと、分譲地を何区画もまとめて買ったようです。何しろ地価も安いころのことですからね」

「島にも、そんな住宅地なんて、あったのですか」

「住宅地のはしりでしょう。当時、島の人もただ住宅地と呼んでいたのですから。水産会社や鉱山会社の出張所などができて、サラリーマンみたいなのが来はじめたころなのですね。……最初は、本土のお金持ちの別荘地にということだったらしいのですが、航空路もないころなので、結局は島のサラリーマンが住みついたのです」

「とにかく、うらやましいことですな。最近は土地の値上がりもたいへんなものでしょう」

「さあ、どうですか。何しろ、さっぱり帰っていないものですから。案外、だれかに不法占拠されてるかも知れません」

「いっそ売ったらどうです」

「売る気にもならんのです」

「どうして」

そこで良吉は、きまって答えに窮する。〈何しろ、あそこはわたしの青春の記念の土地なんです〉とでも言いたいところなのだが。

「……売るためには、ちょいちょい島へ行かねばなりませんが、しがないサラリーマンにはそれだけの余裕もありませんしね」

と、言葉を濁す。そして、胸の中では、〈青春の記念の土地〉〈青春の記念の土地〉とつぶやいている。何しろ良吉の人生には、あの土地以外に青春はなかったのだ。

二

島の住宅地は、眼下に海がくびれこんだ南面の丘の中腹に在った。

十戸ほども家が建っていただろうか。そのうち、良吉の家は家屋そのものは小さいほうであったが、敷地はずばぬけて広かった。

良吉の父親としては、宅地を買うというより、それまで残っていた先祖伝来の山畑を処分し、新たに家のまわりに畑でも買っておく気であったのだ。

海の好きな父親は、本土の商船学校を出て、汽船会社に就職していた。永く船に乗っていたが、眼を悪くして、島の支店づめになった。

父親は、海の生活がだめだとわかると、百姓の子は百姓の子、ひまを見ては野菜づくりに精を出した。それに、新鮮な色とりどりの野菜や果物を祖母に食わせたいと思ったのでもあろう。

ナス・キュウリ・トマトなどはもとより、春には桃の花が咲き、ビワがとれ、夏にはイチジク・西瓜《すいか》が実り、秋には落花生や柿《かき》が、いずれも一家では食い切れぬほどとれた。季節季節の花もつくられた。

だが、それも何年と続かず、父親は東京の本社へ転勤となり、母と妹がついて行き、祖母と良吉だけが広い敷地の中へ残ることとなった。

まだ中学生の良吉は、手のかかる野菜などつくる気にならず、折りからの食糧増産の声につれ、甘薯《かんしょ》を植えておく程度。広い庭に花はなくなった。

花などつくって眺めなくても、思春期の良吉には、家のまわりにひそかに望見できる人生の花々があった。若い人妻や娘たちである。祖母と二人ぐらしの孤独な環境だけに、良吉の眼と耳は、その花々にとぎすまされていた。

花粉が風に乗って運ばれてくるように、それらの花々は低い竹垣を越して、良吉に花のたよりを伝えてきた。もともと話し好きな祖母が、近所に出かけて話しこんでくることも多く、帰ってきて良吉相手にそれらの花々について話す。良吉にはそうした祖母が、遠慮なく花蕊《かずい》にもぐりこみ、花粉をいっぱい身にまぶして戻ってくる蜂《はち》の姿にも見えた。

良吉の家にいちばん近いのが、西隣りにある西野家の若い人妻という花。西野家の当主は三十前後の鉱山会社技師。まだ若い夫人も東京の人で、良吉には「鄙《ひな》には希《まれ》な美人」という言葉がぴったりという気がした。

良吉の居る部屋からは、西野家の井戸端がのぞき見え、水仙の濃い緑の中に夕顔のように白く夫人の顔が浮かんでいたりした。

「おはようございます」「こんにちは」

顔を合わせることはあっても、それ以上の言葉を交わさない人である。女らしくにっこり口もとをほころばせはするが、横顔は整い過ぎて冷たい感じさえした。

西野家の婆《ばあ》さん、つまり、夫人にとって姑《しゅうとめ》に当たる人は、夫人とは正反対にくだけた人柄であった。彼女は嫁の言うままになっていて、倖《しあわ》せそうであった。ときどき自分の経験から割り出して何かやってみるのだが、嫁から一言言われると、早速、訂正した。

「嫁がこういうもんでねえ……。言うままになっときますわ」

自分たちの時代にはああしたものだが、いまはこうすべきなのだ。自分の言うことは正しいが、嫁の言うことはもっと正しいのだ——婆さんはそんなふうに割り切って考えているようであった。

あるとき、西野家の幼い子どもたちが戸外で食事をしたがった。浜や畦道《あぜみち》で食べている島の子どもたちをうらやましく思ったからであろう。

人の良い婆さんは、もちろん、引き受けた。

「子どもというものはね、変わったところで食べてみたいものなんですよ。天気の良いとき、外で食べるのも、ほんとに気持ちが良いものですものな」

しかし、たちまち夫人に叱《しか》られ、沙汰《さた》やみになった。

「子どもたちがかわいそうだけど、躾《しつけ》が大切だと申しますものなあ……」

ある日、良吉が島の中心に在る町へ買物に行った帰り、二本の道が一本に合わさって彼の住む住宅地へ通じる地点で、彼とは別の道から来た婦人乗りの自転車が、歩いている彼より先にその道へ走り去って行った。

やはり買物帰りらしい西野夫人であった。彼に気づいたかどうかわからぬが、眼もくれず、一散に走り去って行く感じであった。

良吉は別に気にもとめなかったが、数日して祖母の口から、こんなことが伝えられた。

夫人は、買物包みをさげて歩いているのが良吉だと知っていたそうだ。そして、その包みを自転車につけて持って行ってあげたかった。もし、同性なら造作なくそうしていた。しかし、良吉には……。

夫人は、こんなふうに言ったそうだ。

「もし良吉さんが、『いえ、結構です。ぼく持って行きますから』と言われたら、どうしようかしら。わたし、真赤になってしまうわ」

このときから、夫人の美しい顔が、良吉には急に親しいものに感じられた。

低みにある小さな家は、農林省の出張所員である南沢氏の家であった。男の子が四人も居て、南沢氏が苦心して建てた小さな家は、いまにもはり裂けそうににぎやかであった。そして、南沢夫人も、子どもたちに負けぬ明るい性格であった。

島では、水の便が悪い。女が水樽《みずだる》を頭にのせて運ぶ習慣は、まだあちこちに残っていた。井戸も、よほど深く掘るか、うまく水脈に当たらぬと、だめである。運がなかったか、予算が続かなかったか、南沢夫人は山路《やまみち》を半町ほど先の清水まで、水を汲《く》みに行くのが、日課であった。

バケツをさげた小さなその姿は、しかし、決してみじめなふうには見えなかった。両手にバケツをさげ、彼女はとっとと前のめりに走ってくる。バケツに振り回されてくる格好である。ばらまかれた豆につっこむ鳩《はと》の表情でもあった。

ひと仕事終わると、彼女はだれかれとなく、大声で話をする。よくとおる高い笑声がふきこぼれる。

「何があんなにおかしいんだろう」

始終聞き馴《な》れている人でも、ついそう言いたくなるほど、朗らかな笑い声である。静かな日など、彼女の笑い声は丘の頂きまで聞こえるそうで、「また、はじまった」と人びとは顔を見合わせ、にっこりする。

彼女も、ときには子どもたちを叱りつける。何しろ男の子四人が相手である。やはり、近所にひびく大声になる。ヒステリイの発作かと思われるほど烈《はげ》しいときもあるが、良吉には、その烈しさが彼女の口もとだけを支配して、彼女自身には全然作用していないように感じる。

こんなことがあった。長男の中学生が屋根に上《のぼ》っているところへ、六つぐらいの三人目の子がどうして梯子《はしご》をつたわったのか、同じように屋根に上ってしまった。さすが楽天的な彼女も、動顚《どうてん》した。泣くような声で叫んだり、珍しく細心に注意したり、人が変わったようになった。

しかし、その小さな男の子が、顔色ひとつ変えず平気で梯子を下りてくると、彼女は先刻《さっき》の怯《おび》えもすっかり忘れたように、

「まあまあこの子は何て強いんでしょ。ちっとも、こわがってやしない」

にこにこ笑って、集まった近所の人たちに話しかけた。

火のつくように、末の赤ん坊が泣いているときでも、彼女は平気で井戸端会議を続ける。

「いま行きますよ。ちょっと待ってて。泣くんじゃないの」

そして、なお十分でも二十分でも、赤ん坊が泣き疲れて眠ってしまうころまで、楽しそうに話しこんでいる。

彼女はなりふり構わず、あけっ放しの性格だったが、それだけに格式ぶった人間はきらった。格式ぶるのは役人の世界だけで十分とでもいうふうに。

新しく引っ越してきた医者が、転入の手続きに、近所の女の子を頼んで、隣組組長である彼女の家へ行かせたときもそうである。

医者も悪かった。引っ越してきた先の組長へ顔出しひとつせず、事務的に転入手続きをしようとしたのだから。

南沢夫人は、受けつけなかった。鶴《つる》のように長身な医者の奥さんが、渋々出かけた。医者夫人は腹いせも手伝って、かなり自分たちの生活を吹聴《ふいちょう》したらしい。南沢夫人はすっかり腹を立てた。

「わたし、あんな人、だあいきらい」

そして、医者の長女が「満二十四歳」で婚期の遅れていることを発見して、そこで快哉《かいさい》を叫んだようであった。彼女にしてみれば、早く結婚し、たくさん子どもを産んで、にぎやかに暮らすことこそ、人生の幸福であったからである。

医者には、二人の娘があった。「満二十四歳」のほうは、はっきり顔を見なかったが、下の娘には、ときどき道で出会ったり、庭先で顔を合わせたりした。甘薯の蔓《つる》に手を入れているときなど、人の気配にふと顔を上げると、すぐ先の高みにある医者の庭で、白いブラウスがゆれ、鍬《くわ》を無器用にふるっている姿が見えた。

妹娘は肉づきもよく、顔立ちもふっくらしていた。黒瞳《くろめ》がちの眼が大きく、ときには、女の西郷隆盛かと苦笑させるほどであった。元気なお嬢さんで、庭いじりに飽きると、今度は犬を連れて丘を駆け回った。

妹娘に限らず、一家そろって庭いじりが好きであった。天気の良い日曜日などには、親子四人が庭に下り、家庭菜園や花壇づくりに余念がない。妹娘の手から離れた犬が、医師の鍬にまといつき、姉娘のまわりをまわって、医師夫人のところへ駆けて行く。井戸端で水を汲む音がすると、間もなく四つの顔が縁先にむつまじそうに並んで休む。同じことを考え、同じように働き、同じように疲れるものらしい。

用があって、良吉がはじめてその家を訪ねたとき、四つの顔がいっせいに振り向き、それが一つの強い視線となって、まともに注がれてきた。四人が一つになっていた。

医者一家を見ていると、幸福な家庭の一典型という気がした。近所づき合いの悪いのは、あの四つの顔の間へどんな隙間風《すきまかぜ》がはいることをも拒否しようとするからだ。

「満二十四歳」がいつまでも家に居るのも、そうした原因からではないだろうか。

あたたかく雨の多い島は、牧草の生産によく、乳牛の島として有名であった。牛乳は島では飲み切れず、島特産のバターとして移出されていた。

医師一家が越してきたのも、本土では牛乳不足になってきている折りから、娘たちのために十分に牛乳やバターを与えてやりたいという動機からだという。そういえば、妹娘のふくよかで健康そうな容姿は、いかにも幼いときから牛乳をたっぷり飲んで育ってきた娘という感じであった。

それに、草深い田舎へ転居するとして、娘たちにいちばんいやなのは蛇《へび》が居ることだが、その島にはどうしたわけか古来、蛇が居ない。それも気に入ってやってきたという。

「牛乳や蛇のせいでこの島へ引っ越してくるなんて。童話じゃあるまいし、まともには聞いておれん」

良吉の祖母は言う。祖母も南沢夫人同様、医師一家は肌に合わないようであった。おしゃべりに出かける先が一軒ふえると思っていたのに、そのあてがはずれた失望もあったのであろう。

しかし、良吉には、娘を中心にかたまったその一家なら、そういう童話もあり得ないことではないと思えた。

本当の動機としては、医師には医者不足の島へ行けば、軍の召集を免れるかも知れぬという計算もあったようだ。

一家四人がかたまって幸福に暮らす。そのためには何でもするが、それ以外のことは何ひとつ考えたくない。それが医師一家の生き方のようであった。

婚期といえば、良吉の家の裏手に当たる北山家の娘が、急に女らしくなった。ある日、良吉は道ですれちがった女に会釈《えしゃく》されたが、ルージュの濃いそうした娘に挨拶《あいさつ》されるおぼえはなかった。それが、しばらく見ぬうちにすっかり変わった北山家の娘であった。

北山家の主人は、木造船工場の職工からたたき上げて、いまでは島で小さな造船工場を経営している昔気質《むかしかたぎ》の人である。

「娘を学校へなんかやったら、どうなるかわかりゃしない」

と、進学希望の娘を学校へ上げなかった。北山さんは、もともと学校教育を信用しないほうであった。それに、歴史の浅い島の女学校は、島の若い衆たちの好奇の眼にさらされ、女学生が登下校の途中、若い衆にからかわれたりすることがあったからである。

貧弱な体軀《たいく》のその娘は、その結果、「全くおもしろくもない」といった顔つきで、ことこと台所で働いたり、日の当たる縁側でぼんやり繕い物をしたり、家事見習いという名のおさんどん的な生活にはいったのである。

化粧ひとつするでなし、町へ映画を見に出かけるでもなし、彼女の少女時代は過ぎて行った。あの年ごろに特有な花のように明るい笑い声もあまり聞こえてくることはなかった。

その娘が年ごろになると急に化粧し町の洋裁塾へ通い出したのである。それまでの分を一気にとり戻そうとばかり、似合わぬほど濃い化粧である。明るいえんじ色のツーピースを着て、さっそうと出かける娘の姿は、それまでを知る良吉には、ひどくほほえましく映った。そして、そうした外面的な変化が、急に彼女の物腰を女らしくもした。

婚期――緑のつぼみが花らしいふくらみを持ち、少しばかりほころびはじめるのを見て、あわてて、まわりの雑草を抜いたり、肥えや水を注いだりする素朴な人たち。垣根ひとつ向こうでは、婚期を失するのも構わず幸福そうな娘。そのこちらでは、婚期にはいって一挙に幸福を取り戻そうとする娘。その対照がおもしろかった。

北山家も子福者で、ほかにまだ三人もの娘があった。次女は、受持ち教師がわざわざ説得に出かけてくるほど成績の良い子であったが、長女同様、進学を断念させられた。

以前の長女と全く同じ生活に次女もはいっていった。良吉は、ときどき縁先で糸を繰ったりしている次女を長女ととりちがえた。やはり「全くおもしろくもない」といった様子で、長女に似た小柄な次女は、血色のよくない顔をものうく振り向けるのであった。

きれいなハイヒールをはいて長女が出かけると、次女は少女歌劇のスターでも見るようなまばゆい顔つきで見とれていた。

次女はやがていまの長女になり、三女が今度はその次女の立場になる。娘たちはつぎつぎと同じコースをくり返し、一時期ぱっと華やいで、一人また一人と去って行くのであろう。女の幸福が結婚によってはじまるものならば、北山家のこの教育は正しいものかも知れない。鉄は赤くならぬうちから打ったところで、無駄だからである。

いつまでも美しさを失わぬ人と、人生を明るく美しく暮らしている人と、美しい調和の世界に浸り切っている人と、美しい予定に生きている人と、四つの種類の花々が良吉の家のまわりに咲いていた。

彼の家のまわりには、かつてぐるりとバラが植えられていたが、地質が合わぬためか、潮風に弱いのか、枯れたり病んだりして、ほとんどなくなってしまった。しかし、その代わり、四種の花々の匂《にお》いが軽々と垣根を越えて、孤独な良吉の心を慰めてくれた。浜からも町からも遠く、中学の友だちづき合いも少ない住宅地の生活も、そのおかげで決して退屈ではなかった。人生はよいものだという思いをしみじみ味わわせてくれたし、やがていつか来る良吉自身の家庭について、あまい幻想をえがかせてもくれた。

そうした花々にとり巻かれた生活がいつまでも続いてほしいし、続くべきだとは思ったが、それでいて、いやな予感と不安もあった。

遠い大陸で戦争がはじまり、それが大戦争へ飛び火しようとしていた。戦争は、銅山会社も造船会社も汽船会社も、みんな好景気にしている。その好景気の波にのって、島にはじめての住宅地も開発されたようなものであった。

だが、戦争は程よく進むだけのものではない。それに、花と戦争は、本来、相容《あいい》れないものであった。

三

大きな戦争が起こると、まず鉱山技師の西野氏が徴用されて、南方へ渡った。

美しい西野夫人は、いぜんとして感情を見せない静かな顔つきであったが、婆《ばあ》さんにはこたえたようであった。孫たちの守りも何となく気重になった感じで、風邪をひいたとか頭が痛むとかで、寝こんだりすることもあった。いちばんの話し相手がそうなって、良吉の祖母も元気がなくなった。

それまでも、三日に一度は菩提寺《ぼだいじ》へ墓詣《はかまい》りに行き、気が向くと、浜や町へ回って顔《かお》馴染《なじみ》と話しこんできたりしたものだが、家に引きこもりがちになった。

「もう、わしも嫁女の若さではないからなあ」

と、珍しく愚痴をこぼしたりする。

島の墓地は古い。白い砂の上に苔《こけ》むした墓碑が連なり、木の陰が深くかぶっている。ただ花だけは、どの墓にも新しいものが色とりどり供えられている。

祖先崇拝の念があつく、花をつくって墓に供えに行くのが、嫁の日課とされていた。そういうことで、嫁たちはしばし家や姑《しゅうとめ》から解放される時間も持ったのであろう。その意味では、祖母の年齢での墓守りは、もともと気の進むものではなかったのだ。

だが、だからといって、祖母は島を引き揚げる気持ちは毛頭ない。良吉の父母たちこそ、早く帰って来るべきだと考えている。

「島の人間は島を離れちゃならんのだ。死ぬときも島に戻って死なんと、孫子のときまでたたりがあるというものなあ」

祖母は反応のない良吉の顔に気づくと、

「なあ良吉、日本中探しても、こんないい死に場所があると思うかい」

「何を言うか、婆ちゃん。島を出たこともないくせに」

「いや、わしにはわかる。出なくとも、よくわかる。……それに、西野の婆さんも言うとった。婆さんだって、この島で死にたいとな」

「死ぬ死ぬなんて、縁起でもない」

良吉はそう言いながら、皺《しわ》深く瞼《まぶた》の肉の垂れた祖母の顔を眺めた。この老婆《ろうば》たちにも、かつては花々のように匂《にお》う季節もあったのだろうかという思いをこめて。

しばらくして、今度は官吏の南沢氏が召集された。歩兵伍長《ごちょう》の軍服のよく似合う屈強な体軀《たいく》なのだが、妻子六人を残して発《た》つことに気がもめるようであった。壮行式のときも、波止場までの行列の間も、南沢氏はいつも息子たちのだれかに気をとられていた。

幼い五人の子どもを女手ひとつに託されて、南沢夫人もがっくりする思いであったろうが、そこは健気《けなげ》な彼女である。表面的には屈託のない生活を続けた。水汲《みずく》みにとっと走る勢いも変わらない。子どもたちも朗らかである。

良吉は、あっぱれだと思った。ちょっとやそっとのことではしおれることのない花を見る気がした。そういう型の細君が、男にとっては、いちばんありがたく重宝なのではないか。

ただ変化といえば、丘の頂きまでひびくような笑い声が聞こえなくなったこと、それに、子どもを叱《しか》るのが以前より少しくどくなったように思えるぐらい。だが、それも夫が居ないためというより、子どもの成長につれての当然の成り行きであったかも知れぬ。

島全体が困り出したのは、島へ通って来る汽船会社の持ち船の何隻《せき》かが徴発され、週に二度あった便が一便に減ってしまったことである。

はいるべきものがはいらず、出るべきものは出て行かず、島の経済は徐々に麻痺《まひ》しはじめた。魚や野菜は新しく、牛乳もバターもと、見かけは豊かであったが、かんじんの米が本土から運ばれてくるものだけに、あらためて島の食糧の自給が叫ばれるようになった。甘藷《かんしょ》さえつくっておけば餓死することもないという昔からの経験で、島のいたるところで甘藷畑がひろげられ、住宅地ではどの家も庭をつぶして甘藷づくりにかかった。

良吉たち中学生も、週に何日か授業を休んで、甘薯畑の開墾に狩り出された。それが終わると、勤労動員ということで鉱山会社へ毎日行かされることになった。女学生は漁網会社で働かされた。

「それ見ろ。学校へ行ってたって、何にもならなかったじゃないか」

裏の北山氏は、娘たちに自分の見透《みとお》しの正しさを語った。

だが、家に残してある娘たちも、決して計画通りには行かなかった。長女は良縁を得て、すでに嫁いでいた。その長女にならって、化粧して洋裁塾へさっそうと通い出すはずだった次女の夢はつぶれた。化粧品は手にはいらなくなり、洋裁塾は閉鎖されてしまったからである。いや、それどころか、女子挺身《ていしん》隊として漁網工場あたりへ狩り出されかねない状況になった。

ただ、北山氏にとって幸いだったのは、造船工場が軍需工場に指定され、北山氏はその娘を工場へ顔出しさせることで、父親ともども徴用や動員から免れたことである。

もっとも、それが娘にとって幸いであったかどうか。父親の監視下の工場では、娘は工員仲間から浮き上がってしまい、同年代のにぎやかなつき合いを眼《ま》のあたりにしながら、孤独で居なくてはならなかったからである。

冴《さ》えない顔つきのモンペ姿で父親の後について工場へ出かける次女は、あわれであった。あわれなのは、次女だけではない。次女がそうなってしまうと、三女はもう夢の託しようもなくなって、化石のように小さくなっていた。

良吉は、戦争の思いがけぬ意地悪さを垣間見る気がした。花は咲くべきときに咲かせてやらなくてはならぬ。まして、ただ咲く日のことだけをたのしみに生きて来た花々であったのに。

戦争の波にいちばん洗われるのが遅かったのが、医者の一家である。隣組のつき合いも、よくよくのことでもなければ顔を出さず、親子四人ひっそりと満ち足りた日を送っていた。職業がら患者からの届け物で食料にも事欠かぬようで、庭はなかなか甘藷一色には変わらなかった。

変化の最初は、犬が死んだことであった。それを教えた祖母は、珍しく憤慨した口調でつづけた。

「犬がマラリヤにかかって、その薬が島にないって大さわぎしたそうだよ。このご時世に犬が何だというんだろうね。あのお医者さんも、意外と非国民だねえ」

良吉は、祖母ほど腹は立たなかった。あの一家の幸福には人間だけでなく犬も加わっており、四人と一匹が幸福な調和をつくっていたのだと思い直したからである。犬を連れて丘を駆ける妹娘の姿がもう見られないと思うと、良吉まで物足らぬ気がした。良吉は中学一年のとき肋膜《ろくまく》を病んだことがあり、思う存分走り回れるといった体ではない。父母が良吉を島へ残して行ったのも、祖母のためだけでなく、良吉の体を思ってのことであった。走れない良吉は、犬とともに駆ける娘の姿に、健康の美しさといったものを堪能《たんのう》していた。犬や娘といっしょになって、良吉の心も飛びはねていたのである。

何でもない犬も、あの家の濃密な雰囲気の中にとけこんでしまうと、もうその雰囲気からわかちがたいものになっていた。

日曜日には、一家は相変わらず揃《そろ》って畑いじりをしている。だが、その足もとを駆け回る犬が居ないと、以前ほどまとまった絵にならない。どこか焦点が定まらず、四人それぞれがとまどっている感じであった。といって、代わりの犬をとり寄せられるような時世ではなかった。

良吉たちの動員先の鉱山会社では、硫黄をとっていたが、船便が少ないため積み出し切れず、巨大な黄チョークのような硫黄が波止場に山積みになった。

そこで、中学生たちは、また、ときどき開墾作業に回されることになった。採草地や放牧地まで甘藷畑に変えていこうというのだ。

かつて島を有名にしていた乳牛も、先行きは暗くなった。酪農製品の出荷が思うように行かぬというだけでなく、米さえ移入しきれぬ状態なので、本土からの濃厚飼料が来なくなったためである。

乳の出が悪くなったとか、牛が痩《や》せたとかいう声が、聞かれるようになった。見切りをつけて牛を処分する家も現われた。

ある日、良吉たちは、無人灯台のある岬近くの放牧地開墾に行かされた。

黄ばんだ野芝のひろがる先に、白黒まだらのホルスタインが何頭か、のんびり草をはんでいる。ときどき角をふり上げ、人なつっこい声で啼《な》く。それがあわれみを乞《こ》う声にも聞こえる。牛の好きな島の中学生たちには、あまり気の進む作業ではなかった。

「モウいいじゃないかって啼いてるぜ」

そんなことを、付添いの教師に聞こえよがしに言う生徒も居た。

しばらく働いたところで、一人の生徒が叫んだ。

「何だ、あれは」

指さす先を見ると、野芝の中に突き出た岩に腰掛け、灯台に向かって写生している女性の姿があった。モンペ姿だが、白いブラウスと麦藁《むぎわら》帽子が藍色《あいいろ》の海と空を背に、くっきりと浮き出ている。

見た瞬間、良吉は胸を刺されるような気がした。医者の妹娘であった。写生の趣味があるのだろうが、良吉にはそれが犬の居ない淋《さび》しさをまぎらわすために来ているように思えた。

「あれは住宅地の人間じゃないのか。そうだろ、良吉」

たちまち仲間の声がかかった。良吉が無言でうなずくと、

「この非常時だというのに、非国民だな、あいつ」

また非国民か。そう言われても仕方のない姿ではあるが、良吉は急に嘘《うそ》をついても弁解してやりたくなった。

「あの娘、体をこわしてるんだ」

「それにしたってよ」

別の一人が小石をひろって投げた。狙《ねら》ったわけではないが、娘はぎくりとしたようにこちらを見た。

良吉はあわてて顔を伏せながら、

「よせ、病人は放っておけよ」

「おまえ、あの女が好きなんじゃないか」

「ばか」

「赤くなったぞ」

牛が啼いた。遠くで爆音が聞こえた。

「まさか敵機じゃないだろうな」

教師が立ち上がる。その間に、娘の姿はかき消えていた。

四

戦局は急速に悪化してきた。

島通いの船が沈められ、一度に何十戸かが葬儀を出した。

便船は半月に一度か月に一度の不定期便になった。船が足りぬだけでなく、敵潜水艦が出没するため、航行が自由にならぬのだという。便船が来ない代わりに、ときどき思いもかけぬ手負いの輸送船や軍艦が、島の北側にある深い入江に逃げこんできた。

主食は甘藷《かんしょ》になった。島の火力発電所で焚《た》く石炭も届かないので、電灯がつくのは毎夜三時間。それが二時間に減らされ、一時間半になった。足りぬところは種油や魚油をつかって灯をともしたりして、何のことはない、島は一挙に江戸の昔に戻った形であった。いや、戦雲の下に在るだけに、江戸時代よりさらに悪い状況ともいえた。島ぐるみの死の危険さえ考えられた。敵が飛び石づたいに島を攻め上ってくる作戦を展開してきたからである。

もともと格別の軍事施設も軍需産業もない島は、戦争から忘れられ、その渦の外にのんびり漂っているように思えていたのだが、一転して主戦場になりそうであった。民間人を巻き込んでのサイパン島玉砕によって、もはや対岸の火事どころではなくなった。

近くの島々とちがって、その島には牧場など開かれるだけあって平坦部《へいたん》もあったが、良吉たちの動員先は三度変更され、島の中央部に滑走路をつくらされた。

だが、それが完成したときには、来るべき友軍機がなく、かえって飛行場があるために敵の上陸目標にされるという危険が出てきた。

守備の陸軍部隊が送られてくることになったが、それと入れ代わりに、十三歳から五十歳までの男子を残し、老幼婦女のすべてを本土へ疎開《そかい》させるという命令が出た。

親子離散という悲劇が、ほとんど島の各戸で見られることになった。

ただ良吉たち中学生は女々しく別れにふけっている間はなかった。約五百頭に上る乳牛を全部処分するという仕事を割り当てられたからだ。決戦場になる島から足手まといになるものは一切排除しておけということであったが、一方では、採草地をつぶしてできるだけ甘薯畑をひろげねばならず、ただでさえ飼料不足の牛を衰弱させるぐらいなら、先に肉に代えておけという実際的な判断によるものであった。

中学生には思ってもみなかった辛《つら》い仕事であった。部落ごとに班を編成し、それぞれ別の部落の牛を殺すことになった。

牛は、浜の入口までは、ひかれるままにおとなしくついてくるが、そこでたいてい異様な気配を感じて動かなくなってしまう。何人もかかって浜の中ほどへ押し出して行き、見つめている大きな眼と眼の間へ斧《おの》を打ちこむ。

みんな、泣きながらやった。浜には何日も血の色に汚れた波が寄せ、汐《しお》のにおいとまじり合った異臭が立ちこめた。肉はばらして塩漬けや味噌《みそ》漬けにし、一部は島に貯《たくわ》え、一部は疎開する人びとが持って行くことになった。

良吉の祖母も、本土へ疎開せねばならぬ一人であった。島で死ぬのが本望であっても、軍の命令なので従わざるを得ない。

ただ祖母はちょうど中風の気味で寝こんでいた。それを幸い、動けぬ者をどうしようというのだと、説得に来た役場の吏員にくってかかった。

病人の移動の適否を決めるのは、医者に任されていた。そこではじめて、良吉の家に裏の医者がやってきた。

まぢかに見る医者は、思ったより老《ふ》けていた。眼の大きなところだけは娘に似ていたが、髪は半白、面長で、うすい肉づきの鼻の下には、まばらなひげがあった。そのひげを照れかくしのように、ときどき人差し指の腹で撫《な》でるくせがあった。

医者は、祖母の問いにうなずいたり、かぶりをふったりするだけで、ほとんどものを言わなかった。

移動に適すと診断して、医者と吏員が帰った後、祖母は熱の出たような赤い顔でつぶやいた。

「何という無愛想な医者だろうね。あれだから、娘が売れやしないんだよ」

医者にしてみれば、そのとき、物も言いたくない気持ちであった。医者は五十一歳。年齢からすれば妻子とともに本土へ疎開する組であったのに、にわかに現地召集ということになり、島に残らねばならなくなったからだ。

そのときになってはじめてわかったのだが、医者は予備役軍医少尉《しょうい》であった。住宅地から応召者が出るごとに、かつて下士官あたりだった人びとまで軍服を着て見送りに出た中で、医者はただの一度もその軍服姿を見せなかった。在郷軍人であることを隠しているような感じで、その点でも「非国民」と言われそうであった。ただ医者にしてみれば家の中が幸福過ぎて、それ以上、外の世界のつながりにわずらわされたくないという気持ちであったのだろう。

住宅地もあわただしくなった。ほとんど身ひとつの疎開といわれても、西野家や南沢家など、そのまま家をたたまねばならぬところもある。

西野家ではひっそりと、南沢家ではにぎやかに、身ごしらえがはじまった。

「変わったところへ住んでみるのもいいでしょ」

南沢夫人はそんな調子で、

「ひとり残って、あなた、たいへんね」

と、良吉が逆に同情されたりした。ただ良吉自身は、前から気分的にはひとりで暮らしているようなところがあり、祖母が居なくなれば、かえってせいせいしそうに思えた。

やがて貨物船が三隻《せき》、一個大隊の歩兵と一個大隊の砲兵、それに食糧や弾薬を満載して本土からやってきた。貨物船にまで大砲をつけていると感心していると、その砲がつぎつぎに陸揚げされてきた。

入れ代わって、疎開者の乗船がはじまった。二度と会えぬかも知れぬというので、波止場での見送りは、暗く重いものであった。祖母を送るだけの良吉あたりがいちばん気楽な見送りのはずであったが、その祖母が直前になって今度は本当に熱を出してしまった。

このため、汽船の船客名簿からはずされ、一隻だけ護衛のためついてきた特設砲艦と称する千トンほどの軍艦に、おくれて担架ごと積みこまれた。

祖母は骨ばった指で良吉の手首をつかんでわめいた。

「島の神さまがお呼びだ。わしはきっと船の中で死ぬ」

すると、良吉とはあまり年もちがわぬような若い水兵が、

「お婆《ばあ》さん、何を言ってるんだ。この艦《ふね》には島神も死神も縁がないんだよ」

にこにこして言い、安心しろというように良吉に眼で合図して見せた。

西野夫人や医者の娘の顔など、もう一度見ておきたいと、良吉は駆けるようにして波止場へ戻った。

だが、そのとき貨物船の群れはすでに解纜《かいらん》し、折りから小雨に煙りはじめた沖合いへ舳先《へさき》を向けて行くところであった。波止場に返す大きな鉛色の波が、壁にぶつかって音を立てた。

良吉は、もう二度とそれらの花々に会えない予感がした。若いのに一度に人生を失ってしまったような思いでもあった。

五

不吉な予感は適中した。

島を離れて六時間後、三隻《せき》の貨物船のうち、一隻が潜水艦に襲われて轟沈《ごうちん》。暗夜のせいもあり、乗っていた全員が助からなかった。

住宅地の人びとは、すべてその船に乗り込んでいた。良吉が四種類の花にたとえていた人たち全部が、一瞬のうちにこの世から消えてしまったのだ。

報《し》らせがあってしばらくの間、良吉は夜になってもなかなか寝つけなかった。闇《やみ》の中から、西野夫人の夕顔のような顔や、犬を連れて走る医者の娘の姿などが浮かび出てくる。井戸を汲《く》む音や、子どもの声とまじり合った南沢夫人の笑い声の幻聴がする。寝苦しかった。うとうととしては、またすぐ眼がさめた。

近所はほとんど空家になっていた。裏の北山氏は造船工場に寝泊まりしている。軍医となった医者だけが、夜になると、ひとり家に戻って、無残としか言いようのない孤独な闇に耐えているはずであった。

良吉は、医者が自殺するのではないかと思った。

だが、朝になると、医者は軍服姿になり、長い影をひいて部落の駐屯地へ出かけて行くのであった。

そうした環境のおかげで、良吉は面と向かって苦しい思いをすることはなかった。

良吉には、顔向けできない思いがあった。良吉の祖母は遅れて特設砲艦に乗ったせいで、住宅地では、ただ一人生きのびていたからである。

一月ほど後に、父からの手紙に同封し、祖母の便りが届いた。

「わたしも達者です。親切な水兵さんに介抱されて、元気に着きました」とのことだ。眼で悪戯《いたずら》っぽく合図してみせた若い水兵の顔を、良吉は思い出した。感謝すべきなのだろうが、何となく釈然としない。「恥知らず」と、良吉はだれにともなくつぶやいた。

同じ船団を組んで行ったのに、祖母は船の一隻が沈没したのを知らぬ様子であった。「船が別々に着いたようで、あれっきり皆さんにも会いませんが」とも書いていた。水兵たちがわざと知らせないようにしていたようだ。それが良吉には、過ぎた親切に思えた。だから、祖母を恥知らずの老人にしてしまう――。

そのころ、良吉たちは毎日、壕《ごう》づくりに狩り出されていた。

B29は頻繁に上空を通り、一度は気まぐれのように爆弾を無人灯台すれすれの海面に落として行った。グラマンの編隊が寺の屋根瓦《やねがわら》をはじき飛ばして行ったこともある。島の漁船は大半は監視艇などに転用され、残った舟も一海里以上沖へ出ることを禁じられていた。いよいよ戦場が迫ってくるという感じであった。

二個大隊の陸軍部隊は、訓練と壕づくりに余念がない。だが、指揮する将校も兵士たちも、いかにも召集で狩り集められたという感じの年輩者が多く、たよりなかった。

敵戦車に対し肉弾攻撃をするのは、むしろ中学生にふさわしい任務のようで、壕づくりの合い間に、良吉たちはさかんに対戦車攻撃の訓練をやらされた。

一人用の蛸壺《たこつぼ》陣地にはいって待機する。そうしたとき、空の無心な青さが胸にしみた。


赤腹がその空を切り、黒鳩《くろはと》が舞い立つ。島の自然は、いつもの年と変わらない。サンゴ樹やツゲはつややかな緑に光り、赤や薄紅のツツジの花が咲きみだれる。軽い羽音をふりまき、虻《あぶ》や蜂《はち》は忙しく飛び回る。

いつもと変わらぬ花の季節の訪れなのに。「そうなんだ、あの人たちは死んでしまったのだ」と、良吉は嘆息をつく。信じられないが、逆に、そうした自然とともに良吉が生きているということが現実ではないようにも思えてくる。

作業と訓練を終わり、重い体をひきずるようにして住宅地に帰る。

黄昏《たそが》れた住宅地には、笑い声も人の姿もない。ただ家だけが並んでいるが、住む人のないそれは、自然の一部というより、もっと荒涼とした眺めをつくっている。

良吉は家々には眼を向けず、伏し目がちに歩いてきたが、自分の家の玄関先まで来て、はっとした。黄色の闇の中に、人が立っていたからである。

「やあ、きみ、待ってたんだよ」

人影は、白い歯を見せて笑った。立ちすくんでいると、

「水兵だよ。きみのお婆《ばあ》さんを乗せて行った艦《ふね》の……」

特設砲艦が島へ戻ってきて、北の入江にひそんでいるという話は聞いていた。そこで浮かぶ砲台となり、島の北側の防御に当たるということであった。聞こえはいいが、実際は、その特設砲艦が老朽化したため、航海に耐えられなくなったのだとも、敵の潜水艦や飛行機が多く、逃げこんだまま動きがとれなくなったのだともうわさされた。

「どうしてここへ」

かたい表情をしている良吉に、水兵は笑った。

「きみのお婆さんにたのまれたんだ。一人で淋《さび》しがっているだろうから、島へ行くことがあったら、ぜひ寄ってやってくれとね」

「………」

「きみのお婆さんとは、内地までずっと話しこんで行ってね。何だか自分の婆さんのような気がしてきたんだよ」

水兵は短い眉《まゆ》をやや下がり目にして続けた。

「話といえば、きみのこと。きみはお婆さん子なんだね。お婆さんはきみの小さいと

きの写真をお守り札のように肌身離さず持っておられたよ」

聞き流しながら、良吉は玄関の戸を開けた。「おはいりなさい」と言うほかはなかった。祖母が厄介になった人であるからだ。水兵は「入湯上陸」というので、その夜は外泊できるとのことであった。

味噌《みそ》漬けの牛肉を焼き、甘薯《かんしょ》でキントンをつくり、それにバターをまぜるというご馳走《ちそう》を、水兵はよろこんで食べた。

食事が終わると、水兵は暗い電灯の下で煙草《たばこ》に火をつけた。良吉より三歳年長なだけというのに、別のおとなの世界からやってきた人のようにも見えた。

まわりは静かであった。医者の家で井戸を汲む音が一度聞こえただけ。空には、星がちりばめたように美しかった。

水兵ははじめて気づいたように、

「このへんの家は、ほとんど空家なんだね」

「全部沈められてしまったんですよ」

良吉は吐き出すように答えた。沈められなくとも、疎開《そかい》のため同じ状態になっているはずであったが。

「そうか、いや、そうだったね」

水兵は煙草を口から離し、闇に眼をすえた。煙を吐き出すとともに、

「むごいことをするよ、敵さんは」

「防げなかったのですか」

「うん」

水兵は頭を下げた。

「砲艦とはいっても、旧式の八センチ砲三門に機銃、爆雷を二個積んでいるだけで、速力も遅いし」

「護衛の役に立たないのですか」

「そうでもない。もし、ついて行かなければ、敵潜は浮上して、三隻ともなぶり殺しにされる危険があったろうね」

「…………」

「一年ぐらい前までは、とにかく駆逐艦や海防艦もつき、船も各船それぞれ爆雷を積んで、敵潜迫るとなると、全艦船が爆雷のいっせい投下をやってね。海全体が沸騰《ふっとう》するほどやっつけたものだ」

床を並べて寝てからも、水兵はそれまでの戦闘の模様をいろいろと話してくれた。祖母にたのまれ、良吉のさびしさをまぎらわせようとしてくれたのだろうが、良吉に

は興味がなかった。良吉には、あの船が沈んだという事実だけが重い。

「これからどうするのです」

「戦うさ。敵の来襲を迎え撃つ」

水兵は七・七ミリ機銃を担当していると言った。

「艦長は高等商船出の予備士官で、砲術長は島へ上がって芋焼酎《いもしょうちゅう》ばかりのんでる老人だ。下士官も応召兵が多い。艦がくたびれていれば、乗員もくたびれている。それだけに、おれなんかが、がんばらなきゃ。……ただ、艦長は最後までやる気だし、おれも思いきり撃ちまくってやるよ」

水兵はそう言ってから、くすっと笑った。

「もっとも撃ちまくるといっても、弾薬不足でね。一時に三発しか撃てないことになっている。一、二、三と数えて、撃鉄《ひきがね》を放すんだ」

「撃つのは機関銃でしょ」

「そう、そうなんだ。弾丸がないやつだけはどうにもならない。バリバリバリバリと は行かない。ダダダンと三発撃ってやめ。また敵の来襲をねらって、ダダダンと必中の三発だけ撃つ」

「敵機は猛烈に撃ってくるでしょう」

「それはそうだ」

それなら、勝負ははじめからわかっている。戦うだけ無駄ではないか、と思った。ただ、良吉はそれを口には出せないし、水兵にも、その喜劇とも悲劇ともつかぬ立場はわかっているはずであった。死と敗北しかないのに、ただ戦うということだけで救われようとしているのだ。

そのときはじめて、良吉は水兵があわれになり、同時に身近いものに感じた。屈託のない水兵の話し方には、女なら南沢夫人を思わせるものがあった。黒い大きな眼は、医者の娘にも似ている……。

良吉は、それまでの自分の態度を反省した。

翌朝早く、良吉はこっそり床をぬけると、水を汲み、朝風呂《あさぶろ》をたいた。「入湯上陸」という言葉を思い出し、自分にできるもてなしといっては、その程度のことしかないと思ったからだ。一人になってからは、動員先や友人の家でもらい風呂をし、湯を沸かして体を拭《ふ》いてすますことが多く、良吉にも久しぶりのわが家の風呂であった。

ほとんど風呂が沸きかかったころ、裏手の医者の家で井戸を汲む音が聞こえた。医者は駐屯部隊の風呂へはいって来ているようだが、たまには朝風呂も悪くないだろう。

良吉は、よほど走って行って、医者に風呂へはいってもらおうかと思ったが、医者の沈黙にとざされた顔がこわかった。

水兵は眼をまるくしながら、よろこんで朝風呂にはいった。歌をうたう声が聞こえる。それも軍歌ではない。いつも変わらぬはずの朝が、ひどく明るかった。良吉は、家に人が居ることの良さを嚙《か》みしめた。

水兵が出ると、良吉は入れ代わりに風呂にはいった。湯は汲んだままのようにきれいであったが、黒い毛が一本浮いていた。体のどの部分の毛なのか知らない。

良吉は指の先につまみ上げた。すてようとしたが、窓の桟の上にのせた。

やがて主戦場となろうとする島。もうだれも来るはずのない家へ訪れた最後の人間のしるしである。その人間は、おそらく良吉より先に死ぬであろう。その死を見届け、遺骨代わりに一本の毛を庭に埋めて、そこで良吉も覚悟をきめることになる。

いまとなっては、死に向かってただ運ばれて行くばかりである。せめてはそうしたまねごとでもして死と戯《たわむ》れ、死を軽く見たい。人間は一本の毛。自分も一本の毛となり花粉となって、死へ運ばれて行きたい。

それから旬日後、艦載機の群れが島を襲ってきた。攻撃は、入江に在る特設砲艦に集中された。

良吉は、入江を見下ろす山腹の壕の一つから、その戦闘ぶりを見ていた。良吉だけではない。数知れぬ壕の中から、島の人間と陸軍部隊の兵士たちが、軍艦旗をかかげた老朽艦の運命を見守っていた。

まず五機編隊が二波、北から超低空で襲ってきた。機銃掃射なのであろう、海面が沖のほうから一面にけば立っている。

砲艦の八センチ砲が光り、いくつかの機銃が短く火を噴いた。それは、水兵の言ったように、たしかにダダダンと、あっけないものであった。

編隊の下からは、赤黒い幕のように銃撃が注がれる。もうその二波を見ただけで勝負ありと言えそうな火力の相違であった。

老朽艦などすてて逃げて来ればいいのに——それは、砲艦の乗組員も陸地で見守っている者も、等しく考えることであった。

ただ、はじめから逃げ出すわけには行かない。艦尾には、あざやかに軍艦旗がはためいている。

果たしてどこまでやるか。いや、艦と殉ずる気があるのか。

見守る者の内心には、残酷な興味が湧《わ》いている。そうした無数の眼にさらされ、特設砲艦はいわば敵からも味方からも孤立し、死を待っていた。

良吉たちのひそむ山肌をひきはがさんばかりにプロペラの轟音《ごうおん》を立て、別の編隊が舞い下りて行った。機首を下げ、赤錆《あかさび》の見える砲艦の右舷《うげん》にまっすぐ突っ込んで行く。猛烈な機銃掃射で鼓膜も破れんばかりだが、その中に良吉は、ダダダンという水兵の応射の音を聞いた。

沖合いからは、最初通り過ぎた二波が高度をとって戻ってきた。今度は一機ずつ、急降下で突っこんでくる。

大きな水柱が上がった。爆撃である。

特設砲艦は、猛然と応射に転じた。ダダダンをやめ、機銃は火を噴き続ける。芋焼酎好きという老砲術長が、「構うもんか、撃って撃って撃ちまくれ」と叫んだのであろう。

そのとき、良吉はふっと陸軍部隊のことを思った。山肌をかすめて飛ぶ敵機は、小銃でも撃ち落とせそうなのに、陸岸からはただの一発の援護射撃もない。たとえ撃墜できなくても、陸からの対空砲火が加われば、敵機はそれほど自由自在の攻撃を試みることもできなくなるのに、まるで無人島のように静まり返っていた。

爆撃は続いた。煙突の横から蒸気が噴き出したと思うと、つぎの一撃で艦橋は空に吹っ飛んだ。

兵員の走り回る姿が見られ、そこを別の編隊が機銃掃射で襲い、さらに爆撃をかぶせる。小さなおんぼろ船を沈めるには、もったいなさ過ぎる攻撃であった。艦尾から炎が出た。火はみるみる拡《ひろ》がって行く。さらに煙突めがけて直撃弾。つぎの瞬間、砲艦は真二つに割れて沈んで行った。

その夕方、家に帰ると、良吉は小抽斗《こひきだし》に入れてあった水兵の毛を持って、庭へ下りた。土を掘って埋めるつもりであったが、そうした芝居じみた真似《まね》をする元気はなくなった。かすかな夕風の中で、気は滅《めい》入るばかり。

額の高さに上げて瞑目《めいもく》すると、指の力を、抜いた。

ふたたび目を開いたとき、毛はなくなっていた。

艦載機もB29も、毎日日課のように島の空を通った。海には日向《ひなた》ぼっこをたのしむ鰐《わに》のように、敵潜水艦が悠々と浮かんでいたりした。

陸軍部隊は、相変わらず沈黙を守っていた。そして、おそらくそのせいであろうが、島は二度と攻撃を受けることもなく、終戦を迎えた。

終戦後三日目の夜ふけ、良吉は近くで発射音を聞いた。そしてつぎの日、軍医の欠勤を怪しんでやってきた兵士たちによって、ピストル自殺した姿が発見された。医者はずっと前から死を考えていたが、軍務を大切に考え、辛《つら》い生を一日のばしに生きて来ていたもののようであった。

「非国民」ではなかったのだ。いまやっと妻子たちに追いつけるといったそうした死に方が、良吉は悲しかった。

妻子の死を忘れるには酒しかないというように、裏の北山氏はすっかり芋焼酎のとりこになり、酔いつぶれて寝ているところを、造船工場の不審火に巻かれて亡《な》くなった。

どの庭にも、夏草だけが生い茂った。夜になると、虫の声の海であった。

六

良吉は本土の家族たちの許《もと》へ戻った。祖母が東京郊外の便利な生活が気に入って、二度と島へ行きたがらなかったからである。その息子夫婦の死を送り、祖母は八十六歳という高齢まで生きた。島の神さまということはもう二度と口にしなかったが、島の土地を手放すことには最後まで反対であった。

休みにグループで島に行ってきたという会社のBGたちが、良吉に報告した。

「浜がすごくきれいだったわ。釣りによし、水泳によし、アクアラングによしと、こたえられなかったわ」

結構、というように、良吉はうなずく。

「乳牛も多くて、とてもロマンチック。それに小鳥もいっぱい居て」

「昔のようになったんだな」

「昔のようじゃなくなって、発展したそうよ。ホテルもできるし」

「水はどうかな」

「水？　飲む水のことなの」

「そう」

「大丈夫よ。水道があるもの」

「犬は」

「犬？　課長さんは、おかしなことばかり訊《き》くのね。犬ももちろん居るわよ」

「軍艦は？」

「あらあら、ますます変よ、課長さん。そんなもの居るものですか」

良吉は、もっと変なことを訊きたかった。西野夫人は居るか、北山家の娘たちは、
などと。

「島が恋しくなったでしょ、課長さん」

「………」

「一度、ご家族連れでぜひどうぞ」

「家族連れで行っちゃよくないんだ、あの島は」

良吉は、まじめな顔でつぶやいた。

「あら、ほんと？」BGたちは声を上げる。

「そんな話、一度も聞かなかったわ」

「たたりがある。必ずたたりがあるんだよ」

軽い気持ちで言い出したのだが、良吉自身信じこむ表情になっていた。

（「潮」昭和四十三年十月号）

軍艦旗はためく丘に

一

読経《どきょう》の声が流れていた。

汐騒《しおざい》の音は消え、風に軍艦旗がはためいている。

緑の芝生の中に、四列に行儀よく並んだ八十二のま新しい墓石。墓地正面の彰忠碑《しょうちゅうひ》だけに、まだ白い布がかぶせてある。

墓に近く遺族席や来賓席。その中央に、墓碑建設会の会長であるS電機の深江社長が立っている。九十キロを越す巨軀《きょく》をモーニングにきっちり包み、うなだれている。ときどき白いハンケチをとり出して、額をおさえ、顔を拭《ぬぐ》う。

深江は、ビッグ・スリーに数えられる大電機メーカーの社長。豪放な性格で、趣味はブルドーザーというほど。何十万坪という山を切りくずし、海を埋めるなどということを、平気でやってのける。

その深江が、いつもとはまるで別の姿でそこに立っていた。子を失《な》くした悲しみにひしがれる一父親の姿である。

だが、深江自身は子供や縁戚《えんせき》をそこに埋めたわけではなかった。その土地出身の彼は、死者たちの話に心を打たれ、自ら中心となって墓地建設に当った。

死者たちの話はそれほどまでにいたましく、また、彼をふくめて土地の人の心はそれほどまでにあたたかかった。

そうした土地の人々への感謝の思いをこめて、千草《ちぐさ》がつぶやいた。

「淡路はいいなあ。やさしくて、豊かで、おだやかで……。心が安まる」

「いや、ここへ来ると、心がひきしまるぞ」

春日井《かすがい》がこたえる。東京から来た二人は、〈同期生席〉の中に立っていた。

墓地のある丘の高みからは、機帆船や釣舟が浮かぶ海が光ってみえた。緑の濃い丘の麓《ふもと》には、和牛がねそべり、白壁の土蔵も見える。

「こんな島の沖合いで、あの悲劇があったとは思えない。この島に似合わぬ悲劇だったな」

「いつの世にも似合わぬ悲劇さ。救助に当った島の人たちは、軍服を着た連中を拾い上げてみて、びっくりしたというんだ。なあんだ、兵隊さんは坊やじゃないかって」

千草は近くの墓碑に眼をやった。

「最年少の雪谷孝《ゆきやたかし》、海軍上等飛行兵、享年《きょうねん》十四歳……」

「おれたちは、もう、あいつの人生の三倍近くも、むざむざと生きてしまった」

「いや、あいつたちこそ、稚《おさな》いのにむざむざと……」

千草は、銀座でフランス料理のレストランをやっており、春日井は神田で家具の卸商をやっている。それぞれに二児の父、そして、まもなくその子らが、あのときの彼等の年齢になる――。

軍艦旗ははためき、線香の煙が流れてくる。

読経の声が止《や》んだ。

司会者が、その墓碑群全体を代表する彰忠碑の除幕を告げる。

スタイルのよい若い女性が進み出て、幕をひき落した。ふっくらした頬、一重瞼《ひとえまぶた》の眼。

「室兵曹の娘か」

春日井と千草は、うなずき合い、女性の顔をしげしげと見た。

「兵曹が死んで十日目に生れたのだそうだ」

ふしぎな気がした。ひどい神の悪戯《いたずら》にも思えた。

千草は、風の中に精悍《せいかん》な室兵曹の顔を思い浮かべた。

骨太の大きな体、厚い胸板。頬がはり、がんじょうそのものの顎《あご》。落ちくぼんだ鋭い眼。

たくましく、きびしく、海軍精神のかたまりそのものであった兵曹。あの兵曹が世を去ったあとに、こんなふくよかな娘が生れてきたのか。ついに娘を見ることのなかった若い父、永遠に父を知ることのない娘……。地元の人たちによって、色とりどりの生花が供えられる。碑の前に配してあったぼんぼりに灯が入る。

墓地は一瞬はなやいだ空気になったが、そのはなやかさに色を添えるように、宝塚少女歌劇団十人が入場した。

彼女たちの制服というのだろうか、暗い小豆色の和服に袴姿《はかますがた》。手に手に持った白菊を碑の前に捧《ささ》げてから、花々より白く美しい顔をそろえて立つ。

一人がアコーデオンをひいた。

海行かば、水漬《みづ》く屍《かばね》……

鎮魂のしらべが、静かに流れる。

もともとは重苦しい歌なのだが、彼女たちの咽喉《のど》から出ると、やさしく、ときに、あでやかでさえある。

参列者たちは声をのみ、瞼をおさえる遺族もある。

ただ墓地のはずれに立てられた軍艦旗だけが、死者たちの答の声のように、はたはたと音を立てていた。

次の曲は、若鷲《わかわし》の歌。

若い血汐の予科練の
七つボタンは桜に錨《いかり》……

歌詞もメロディもまちがいないのだが、あまく軽やかに、天女の合唱ともいえるものであった。

にがい思いが、千草の胸にひろがってくる。

宝塚海軍航空隊――。おれたちは、天女の園に住んだ。天女の居ない天女の園に。

そこで、地獄の生活がはじまった。

母親の声ともまごう天女の歌を、ときに、聞きたくも思ったのだが。

「軍歌もいいが、別の歌もうたってくれないかな」

千草がつぶやくのを、春日井が聞きとがめた。

「別の歌？」

「そう、やさしい子守唄《こもりうた》のような……」

そこまで言って、はっと思い出し、

「『お山の杉の子』がいいな」

「なんだ、それは……」

「むかし、むかしのそのむかし……」

千草は低く短く口ずさんでから、

「隊を発《た》つ前、彼女たちが来て、うたってくれたんですよ。……この歌を聞いて、涙が出ました」

「そんなことで、ほろりとするなんて……。もっとも、子供だったから仕方がない。おまえたちが入ってきたとき、えらい子供みたいなのが来たと、おれたちはたまげたものな。とにかく、かわいそうだったよ。夜、おまえたちの分隊の傍《そば》を通ると、しくしくと泣く声がする。家が恋しくて泣いている……」

「うそですよ」

「そういううわさだった」

「うわさだけです。泣くものですか」

少女歌劇の合唱は終り、遺族の焼香がはじまった。

足もとから汽笛が聞えた。

阿那賀《あなが》港から四国へのフェリーボートが出帆する。洲本《すもと》から〝うずしおライン〟という高速道路で山越えして阿那賀へ。そこから四国へというのが、新しい関西―四国間の最短ルートである。少年兵たち八十二人が戦死したのもそのルート沿いの海であった。

港をまもるように小高くそびえている岬。いま墓地のあるその岬は、鎧崎《よろいざき》の名で呼ばれる。

屋島《やしま》の戦いで敗れた平家の落武者たちがそこにたどりつき、悲運に泣いて鎧の袖《そで》をしぼったところという。

悲しみはくり返された。悲運の土地というものが存在するのだ。

風のかげんか、汐がにおった。

焼香を終った遺族たちが戻ってくる。〈同期生席〉に向かってくるその顔のひとつひとつが、

「あなたたちは生き残れて……」

と、物問いたげに見えた。

千草は思わず春日井の蔭《かげ》にかくれた。

「どうしたんだ」

「遺族と顔を合わすのがつらい」

「それは、おれだって」

だが、そう言っている隙に、すっかり白髪になった小柄な老婆《ろうば》が近づいてきた。

千草は、観念したように進み出た。

「雪谷のお母さん、お元気ですか」

老婆は、あなた、孝といっしょの……」

老婆は、千草の頭の頂から足の先までを見た。息子が生きていたら、いまこんな風にと思いめぐらしている顔であった。

その眼の動きが、針で刺して廻るように痛かった。

「あなたもお元気そうで、何よりですねえ」

老婆は力のない声でつぶやいた。

「……はい」

千草は体を小さくする。

老婆はまたあの質問をするのではないか。忍術でも使って、ふっと消えてしまいたい。

一息つくと、老婆は思い出したように、やはり、その問いを口にした。

「あの子は、入隊の一週間ほど前から下痢してましたが、入隊してからどうでしたでしょうか」

それは、老婆が会う度にくり返す質問であった。

「ええ、……元気でしたよ、とても」

「そうですか。それはようございました。わたし、気がかりで気がかりで……」

老婆は眼を閉じ、何度もうなずいた。そして、そのままゆらぐようにして横へ歩いて行った。

春日井は、うすく口をあけたまま見送っていたが、

「あの人にとっては、息子の死がまだ昨日か一昨日《おととい》のことのように思えるんだなあ」

「いや、ぼくにとっても……」

千草は眼を閉じた。

八十二の墓標が、かき消えて欲しい。あの事件が、嘘《うそ》か幻であって欲しい。軍艦旗のはためく音を、幻の鳥の羽ばたきに思いたかった。

二

厳重に灯火管制をした連絡船は、静かに夜の対馬《つしま》海峡を渡って行った。

昭和二十年六月はじめ。戦局は急迫していた。敵潜水艦が出没し、無事に内地へ着けるかどうか、不安であった。

千草や雪谷たち、予科練入隊者の大群は、船艙《せんそう》に閉じこめられていた。

十六期甲種飛行予科練習生として、それまであまり徴募の手ののびなかった満州・朝鮮・支那《しな》あたりから、一気にかき集めてきた人数である。出身地もさまざまなら、年齢も十四歳から十九歳までと幅があった。

人いきれで温度が上っている上に救命具をつけているので、船艙の中は蒸し風呂《ぶろ》のような暑苦しさであった。それが乗船以来十何時間も続いているので、気が狂いそうである。眠るように言われていたが、とても寝つけたものではなかった。

十六歳の千草の隣りに居たのが、雪谷であった。二つちがいだが、小柄なせいもあるのか、千草の眼にも、まるで小学校を卒《お》えたばかりの子供に見えた。

雪谷は、蒼《あお》い顔をし、しきりに脂汗《あぶらあせ》を拭《ぬぐ》っていた。ハルピンを発《た》つ前、お腹《なか》をこわしたということで、暑さと下痢で二重に参っていた。

ただ黙っているよりは、話していた方が、気をまぎらわすことができた。

「大連には、星ヶ浦というとてもきれいな海水浴場があってね」

「ハルピンにもありますよ。海じゃなく、松花江《スンガリー》だけど。ロシヤ人が大きな体に水着をつけて、ごろごろしていて」

「ロシヤ人は大連にも居るよ」

そう言ってから、千草はまた暑さが気になり、

「暑くてどうしようもないな。満州じゃ夏だってそれほど暑いということはないから
ね」

「宝塚って、暑いところでしょうか」

「気候はいいんじゃないか。高級住宅や遊園地があるところだそうだから」

「少女歌劇で有名ですね」

二人は、暗い中で顔を見合った。そんなことを話題にし合っていい相手かどうか、
とたしかめる。

「ぼくは姉に言われたんです。すごいところへ行くじゃないって。姉も予科練行きに
は反対だったけど、宝塚入隊ときまると、うらやましがって」

「少女歌劇とは関係がないのにな」

「でも、やっぱり宝塚ということが」

「きみは少女歌劇を見たことがあるのか」

雪谷は、照れながら頭をかいた。

「母も姉も好きでしたから。東京へ旅行したとき、二度ほど連れて行かれて」

「……実を言うと、ぼくも二回ほど見た。大連へ公演に来たときに。ぼくの場合は妹

がファンで、護衛代りに連れて行かれてね」

「どうでした」

「……悪くはないな。なんだか、星だとか月とか花とか、夢のまた夢という感じだけど、女の子には受けると思った」

「男の観客はほとんど居ませんものね」

「……うん」

二人はまた眼と眼を見合った。何か犯罪でもわかち合ったような一種の後めたさと連帯感を感じた。

「宝塚でうたう歌をおぼえてますか」

「うん?」

「ほら、モンパリとか、菫《すみれ》の花咲くころとか」

「……聞いたことはあるな」

「甘いきれいな歌ですね。軍歌とはまるでちがうけど」

「砂糖菓子のような歌さ。……軍歌は、おにぎりのような歌だ」

「菓子といえば、カリン糖を食べますか」

雪谷は風呂敷包をひき寄せた。

「出発の三日前、ちょうどバケツいっぱい砂糖が配給になったものですから、母たちがつくってくれたのです」

雪谷が差し出すのを、千草は手を振ってことわった。

「大事にとっておけよ」

「でも、入隊したら、どうせ、とり上げられてしまうでしょう。内地はもうおむすびの時代らしいから」

千草は、二つ三つつまんでみた。甘味も十分、よくできたカリン糖であった。

「干ぶどうもありますよ」

雪谷はまた出しにかかった。千草は苦笑した。

「まるで遠足じゃないか」

そうしたものを持たせて出した雪谷の母親の顔が見たかった。宝塚へ観劇旅行へ行くのではない。二度と戻らぬかも知れぬ軍隊へ召されて行くのだ。

千草の笑いは、そこで消えた。

雪谷の母親にもそれはわかっていたのだろうが、母親には雪谷はやはり稚《おさな》い息子でしかなく、他に送り出しようもなかったのではなかろうか。

千草に母親の眼がうつってきた。

雪谷にも大いに戦果を上げてもらわねばならぬ。だが、生きて母親の許《もと》へ帰るべきなのだ。護国の鬼にするには、あまりにも稚な過ぎる。

その意味では、雪谷の予科練行きは、人生の大きな遠足であっていい。

すすめられるままに、千草はカリン糖と干ぶどうをつまんで、夜を明かした。次の日の夜あけ、雨の中を連絡船は潜水艦を避けるため、右に左にとジグザグに針路をとりながら、山口県の日本海岸にある仙崎《せんざき》へ入った。

救命具をはずし、上甲板に整列する。

はじめてのことではないが、内地は美しかった。

島や入江のたたずまい。緑は濃く、しっとりと梅雨に煙っていた。赤茶けた禿山《はげやま》と、やたらと広い曠野《こうや》だけの大陸から来ると、眼を洗われる思いがした。

「きれいだなあ」

並んで岸を見つめたまま、二人はうなずき合った。

志願してよかった、この祖国のために命をかけて戦うのだと、胸がふくらんだ。

仙崎から特別仕立ての軍用列車に乗った。二人はいちばん後尾の車輛《しゃりょう》であったが、乗ると同時に、雪谷が声をあげた。

「車掌は女ですよ。ぼくの姉さんぐらいだ」

ソバカスのある小さな顔をした女車掌は、戦闘帽をかぶり、紺の上着にモンペ姿。背中に鉄カブトを背負っていた。

軍事教練でも受けているようなかたい感じで、手を上げて、笛をふく。

汽車は、山陰路を走り出した。

軍用列車とわかるのか、簑笠姿《みのかさすがた》で田んぼに居る人も、傘をさして踏切で待つ人も、手を振ってくれる。

「万歳！」という声が、列車の中までとびこんできた。

また胸が熱くなった。

「カリン糖を車掌にやろうと思うんだけど」

雪谷が言い出したのは、松江を過ぎたころであった。

カリン糖はすでに食べ飽きていたし、どうせ、あと一日で没収される運命である。千草は反対しなかった。

ただし、雪谷は一人では持って行けないという。仕方なく千草がついて行ってやった。

車掌室で、女車掌はソバカスのある顔を上気させた。お礼を言った後、思いついたように手帳をとり出し、一頁《ページ》破って鉛筆を走らせた。

「これ、わたしの住所です。宝塚へ着かれたら、お便り下さいね」

「うん……」

今度は、雪谷が顔を赤くした。

「宝塚はどんな風になってるかしら」

女車掌は窓の外に眼をやり、うっとりした顔でつぶやいた。

途中で車掌は男に代った。

車中で一夜が明け、軍用列車は京都を廻って、早朝、大阪へ入った。

そこには、見渡す限り空襲の焼跡がひろがっていた。

千草たちは茫然《ぼうぜん》とし、声も出なかった。のどかな外地で思いえがいてきたのとは、別の祖国の姿が、そこに在った。

三

別の祖国は、宝塚にも待っていた。

宝塚海軍航空隊は、他ならぬ宝塚歌劇団の本拠に置かれていた。

宝塚ファンたちが開門を待ちわびたところには、いかめしい衛兵が立っている。

大劇場と、それに附属する建物すべてに、カーキー色の軍服が出入りしていた。大劇場には蔦《つた》が生い茂って、一部分、自然の迷彩になっていたが、さらにコールタールがまだらに塗られて、巨大なトーチカの様相を呈していた。

中へ入ると、ロビイを兼ねた広い廊下に、木の二段ベッドがずらりと並べられ、居住区になっていた。二階から上の観客席はいくつにも仕切られ、教室に当てられている。

すでに十四期予科練の四ケ分隊を中心に、十三期予科練や、国民兵と呼ばれる老召集兵たちが入っており、劇場全体に男くさく荒涼とした空気が漂っていた。女の園のあでやかなにおい、スターをとり巻く嬌声《きょうせい》など、偲《しの》ぶよすがもなかった。

千草と雪谷は、幸い同じ分隊に配属された。

居住区は三階。その窓の一カ所に、貼札《はりふだ》が残っていた。

〈冷房中につき、窓を開けないで下さい〉

二人は思わずまわりを見廻した。

もちろん、冷房など入ってはいない。

冷房とはどんなものか、どういう仕掛けでどんな風になるのか。満州では、二人とも冷房を見たことはなかった。

「やっぱり大きな劇場は違うんですねえ」

雪谷が感心したように言ってから、声を落して訊《き》いた。

「歌劇の連中は、どこへ行ってしまったんでしょう」

女車掌のことが、頭に在るようであった。

そうしたのどかな会話ができたのは、ほんの一時間ほどの間であった。

整列がかかった。

先任下士官である室上等兵曹をはじめ、十人ほどの下士官が、ずらりと居並ぶ。

千草たちの前に立ったのは、十三期予科練という平沢二等飛行兵曹であった。千草より一年半早く入隊しているわけだが、歳《とし》は一つちがいの十七歳。

千草は親しみを感じたが、それはすぐにまちがいとわかった。平沢二飛曹は、ニキビの多い顔を歪《ゆが》め、うすく笑いながら言った。

「きさまら、海軍だましにあって、のこのこやってきやがって」

海軍だまし――はじめは海軍魂のことだと思ったが、平沢の顔を見ている中《うち》、「海軍騙《だま》し」の意味だとわかった。

入隊歓迎の挨拶《あいさつ》としては、ひど過ぎた。唖然《あぜん》としている練習生たちに、平沢二飛曹は太い眉《まゆ》をつり上げて言った。

「かくなる上は、存分にきさまらに海軍魂をたたきこむ。娑婆《しゃば》っ気《け》をたたき出してやる」

練習生たちは、小さくうなずいた。

「返事はどうなんだい！」

平沢は、どなりつけた。

その日の日課などについて、ひと通り注意してから、

「質問はないか」

雪谷が手をあげ、

「班長殿」

「班長殿とは何だ」

叱《しか》られて、雪谷はとまどった顔をした。

「……はい、班長さま」

平沢は、鼻を鳴らして笑った。

千草は耳を蔽《おお》いたくなった。雪谷はまるで子供である。海軍内部のことについて、何も知らぬ。

「ただの班長でいい」

「はい、班長」

気をとり直した雪谷に、平沢はたたみかけた。

「班長、班長と、百回言ってみろ」

雪谷は直立し、指を折りながら、唱えはじめた。

「班長、班長、班長……」

「声が小さい！」

「はい、班長殿、いえ、班長。班長、班長、班長……」

「その指は何だ。指を折らずに数えろ」

「はい……しかし……。はい、班長。班長、班長、班長……」

まわりの練習生たちの眼を一身に受けて、雪谷は泣き顔になりながら続ける。

「何だ、悲しそうな顔をして。よし、止《や》め」

「……はい」

雪谷は、ほっとした顔になったが、そこは学校ではなく、叱っているのは先生ではなかった。それだけで勘弁してくれない。

「きさまに元気をつけてやる」

言ったかと思うと、平沢はいきなり拳《こぶし》をまるめて、雪谷をなぐりつけた。

かたい音がし、雪谷はよろめいた。続いて、逆からもう一発。

　雪谷は、痛みとおどろきで眼をまるくし、息をあえがせている。

「どうだ、火花が出たか」

「はい、ほんとうに火花が……」

「よし、それで電気と元気がつく。さあ『班長……』のやり直し」

「はい、班長、班長、班長……」

　練習生たちは静まり返った。何人かは、眼をそらせた。痛々しいというより、それがわが身にふりかかる日のことを考えていた。

　夕食には、赤飯、それに鰯《いわし》の煮たのが二匹。

　雪谷は、少し食べて、箸《はし》を動かすのをやめた。

　横に居た黒宮という大阪から来た練習生がささやいた。

「残すのか」

「うん」

「おれにくれないか」

「これを？」

「残すなんて、もったいない」

そう言ったと思うと、黒宮はすばやく雪谷の食器から自分の食器へ飯を移しとった。千草や鮎川《あゆかわ》などといった外地組が食事の進み方がおそいのに比べ、内地から集まった連中は、食うのが早かった。

「久しぶりで米ばかりの飯にありついた」

などと言う者も居て、外地組をおどろかせた。食料事情も、外地と内地では天国と地獄ほどもちがっているようであった。

翌日からは、豆や麦、雑穀などのまじった少い飯、おかずも甘藷《いも》の葉などが出た。そして、十日と経《た》たぬ中に、外地組もまた、慢性的な空腹に悩まされるようになった。

四

訓練はきびしかった。教員である下士官たちが若いだけに、容赦がなかった。

演習場は五キロほど先に在るゴルフ場の跡。膝《ひざ》のあたりまでのびた芝は足にからみ、滑りやすかった。

そこまで駈《か》け足、そこでも駈け足、そこからも駈け足。先任下士官である室上等兵曹が先頭に立って走る。

室兵曹の厚い胸板は、まるで蒸気機関車の胴体のように見えた。

徒手訓練、射撃訓練、銃剣術、手旗信号……。

きびしい訓練に、さらに罰直がついて廻る。手旗信号のおぼえの悪い者が居る。新京から来た鮎川などがそうだが、一人まちがえると、全員が罰直にあう。

「り」をえがいて両手を上に上げたところで、

「踵《かかと》を上げい！」

五分も経《た》つと、体がふるえ出す。「電気風呂《ぶろ》」と称する罰直である。「風呂」から脱落すると、棍棒《バッター》が来る。

観客席を仕切った教室では、砲術・水雷・航海などの学課が行なわれた。

マイクを使って行なわれることもあり、どら声や汐《しお》につぶれた声が、がんがんこだまする。正面舞台にかかっている古びた大きな緞帳《どんちょう》だけが、わずかに宝塚の舞台であることを思い出させた。

暑くなるにつれ、つい居眠りが出る。これは黒宮などが常習犯であったが、見つかれば、また全員罰直を受ける。

机と机の間に立ち、両手を机について体を浮かせ、ペダルをこぐまねをやらされる。

「自転車」という名の苦しい罰直。やめれば、また棍棒《バッター》がとぶ。

航空隊というのに、ここにも飛行機のかげさえなかった。

一度、演習場のはずれで、十三期がグライダー訓練をやっているのを見たが、それは飛行機操縦のためでなく、グライダー型の特攻兵器の搭乗《とうじょう》訓練と聞いた。

はげしい訓練のため忘れていたが、死は迫ってきていた。

いまは十三期の前面に。つづいて、十四期、十五期、そして十六期。若い壁をひとつずつ倒して近づいてくる死の足音を、たしかに聞く気がした。

十三期は、死に急いでいた。

「きさまらのお守りをやらされるおかげで」

と、平沢が憎々しげにつぶやいたことがある。

同期が特攻編成に廻っているのに、自分は教員。おくれをとり、卑怯《ひきょう》未練のようで、やりきれない。その鬱憤《うっぷん》を、つい十六期にぶつけてくる。予科練でありながら、ついに飛行機へ乗れなかったことへの鬱憤もある。

「きさまら、飛行機に乗りたいだろう」

ある日、課業止めがあってから、平沢は居住区の中央に仁王立ちになって言った。

「おれも同じ予科練として、きさまらの気持はよくわかる。そこで、いまから飛行機に乗せてやる」

千草たちは顔を見合わせ、眼を輝かせた。どこかに隠してある飛行機でもあるのか。

「どうだ、乗りたいか」

平沢は念を押した。

「はい！」

練習生は声をそろえて答えた。

「よし、前支え」

平沢は、いきなり号令を掛けた。

変だなと感じたが、飛行機に乗せる前、罰直で鍛えておく気なのかと思った。

両手を地につき、やや尻を上げて、腕立伏せをする。

「そこで左手を上げる」

あっと言いながら、何人かが床に倒れた。そうした練習生を蹴《け》って廻りながら、平沢は言う。

「それが左旋回。今度は右手を上げて、右旋回」

片手では体重を支え切れない。重い音を立てて、あちらでもこちらでも、床に倒れる。平沢は棍棒《バッター》を持ってきて、撲《なぐ》って廻る。

一巡したところで、

「机の上に足を上げろ。角度は七十度。それが急降下だ」

練習生たちは真赤な顔になる。

「まだまだ。急降下は息が苦しいものだ」

棍棒《バッター》が何発か飛んでから、今度は壁に沿って逆立ちをやらされる。

「角度は九十度。宙返りの訓練である」

充血し、眼が見えなくなる。「直れ」の号令がかかっても、立ち上れない。

罰直は、汲《く》めども尽きぬ泉であった。帝国海軍の叡智《えいち》のすべてが、そこに結集されている感じがした。

平沢ら十三期がやられて来た通りのことを、いま後輩の十六期に伝えている。やられたことは、やられた通りに返す。十六期は、また次の十八期にでも返せばいい。それが海軍の伝統である。

ただ、千草たちがかなわないのは、教員である十三期が若過ぎることだ。手心を加えるということを知らない。いくら撲っても、疲れないし、息切れもしない。

ある夕方、教員室へ掃除に行っていた鮎川が、居住区に戻って伝えた。

「海軍では体罰は一切禁止しているそうだ。とくに、十六期は子供だから撲っちゃいかんと、厳命が出たらしい」

鮎川は、昂奮《こうふん》した口調で言った。満州国の裁判官の息子で、正義感の強い少年であった。

たしかに、それから二日ほど罰直はなかったが、三日目にはもう以前のままの状態となった。

入隊以来、面会も外出も一切許されなかった。

休日のわずかな時間、自由に行くことが許されるのは、劇場の先にひろがる遊園地構内だけ。

遊園地というより、遊園地跡と呼ぶべきであった。遊ぶべきものは、何もなかった。

おとぎの列車の走ったところは、レールはとり外され、枕木《まくらぎ》だけが残っていた。

日蔭《ひかげ》になった築山《つきやま》のかげに寝そべり、青い空を眺めて過す。

ここが宝塚なのか、日本中の女の子が騒ぎ立ったあの土地なのか。

千草は耳をすましてみた。

　うるわしの思い出

　モンパリ、わがパリ……

知っている歌のかけらでも、どこかから聞えて来ないか。

おお宝塚　タカラヅカ

あこがれの美の郷《さと》……。

だが、もちろん、どこにもそうした歌の気配は残っていなかった。

「おお、宝塚か」

千草は吐き出すように言った。

横に寝そべっていた雪谷が、半身を起した。

「宝塚の女《ひと》たちは、どこへ行ったんでしょう」

同期なのに、二つ年下ということで、雪谷ははじめて会ったときの言葉づかいを改めない。そうしたところにも、雪谷の育ちのよさ、人のよさが出ていた。

「さあ、どこへ行ったか」

「わからないでしょうか」

相手にならずに居ると、

「あの車掌さんに報告してやらなくてはと思うんです。たのまれた以上」

「もう忘れているよ」

「いえ、きっと待ってると思うんです」

千草は雪谷の顔を見た。

女車掌への関心というより、女車掌を通して姉を想《おも》う心、それに約束を守ろうという気持が感じられた。

千草は、体を起した。

あの女車掌も、お国のためにがんばっている。その心を明るくしてやるのも、いいことかも知れぬ。

だが、スターたちの消息を誰に訊《たず》ねればよいのか。

千草は、あたりを見廻した。

少し先のヒマラヤ杉の下に、二期上の十四期生が一人、寝ころんでいるのが見えた。

十四期は一年前に入隊している。宝塚の消息を知っているかも知れない。

千草は立ち上った。

「あの十四期生に訊《き》いてくる」

「ぼくも……」

「いや、きさまはここで待ってろ」

そうした問いを持って行けば、撲られる可能性があった。そのときは、自分一人で撲られようと思った。

心をきめて、まっすぐ大股《おおまた》に歩いて行き、挙手の礼をした。分隊名と官姓名を名のると、相手も、

「二十一分隊の春日井飛行兵長だが」

応《こた》えながら、首をかしげた。何か人ちがいではないか、という顔である。

「あの、妙なことをお訊きしますが」

「何だ」

「この宝塚に居た歌劇団は、どこへ行ったのでありますか」

相手の眼をけんめいににらんで言った。春日井は、じろりと千草をにらみ返した。

「そんなことが知りたいのか」

「はあ」

なぜかと訊かれ、続いて一発来るか。

だが、春日井はそれ以上は穿鑿《せんさく》しなかった。

「連中は、ここを明け渡して、被服廠《ひふくしょう》の衣料工場へ行ってるそうだ。針仕事で、大砲のカバーか何か縫わされているらしい」

それだけ聞けば、十分であった。挙手して戻ろうとすると、

「少女歌劇に関心があるのか」

「はあ、少し……」

千草はどぎまぎした。早く引き返したかったが、春日井は退屈していたのか、また

話しかけてきた。

「彼女たちが居なくて、あてがはずれたか」

「とんでもない。決してそんなことはありません」

築山では雪谷が立ち上って、こちらの様子を気が気でないといった風に眺めている。

「休みでも楽しみがなくて、かわいそうだな」

「いえ……」

「無理するな。おれたちには、まだ外出する下宿がある。それに、おれたちが来たころには、この遊園地にもまだ象やアザラシが居た。いま居るのは、アヒルぐらいだからな。あのアヒルも、いまに食われてしまうだろう」

「はあ……」

春日井は千草に向き直った。

「どうだ、辛《つら》いか」

「いえ……」

「無理するな」

と、春日井はまた笑い、

「辛いのは最初の三カ月。もう少しの辛抱だな」

「三カ月過ぎれば、楽になるのでありますか」

「楽になるというより、体が馴《な》れてくる」

千草は、なあんだと思った。

春日井は、かつて室兵曹の部下だったと言った。

「きびしいかも知れんが、きさまたちを撲った後、そっと眼に涙をためているようなんだぞ」

千草は、信じられぬ気がした。室のことを鬼兵曹と呼んでいる仲間も居る。分隊によっては、眠ったような感じの先任下士も居たし、若い下士のとめ役ばかりに廻っている先任下士もあった。

だが、千草の分隊では、ことがあると、先任下士である室兵曹が、率先して撲った。厚い胸板の力をこめてくり出される一撃は、強烈であった。このため、平沢たち若い下士官も遠慮なく撲ってくる。

「室兵曹は、珊瑚《さんご》海《かい》海戦以来の生き残りだ。本当の海軍を知っている人だ。ありがたい教官だと思わなくちゃいかんな」

「……はい」

春日井は、顎《あご》の先で雪谷を指してつけ加えた。

「あの子供にも、よく言っておくんだな」

次の日の夜、巡検が終って間もなく、平沢二飛曹が片手に手紙、片手に棍棒《バッター》を持って、居住区へやってきた。

黒宮練習生を呼び出す。

よく食べ、よく眠る黒宮は、よく罰直にもさらされたが、今度は、女から手紙が来た、不届きだから気合いを入れてやる、というのだ。

平沢は、練習生をまわりに集めると、居住区を仕切っている鴨居《かもい》に、黒宮をぶら下らせた。

「桜肉というやつだ。よく見ておけ」

平沢は棍棒《バッター》をふるって、黒宮の尻をなぐりつけた。黒宮の体は、大きくゆれた。屠殺された馬の肉がぶら下っている図というのだろう。

落ちるとなぐりつけ、ぶら下らせては、また、なぐる。気を失っても、水をかけて、なぐる。

その夜、夜ふけてから、千草たちに「総員起し」がかかった。いたずらでよくやられるのだが、いつまで経《た》っても「もとい！」がかからない。

分隊士や室兵曹はじめ、下士官たちが揃《そろ》って現われた。黒宮が脱走した、全員で草の根分けても探して来い、というのだ。各班ごとに別れ、はじめて隊の外へ出た。寝静まった街を、軍靴の音だけが右往左往する。防空壕《ぼうくうごう》の中をのぞき、マンホールの蓋《ふた》をあける。

その最中、雪谷が千草の身辺に寄ってきた。夜目にも蒼白《そうはく》の顔をしていた。

「どうした」

「車掌さんへ手紙を出しました」

「それで？」

「返事が来たら、どうなるでしょう。……ぼく、そこまでは考えなかった」

雪谷は、頭を抱えこんだ。

そう言われてみて、千草も事の重大さに気づいた。事情は問わず、女と文通し合うということが問題にされる。まして文通の内容が、少女歌劇の消息ということになれば。

「返事など来るものか」

千草は強い声で言った。それ以上に慰めようがなかった。

「本当ですか」

「絶対に来ない」

千草は断定的に言ったが、心の中では、女車掌のソバカスの顔を思い浮かべ、〈絶対によこすな〉と祈っていた。

捜索は二時間にわたって続けられたが、ついに黒宮の行方はわからなかった。

暗い夜空の果てが、大阪の方角だけ赤く染まっていた。空襲の余燼《よじん》ということであった。

五

七月に入ると、毎日、暑い日が続いた。

その炎天の中で、千草たちの分隊もときに作業に出されるようになった。

作業もさまざまで、松根掘りもあれば、三田の丘陵に貯蔵庫だという大トンネルを掘らされにもやられた。そうしたときには、十四期生が監督代りにやってきた。

ある日、伊丹《いたみ》飛行場の掩体壕《えんたいごう》構築に出かけるとき、やってきた十四期生を見て、千草と雪谷は顔を見合わせた。遊園地で少女歌劇のことを聞いた春日井であったからだ。

春日井は、千草の顔をおぼえていた。スコップをかつぎ、千草と並んで歩いた。

宝塚の町を出はずれるとき、民家のかげで五つか六つの男の子が二人、手をたたいてうたっていた。

わかいちしおの　どかれんの
ななつぼたんは……

「聞いたか」

春日井が眉《まゆ》をくもらせた。

「若い血汐《ちしお》のドカ練の、と言ってたろう」

「はい」

「今日も掘る掘る……と続くんだ。町の若いやつらがはやらせた歌だ。口惜《くや》しいけど、おれたちは予科練じゃなく、ドカ練だ。きさまたちには偶《たま》のことだが、おれたちは毎日毎日土方《どかた》に行く。十三期もそうだった」

「………」

「これでくさらなけりゃ、くさらぬ方がどうかしてるだろう」

千草たちは黙々と歩いた。口をきけば、空腹感に苦しむだけという思いもあった。

春日井が続ける。

「それでもまだ、おれは十三期がうらやましいと思ってる。十三期は軍人らしい軍人に鍛えられたが、おれたちのころには、もう室兵曹ぐらいしか居なかった」

「………」

「十三期が憎いか」

「いえ……」

「中には意地の悪いやつも居るだろう、飛行機に乗れず、特攻にもなれず、ドカ練ドカ練といわれていれば、おもしろくもないからな。……それにしても、彼等はよく鍛えられてきた。気合いが入っている」

「それは、たしかに……」

「凜々《りり》しいと思うだろう。きさまたちも、いつかああなるのだと思って、がまんするんだな」

そのとき、急に空襲警報のサイレンが鳴った。

各分隊は、スコップをかついだまま、道路《どうろ》脇《わき》の溝や壕に飛び散った。

爆音がすぐ迫ってきた。艦載機のようであった。

「あ、電車がやられる」

誰かが叫んだ。

のび上ると、畠《はたけ》の続く向うに、二輛《りょう》編成の阪急電車が止まり、そこからクモの子を散らすように人影がとび出していた。

その上に、黒い大きな翼をひろげ、グラマンが襲いかかった。

爆音と爆発音が重なり、千草は思わず眼を閉じたが、次に眼をあけてみると、電車は黒い煙を吐いて燃え出していた。

電車は郵便物も運んでくる。女車掌から雪谷宛《あて》の手紙がもしそこに在るのなら、いっしょに燃えてくれと思った。

何日経《た》っても、女車掌からの返事は来なかった。心配していたのに来ないとなると、雪谷は少々がっかりした様子でもあった。

空まで燃えているような暑い日が続いた。

もともと冷房を前提とした建物である大劇場の中は、暑苦しかった。その上、蚊が舞いこんで熟睡できず、夜が明ける毎《ごと》に疲れが残って行く感じであった。

涼しい満州から来た千草、雪谷、鮎川たちには、その暑さはとくにこたえた。

訓練は相変らずはげしく、罰直はきびしかった。

ある日、千草たちの分隊は、阪急電車の線路沿いの野原で、昼食後の休憩をとっていた。

午後の課業は手旗信号である。「電気風呂《ぶろ》」などの罰直もまじえて、また長時間、炎天にさらされるかと思うと、誰もが声も出ぬほどげんなりしていた。

松林越しに、航空隊の軍艦旗が小さく見える。油蟬《あぶらぜみ》がしきりに鳴いていた。

物うい車輪のひびきが、レールを伝わってきた。

ふいに、室兵曹が大声でどなった。

「待てい！」

声と同時に、兵曹は駈《か》け出していた。

その先を見て、千草たちは顔色を変えた。鮎川が線路に向かって走り出していたのだ。

電車が来た。

鮎川は両手をそろえると、まるでプールにでも飛びこむようなフォームで、電車めがけて身を投げた。

多勢の眼の前での一瞬の出来事であった。

帰隊して手箱など調べてみたが、遺書らしいものは何もなかった。強《し》いて自殺を動機づければ、その午後に鮎川の不得手な手旗信号があるということぐらいであった。

それだけの理由でも十分に自殺の動機となり得る鮎川たちの年齢であった。

「おれ、昨日あいつと浴場で痣《あざ》の比べっこをしたんだ」

雪谷が千草に言った。まわりにひとが居るときは、同期の軍人らしい口調になる。

棍棒《バッター》で撲《なぐ》られた青い痣は、練習生たちの勲章でもあった。がまん比べをするように、その大きなのを自慢し合った。

「おれとあいつは、同じような痣だった」

つぶやいてから、雪谷は顔を上げた。白い華奢《きゃしゃ》な顔に血を上らせ、

「だけど、おれはあんな死に方はしないよ。敵を二機でも三機でもやっつけてから、死ぬんだ」

〈死ぬな〉

という言葉が、千草の咽喉《のど》もとまで出かかった。

〈おれが代りに四機も五機も撃ち落として、死ぬから〉

同期とはいえ、何としても、たよりない。戦場では不覚をとり、足手まといになることはないか。

それに、こうした稚《おさな》い連中に先に戦死されては、おれたちが死場所に困る。死を賭《か》けて戦わなくても、海軍には他にいくらでも仕事があるはずだ。

鮎川も十四歳であった。

そのふいの死の報《しら》せを、新京で法官をしている父親は、どんな思いで受けとるであろう。父親は死因について説明を求めてくるであろうが、そうした父親を納得させることは誰にもできまい。

ガラスの細工物がふいに床から落ちてこわれてしまったような、あっけない死に方である。

まわりに仲間が居なくなったところで、千草は雪谷にささやいた。

「死ぬくらいなら、脱走すればいい」

「とんでもない」

雪谷は形のよい眉をつり上げた。

「しかし、死んでしまえば、何にもならぬ。もうチャンスはないから。生きてさえいればいつだってお国のために尽くすことができる」

雪谷は声をひそめて訊《き》き返した。

「脱走してどこへ」

「それは……」

千草は答に窮した。本心から脱走をすすめたわけではなく、〈死ぬな〉という意味で言っただけであったから。

大阪出身の黒宮はじめ、内地から集まっている連中なら、土地勘もあり、どこかにひそむ場所を見つけることができるかも知れぬ。

だが、満州から来ている者には、どこにも逃げ場はない。

「変なことを言わないでくれよ」

雪谷は、顔を赤くして怒った。

それから三日後、珍しく夕食に羊羹《ようかん》がついた。

入隊して一カ月目に当り、二等飛行兵より一等飛行兵へ昇進したお祝いだという。

食卓を囲む顔は、明るかった。

どこへも脱け出せない蟻地獄《ありじごく》の中でもがいていると思っていたのに、海軍はおれたちのことを忘れていなかったという気がした。約束通り昇進させ、乏しい中から御馳走《ごちそう》までしてくれる。

雪谷も、よく食べた。

ときどき下痢をしていたようだが、下痢に構わず、下痢に負けず食べた。食べなければ、体が保《も》たない。

甘くもない羊羹をかじりながら、眼を輝かせ、

「ばかだな、あいつ」

と、鮎川のことを思い出して言う。

「自殺なんてすることなかったのに」

「そうだ、全くそうなんだ」

千草も声に力を入れて答えた。

「何も心配することはない。ただまじめにやってさえいれば」

次に三カ月経てば、またお祝いの御馳走が出、今度は上等飛行兵になる。そして、一年経てば、飛行兵長に。

早い昇進の階段が目に見えている。三段跳びのように、その階段を上って行くまでだ。

上って行く中《うち》に、罰直はみるみる減り、課業も楽になって行くであろう。そして、いまの十三期のように、部下を持つ凜々しい下士官に成長して行くのだ。

もっとも、その先のことは考えない。階段の上の方は、雲の中にかすんでいる。何千何万という予科練が、階段の上の方までどんどん上って行けるわけがない。先はふっととぎれて雲に消えてしまう階段である。雲染む屍《かばね》となる階段。それだけに早く上れる階段でもあるのだが、いまはただ一段上ったことが、無性にうれしかった。

六

黒宮の脱走、鮎川の死と続いたが、室兵曹はじめ下士官たちは、その後もまるで表情を変えず、はげしい訓練きびしい罰直を続けた。

二人のことについては、下士官たちはほとんど触れることがなかった。まるで最初からその二人が存在しなかったような、あるいは中途で消えることが予定されていたとでもいうような顔であった。

室兵曹が、一度だけ注意した。

「きさまたちは、まだ子供だ。出来心というものがしのびこむ。それを防ぐにはどうしたらよいか」

室はけわしく眼を光らせ、一同をにらみ渡した。部厚い体がのしかかってくる感じであった。

「答は簡単だ。海軍精神をつめこむ。海軍精神が内に充溢《じゅういつ》していれば、出来心のつけこむ隙《すき》はない！」

室は大喝した。練習生の胸の中にひそむ出来心の種をたたき出さんばかりの大声であった。

千草は、鮎川の自殺行を発見したときの室の大声を思い出した。

あの現場には、下士官も練習生も多勢居た。その中で、遠くに居た室兵曹だけが鮎川の異常に気づいた。春日井が言うように、いつも練習生の動静に気をくばっているせいであろうか。

室兵曹は、機関車のように先頭に立って演習場へ向う。油照りの暑い日も驟雨《しゅうう》の中も、勢いよく駈《か》ける。千草たちは、歯をくいしばって続く。目に見えぬ鋼鉄のレールが敷かれていて、その上を走って行く列車であった。

辛《つら》いことには変りはないが、それがたのもしく思えるときもあった。そう感ずる自分が、また、うれしくもあった。自分の中に〈帝国海軍〉が育ちつつある――。

休憩時間、演習場の松林の蔭《かげ》に練習生を集め、今度は平沢二飛曹がわざと押し殺した声で話し合う。

「きさまら、女って、どんなものか知ってるか」

「おふくろのしなびたおっぱいしか知らぬだろうが、おっぱいだって、お椀《わん》を伏せたようなのもあれば、つい、この前はこんなのも見た」

と、手で形をつくって見せる。

おれはきさまらとちがって大人なんだぞ、という顔である。

消耗がはげしいので、千草たちはそんな話にも少しも興味は湧《わ》かぬが、みんな、おとなしく聞く。

平沢二飛曹がそういう話をするのは、機嫌のよい証拠である。それに平沢は、そうした話で練習生たちの気持を和ませ、妙な出来心を起させまいとしているようでもあった。

「特攻に行けば、おまえら子供にも、どかっと女の配給がある。そのときにうろたえぬように、教えておいてやるのだ」

それまでは生きろ。突っこむまでは生きていろ。いろいろおもしろいこともあるぞ。

「女には、においがある。いいにおいと思うだろうが、ところが、あれは一種独特で」

と、指を鼻先に持って行って、大げさに顔をしかめる。

練習生たちは、力のない声で笑う。

「女はただ横になっているだけじゃない。足をからめてくる。どんな風にからめてくるかわかるか」

けだるい夏の昼下り。蟬《せみ》の声がしきりに降っている。

平沢は腕時計を見る。

「一言言っておくが、きさまらにチャンスがめぐってきても、素人女《しろうとおんな》には絶対に手を出しちゃいかん。十日二十日で死ぬかも知れんのに、未練が起る。女も傷つく。飛行機乗りに娘は関係ない。おれが女からの手紙をやかましく言うのも、そのためなんだ」

千草もうなずく。雪谷もうなずく。そんな話がふしぎにのみこめる気がする。〈海軍軍人〉という大人に急速に近づいているのだという気がする。――

「飛行機乗りだって? 十三期は相変らず威勢がいい。夢を見てるんだな」

烹炊所《ほうすいじょ》の近くで十四期の春日井に会った。大阪へ焼跡整理に行かされていたのだと、煤《すす》と泥で汚れた顔をしていた。

「飛行機がいったいどこにあるんだ。きさまたち、この宝塚の空で日本の飛行機を見たことがあるのか」

千草は、首を振らざるを得ない。赤トンボさえ、ここには飛んでくることがない。

飛行機のない予科練、飛行機のない日本――これも満州に居ては予想もしなかった祖国の姿であった。

「特攻行きには、女の特配だって。それは、ありがたいね。けど、行けるものなら、なぜおれたちをドカ練にしておくんだ。特攻兵器そのものが間に合わなくなってるんじゃないか」

春日井の口調は、それまでとちがって荒《すさ》んでいた。十日ぶっ続けて土方仕事をやらされたという。荒まぬのがおかしかったが。

千草も気がめいった。

ドカ練にはなりたくない。早く死んでもいいから、前線基地へ。海軍軍人という大人になれるところへ行きたい。

七

突然、転属の命令が出た。分隊中、色めき立った。

行先は、淡路島南端。そこに新たに新兵器の基地がつくられる。新兵器は〇四《まるよん》艇と呼ばれる水上特攻艇らしいとのことだが、そのことに格別関心はなかった。

宝塚を出て、新しい基地へ行けるという変化が、うれしい。ドカ練となる運命も免れる。

大劇場の玄関で春日井に会った。こちらから切り出すより先に、

「おい、いっしょにやろう」

いきなり肩をたたかれた。先日とは別人のように、にこやかな顔をしている。

「どうしたのですか」

「おれも淡路へ行く。きさまたち十六期の班長になる予定だ」

「ほう」

千草は口をまるくした。

少し拍子抜けする。まだまだ十三期に鍛えられたいという気もあるし、いっそ全く新しい上官に仕えたいとも思う。そのいずれでもないということが、何となく物足りない。自分たちも若いが、こんな若い班長でいいだろうかとも思う。

その思いをこめて、

「十三期は？」

「ここへ残る。いよいよくさるだろう。けど、十三期には次の連中をしっかり鍛えてもらわなくちゃいかんからな」

「…………」

「淡路はいいところらしい。海にとり巻かれて、鯛《たい》とタコとがたくさんとれるし、上等の寿司《すし》に使う米もできるそうだ。うまいものが食えるぞ。島というのは、別天地だからなあ」

春日井は眼を輝かす。その眼の輝きが、千草にもうつってきた。

仙崎に入港したときの美しい風景が、記憶によみがえってくる。濃い松と、緑の海と、おだやかな汀《なぎさ》。今度こそ、日本の美しさと豊かさに包まれて、あとしばらくの人生を送ることができる。

「いずれ向うで会おう。おれたちは先発する。きさまらの宿舎をあらかじめ設営しておかなくちゃならんからな。元気で来いよ。魚釣りなどしながら、待ってるぞ」

朗らかに言いすて、立ち去って行った。汐風《しおかぜ》がもう匂《にお》うような気がした。

七月三十一日夜。

淡路転属の分隊員全員が、大劇場一階に集められた。古い緞帳《どんちょう》が上った。とたんに練習生たちはいっせいにおどろきの声を上げた。三十人ほどのすらりとした美しい女性が、舞台の上に並んでいたからである。小豆色の和服に袴《はかま》。

彼女たちは、そろって頭を下げた。

「おい!」

言うなり、雪谷が千草の膝《ひざ》をつねった。

「おふくろや姉に見せてやりたい。おれは宝塚でたしかに……」

「おれも妹に……」

「あの女車掌が聞いたら、うらやましがるだろうな」

ざわめきが止《や》んだ。舞台の裾《すそ》に司令が立った。

「諸君らの壮途を祝して、今夜はとくに宝塚の女《ひと》たちが来てくれた。かつてここではなばなしく活躍していた女《ひと》たちである……」

司令の挨拶《あいさつ》の間、彼女たちの瞳《ひとみ》は、すっかり変わり果てた大劇場の中を見廻していた。そして、熱狂的な少女ファンの溢《あふ》れた席に、軍服を着てきちんと坐《すわ》っている弟のような少年たちの顔を。懐《なつか》しさととまどいとが、あわただしくその瞳の中に交叉《こうさ》する。

司令が去ると、舞台奥からひっぱり出されたピアノが鳴り出した。「若鷲《わかわし》の歌」「空の神兵」「轟沈《ごうちん》」と、軍歌が三曲続いてから、「朝」「さくらさくら」久しぶりの大劇場という思いと、幼い兵士たちを慰める気持が重なって、彼女たちは声を限りに、心をこめて、うたった。

照明は暗く、何の装飾もない舞台であったが、いつしか色とりどりの光のきらめきに満たされているような気がした。

千草たちは、静かな感激にとらえられた。日本。この女性たちとともに生きる日本という国。この国のために死ぬのだと、感慨をあらたにする。

「もう明日死んでもいい」

雪谷が眼をきらきらさせて言う。

「ばか言うな」

と叱《しか》りながら、千草も眼を輝かす。

彼女たちが最後にうたってくれたのが、「お山の杉の子」であった。

むかし　むかしのそのむかし
椎《しい》の木林のすぐそばに……

子供のうた。どこからか母の声でも聞えてくるような。

はりつめていたもの、耐えていたものが、この歌で最後にぐらりと来た。

雪谷が眼の縁をおさえた。

「どうした、泣いてるのか」

そう言っているはしから、千草も眼もとが熱くなった。

こんな歌に泣かされるはずはない。おれはちがうぞ、軍人は泣いてはならぬ、と思うのに、涙が吹き出てきた。

小さな杉の子顔出して
はいはいお日さま今日は……

涙はぽろぽろこぼれ、膝を濡《ぬ》らした。

照明の暗いのが、幸いであった。

八

八月一日、宝塚出発の日である。

朝五時の総員起し、整列、点検、甲板掃除……。すべては規律正しく敏速に進んだ。わずか二カ月の間にこうまで変わったのかと思われるほど、きびきびと体が動く。

八時、軍艦旗掲揚。

朝日を受けながら松林の上に上って行く軍艦旗。胸の中にさわやかな風が吹き過ぎる。ふたたびこの地で軍艦旗を仰ぐことがあるであろうか。

いざ去るとなると、宝塚の地にも愛着が湧《わ》いた。

午前の課業は平常通り。午後の課業だけ短く打ち切られた。

十三期の下士官たちは残留するため、引率の下士官は、室兵曹はじめ四名ほど。それに、分隊長である大尉《たいい》二名、分隊士の少尉二名。隊員二百名。

出発は午後八時。

衣嚢《いのう》を担《かつ》ぎ、「帽振れ」に送られて、隊門を出た。平沢二飛曹が一歩前に踏み出て、大きく帽子を振った。

大阪へ来ると、闇《やみ》の中に曠野《こうや》がひろがっている感じであった。

B29が、一機、三基の探照灯に白銀色に浮き出て、ゆっくり高空を旋回していた。

灯火管制で暗い汽車は、十時、大阪を出て西へ向かった。

敵機は頻繁に来襲しており、瀬戸内海航路は半身不随状態であった。わずかに夜間の宇高連絡船のみが運航しているというので、四国を廻り、鳴門海峡という最短距離をよぎって淡路の南端へ着くという旅程であった。

このため、二日分の携行食として、食パン三ケ、乾麵麭《かんパン》三袋、米五合を渡された。

空襲をやり過すためか、列車はときどき名も知らぬ駅で長い時間とまっては、また思い出したように息せききって走った。

ほとんど誰も眠らず、外の気配に眼と耳をすました。

岡山を経て宇野に着いたのは、深夜であった。

連絡船に乗り、全員救命具をつける。眼のいい何人かが選ばれて、甲板上の見張りに加わった。

途中何事もなく黒い海を渡り、高松に着いた。

八月二日。

鳩色《はといろ》の夜明けの中を、高徳線の列車は動き出した。専用の車輛《しゃりょう》はなく、一般客も乗りこんできている。

「おれ、腹が減ってしまった。朝飯まで待って居られないよ」

雪谷がいたずらっぽく下士官たちの居る方角をうかがってから、食パンをとり出した。小さくつまんでは、口に入れる。

「時間外に食うなんて、中学時代を思い出すなあ」

はしゃいだ口調で言った。

久しぶりの旅行が、十四歳の心をはずませているようであった。まるで遠足気分だと、千草は思った。

内地へ渡って来るときも、カリン糖など出して遠足気分であった。その気分で送り出した雪谷の母親は、いまごろ息子のことをどんな風に案じているだろうか。

「あ、女の駅員さんだ」

雪谷が高い声を立てた。

小さな田舎駅のホームに、防空頭巾《ずきん》を背負った若い女性が立って、手を上げていた。

雪谷が手を振ると、いつまでも手を振って見送ってくれた。

次の駅でも、また同じ光景が見られた。

「感激しますねえ」

そんなことを言いながら、雪谷は食パンをかじり続けた。

約二時間かかって、池谷に着いた。

鳴門線に乗り換えるわけだが、二百人の隊員がホームに居ては目立つ。接続列車の来るまで、駅前の小さな劇場に入って休憩した。

古い桟敷《さじき》式の小屋で、畳は醬油色《しょうゆいろ》にやけていた。いつも締め切ってあるせいか、大きな藪蚊《やぶか》がたくさん居て、仮眠もできなかった。

その中《うち》、昼食時間になった。

各自の携行食をとるわけだが、このとき、室兵曹が舞台の端にとび上って、くぼんだ眼で全員をにらみつけた。

「きさまらの中で、わずかの間に娑婆《しゃば》の風に馴染《なじ》んで、勝手に携行食に手をつけたやつが居る。軍人たる者が、上官の命を待たずに食糧に手をつけるとは何事だ。たとえ乾パンひとつでも許さん。食った者は手をあげろ」

室兵曹は肩を怒らせて言った。

雪谷は蒼《あお》ざめた。だが、観念したように手をあげた。

挙手したのは雪谷だけでなく、かなりの人数に上った。

室兵曹はその数を分隊別に数え、違反者の少い分隊から先に乗船させると言った。

「どんな目に遭うかと思ったけど、ほっとしたよ」

雪谷は細い首を撫《な》でた。

鳴門線で撫養《むや》へ。その夜は海岸近くで露営した。涼しく、波の音が子守唄《こもりうた》に聞えた。

八月三日。

三十五トンの機帆船住吉丸は、十時、撫養の波止場を出た。

石炭やバラ荷を露天のまま積む代りに、百名の練習生を甲板いっぱいにぎっしり乗せた。

乗組員は、船長・機関士の二人。二人の居る機関室寄りに、分隊長・分隊士・室兵曹の三人が立った。

すでに警戒警報は出ていた。だが、このころ警戒警報はひっきりなしに出ており、気にかけていては、動きがとれなかった。

対岸の淡路島阿那賀までは約一時間あれば着く。鳴門の渦汐《うずしお》を横目に見ながら、船は走った。

間もなく空襲警報が出たが、すでに海峡の中央に居た住吉丸としては、渡り切る他はなかった。

空襲警報は広範囲にわたって発令される。必ずしもそこへ来るわけではなく、まして小さな機帆船一隻《せき》をめがけて襲ってくることもあるまいと思われた。

焼玉エンジンの音をひびかせ、住吉丸は北に浮かぶ淡路の島影めがけて急いだ。あと二十分。

そのとき、グラマン一機が北西から舞い下りてきた。諜報《ちょうほう》で知っていたのか、それとも動くものは獲物と思ったのか、まっすぐ住吉丸に狙《ねら》いをつけて迫ってきた。轟音《ごうおん》とともに、六門の機銃がいっせいに火を噴いて襲いかかった。

住吉丸には、交戦すべき武器は何もなかった。小銃一挺《ちょう》さえない。

船の中央をまっすぐ縦に掃射して、グラマンは通り過ぎた。

分隊長・分隊士・船長・機関士すべてがなぎ倒され、室兵曹もやられた。残るのは、指揮系統を失った少年兵ばかり。

「分隊長！」

「班長！」

そうした叫びに応《こた》える声がない。

機関室は火を吐き、黒い煙を上げはじめた。

火を消すか、海に逃げるか。千草は立ち上ろうとしたが、体が動かない。

そのとき、グラマンが反転して、また襲ってきた。

弾丸がミシンの針のように船を撃ち抜いて行く。

目の前で雪谷が倒れた。同時に、千草も左足を撃たれた。

痛みをこらえて眼を開くと、誰もが血の海の中でもがいていた。顔半分えぐられた者、腕をもがれた者……。

雪谷は、紙のように白い顔で、舷側《げんそく》に横たわっていた。眼はもう何も見ていない。

「雪谷！」

千草は声をふりしぼった。

雪谷の片手が舷側に這《は》い上りかけて、動きを止めた。

「……おかあさん」

かすれた声がきこえた。

グラマンは、とどめをさすように、もう一度、襲ってきた。

九

阿那賀の海岸では、村人や先発の春日井たち十四期生が、グラマンの襲撃をはらはらしながら見守っていた。そこにも、対空火器ひとつなかった。

黒い煙を上げながら、住吉丸は鳴門の方へ流されて行く。

グラマンが遠ざかると同時に、警防団員らがとびのり、船が出された。

住吉丸に綱をかけて曳航《えいこう》し、海に落ちた練習生を拾い上げる。すでにほとんどが息絶えていた。

黒い油と血にまみれながら、次々と岸に上げられる死体と重傷者。死体と思って並べられた中から「おかあさん」といううめき声が聞える。

「こんな坊やを」

と、村の女たちが泣きながら走り廻る。

春日井は、死者の中に、いつか遊園地で会った雪谷を見た。

水なのか涙なのか、眼尻にきらりと光らせたまま、血のにじんだ唇を閉じていた。

負傷した千草にも会った。

「自分は大丈夫です。戦友を、戦友を……」

と這《は》い廻っている。

無傷なのに、腰が抜けて動けなくなっている少年も居た。

「おい、まだ生きてるぞ」

警防団員の声に、何度目か戸板を持って船に走ると、室兵曹であった。

眼を開いて、舷側《げんそく》によりかかっている。なにもいわない。声をかけても答えない。

戸板にのせようと、背に手を廻して、はっとした。背の肉がなくなっていた。

重傷者は戸板で山道を福良へ、さらに洲本《すもと》の病院に運ばれた。

阿那賀の寺の境内には筵《むしろ》が敷かれ、八十二の遺体が並べられた。住職や村人の手厚い回向《えこう》を受けてから、海を見下す鎧崎の中腹に、五、六体ずつまとめて仮埋葬された。

携行食を食べた練習生の多い班から成る百名は後続組として撫養海岸で次の便船を待たされていて、命びろいをして、翌日の夜、淡路に着いた。

基地建設はとりやめとなり、百名は千草たち生存者とともに、海防艦が和歌山へ運び、そこから陸路、宝塚の原隊へ戻った。終戦の五日前のことであった。

「おめおめ生きて帰って来やがって。この穀《ごく》つぶしめ」

千草の顔を見るなり、平沢二飛曹がどなりつけた。教員生活にくさっている平沢には、いったん特攻基地へ赴きながら引き返してきたそのことが、何より情なく映ったようであった。

宝塚航空隊では、軍艦旗を半旗にかかげて、航空隊葬が行なわれた。軍人生活わずか一カ月半、原隊を出て三日目の戦死。しかも、終戦は目前に在った。

戦後、悲劇を知った遺族たちが鎧崎の仮埋葬地を訪ねてくるようになったが、正式に掘り返すことを許されたのは、昭和二十三年のことであった。遺骸《いがい》はすべて白骨化していた。

だが、親は頭の形や歯ならびに記憶があり、そうした同じような白骨の中から、自分の子供を選り分けた。土のついた頭蓋骨《ずがいこつ》をそのましっかり胸に抱えこむ母親もあった。毎日ここへ来たいと泣く親もあった。

十

彰忠碑の除幕式があってから二年と経《た》たぬ中《うち》に、その同じところで、また盛大な除幕式があった。今度は深江社長の孫が幕をひき落した。建立《こんりゅう》されたのは、金色の観音像。名づけて慈母観音。彰忠碑は墓地の片隅に退き、その場所に立って、八十二の墓に向かって、やさしく両手をさしのべている。

「おかあさん」と呼んだ声は、村人にも、春日井や千草ら関係者の誰の耳にも、いつまでも強く灼《や》きついていた。話を聞いた人の耳にも灼きついた。

ありきたりの彰忠碑だけではかわいそう、という声が起った。

少年たちの欲しかったのは、勲章でも顕彰でもない。すでに母の手に帰った少年の霊もあるが、外地から来たせいか、未《いま》だに遺族のわからぬ少年も少くない。それら少年の霊に、永遠に母の安らぎを与えたい。

海の中の島は、母の島であった。島の人が動き出した。深江社長とその友人で同じ島出身の銀行頭取も動いた。もちろん、春日井も千草も生き残った仲間たちも「母」を呼びに走った。

そのあげくの建立であった。

今度の除幕式には、少女歌劇団の参加はなかった。「母」さえ居るなら、もう彼女らが慰めに来る必要はない。「お山の杉の子」の歌も要らない。

軍艦旗と永遠の母に守られ、少年たちの霊は海を見下す丘で眠り続けている。

（「小説セブン」昭和四十四年二月号）

着陸復航せよ

「誰か同乗してくれ」

と、ローリー大尉《たいい》が下唇を噛《か》むようにして言ったとき、

「はい、大場二尉が参ります」

大場は飛び出して叫び、他のパイロットたちの声を封ずるようにつづけた。

「わたしは佐々木のいちばんの親友でした。ぜひ、わたしに探させてください」

「オ・ケイ。早く支度しろ」

返事だけ残して、ローリー大尉は装具をつけた小柄な体を屈《かが》め、気象室へ入って行った。

「大場、大丈夫か」

「おれに代らせろ」

日本人パイロットたちがまわりをとりかこむ。中には、大場の尻に下ったままのパラシュートのバックルを外しにかかる者もあった。その手をふり放す。

「きさま、疲れてやしないか」

太い声がののしり返す。

「ばか。おれが疲れているなら、おれ以上にローリーは……」

大場はその日、四十分の空戦訓練を終ったところであった。ローリーは、大場たちの他にさらに一組、計八十分の空戦訓練を教えている。

「文句言わずに代れ。疲れた眼じゃ、探される方の為《ため》にもならん」

訓練直後の大場を行かせまいとする親切心なのだが、言葉は荒い。

「いや。もうローリーの命令が出たんだ。おれが行く」

「命令じゃない。ローリーは命令などしやせん。命令できるのは司令だけだ」

「何だって？」

もみ合っているところへ、気象の区分図《セクション・マップ》を手にしたローリーが戻ってきた。大場を一瞥《べっ》して、

「来《カム》い」

それだけ言って、大股《おおまた》にエプロンへ出て行く。パイロットたちは気勢を削《そ》がれた。

パラシュートを尻で煽《あお》るようにしながら、大場は小走りにローリーの後を追った。

エプロンにはすでに司令はじめ先任の将校たちが並び、その先にT33Aジェット機が甲高いうなりを立てて、エンジンの調整をつづけていた。佐々木二尉の事故も知らぬように、四機編隊のF86Fが編隊《ホーメイション》を組んだまま、頭上を矢のように吹き過ぎて

行く。

灰青色に灼《や》けた六月の空。西の方の高積雲が頂きを純白に輝かせながら、ゆっくり北へ移動する。その空めがけ速度をたかめた編隊の機影が消えたころ、爆音が思い出したように打ち返してきた。

T33Aの噴射音。その音と音の間に、ひばりの声がチリチリ輪をえがいてきこえてくる。

眼前のあわただしい人の動きさえなければ、何事もない基地の昼である。だが、その時刻、佐々木二尉の生命は秒を刻むように確実に消えようとしているのだ。

ローリー大尉は、司令と何か話し合っていた。司令がすぐには同意しないと見え、話しこむローリーの頰がいっそう桜色を深めて行く。

大場がその背後数歩のところに近づいたとき、司令は笑った。孫のわがままをきき入れたときのような甘酸《あまず》っぱい顔である。ローリー大尉は身を翻《ひるがえ》した。

T33A機は、エンジンの調整をやめた。甲高い音が鋭く尾を細めるようにして消え、後尾から噴き出ていた陽炎《かげろう》のような熱気の流れもとだえる。

機から飛び下りた整備員たちは、そのまま直立した。整備主任が皺《しわ》の深い瞼《まぶた》をふる

わせ、

「申訳ありません」

力をこめてみはる眼が、濡《ぬ》れたように光った。

「気にするな。あなたたちのせいじゃない」

ローリー大尉は、頬の触れそうなところまで歩み寄って、その肩をたたいた。アメリカ式のシステムでは、飛行機の点検の責任は全部パイロットにある。パイロットは、飛び立つ前に、整備員たちが整備を終えた機をもう一度点検し、整備済みを自ら確認した上で飛行することになっている。しかし、ローリーの言うのは、そうした形式上の責任のことではなかった。

「あなたたちは実によくやっている。米人の整備員以上だ。そうだね、大場」

ローリーは笑顔をつくってふり返った。

「はい。その通りです」

「しかし……」

「いや、ほんとうによくやってくれてる」

大場は、大きくうなずいてみせた。

事故の度に、三つも四つも老《ふ》けこんで行きそうな整備員たちの表情。それがあまりにみじめったらしいときには、〈死んだ者はどうなる。帰ってきはしないんだぞ〉と、却《かえ》って反発を感じたときもある。

だが、パイロット生活を重ねる中《うち》、どの整備員も事故のときには居たたまれぬような苦痛にさいなまれていることがわかってきた。たとえ、自分たちのミスによるものでないときにも、墜《お》ちたということの前には言訳を許されぬときめこんでいる。パイロットの眼がとがめる前に、整備員たちは自らを罰していた。パイロットたちは用意してきた憤《いきどお》りの言葉を失って、逆に整備員の慰め役に廻らねばならぬことが往々にあった。

「しかし、佐々木二尉機の整備は、わたしたちが責任を負って……」

「きみたちは、よくやってくれたんだ。ローリー大尉の言われるとおり、おれたちは米人の整備士以上にきみたちを信頼している。……事故はきみたちの責任じゃない」

ローリーの言葉に、ただ口うらを合わせただけではない。一時、日本の整備員たちの質の低下が噂《うわさ》されたこともあったが、技術の習得も進み、レベル・アップしてくると、むしろ米人以上の整備をするようになった。米人整備士たちは、たとえば五ミリなら五ミリまでの範囲の不調整は合格と認められるときには、五ミリを割れば、それで「O・K」と調整を打切ってしまう。ところが、日本人の整備士たちは、その不調整を一ミリでも減らし、ゼロに近づくところまで調整し直す。その程度の不調整は許されているからと、機械的に打切れないのだ。不調整をゼロにしてしまわないと安心できない几帳面《きちょうめん》さ。それを、どの整備員も持っている。

フラップの工合を見ながら、ローリーが大きな声をあげた。

「わかったね。佐々木二尉は必ずわたしたちが助け出す。気にするんじゃない。……それより、十二号機も燃料をフル・タンク。四十分後に離陸できるよう準備してくれ」

「四十分後？」

話を外《そ》らされた整備主任は、すぐ先に並んでいる同型のT33A型機を見返した。

「そうだ。四十分後にわたしたちの十一号機は戻ってくる。すぐ十二号機に乗り継いで飛び立てるように」

「ローリー大尉。あなたがまた？」

話の横から、大場は思わず口をはさんだ。

「イエス」

「大尉がなさらなくとも誰か他の者が……。ヘリコプターも出ますし、哨戒機《しょうかいき》も飛ぶ筈《はず》です」

「いや。わたしがジェットで探す。その方が早い。……ジェットで海面を探せるのは、わたしだけです」

「でも、大尉、疲れが……」

「心配は要らない。探す技術はわたしがいちばんうまい。それに、大場、あなたもできるだけ眼を見開いて」

話しながらも、ローリー大尉の小柄な体は敏捷《びんしょう》に主翼から座席へと移っていた。大場もいそいで後部の座席に滑りこんだ。

きっちりつまった配線とスイッチ、計器盤の中に身を埋める。ヘルメットのレシーバーに航空管制塔《コントロール・タワー》からの送話音が流れてきた。

天蓋《キャノピィ》がかぶさる。誘導路から滑走路へ。腹にひびくすさまじい爆発音の後、機体は宙に飛び出ていた。

煤《すす》に汚れたような低い浜松の街並を翼が切って行く。時刻は十二時四十二分。エンジンの故障を告げる佐々木二尉機からの無電連絡が途絶えてから、二十八分後のことであった。

佐々木機の遭難地点は、伊良湖岬《いらござき》南東四十粁《キロ》、東経百三十七度十五分の海面と推定されている。

機首を西に、高度は三千フィートにとめたまま、スピードを高めて行く。四百五十粁、五百粁、五百五十粁……。

あっという間に浜名湖を飛び越し、新居町の上空で左に急旋回した。しめつけるような重圧が体にかかってくる。旋回しながら、機体は急降下しているのだ。自らも操縦し乗り馴《な》れている筈なのに、大場の耳は鳴った。

ヘルメットをつけ直す。眼の前に、海面が盛りあがってきた。音速突破降下《ハイ・マック・ダイブ》を水中めがけて試みているような、すさまじい沈下速度である。波のうねりが皺をひきのばすようにひろがり、次の瞬間、透明な天蓋《キャノピィ》は大きな青いうねりの膜の中に突っこんだように思われた。大場は思わず声を立てた。

「しっかりたのむ」

レシーバーから、ローリー大尉の強い調子の声がきこえてきた。

「このまま沖合五十粁まで低空で直進する。よく探してくれ」

「低空？」

大場は訊《き》き返した。低空というより、もはや空ではなかった。青いうねりは、翼端より高いところを吹き過ぎて行く。機と海面との間には、大人の背丈ほどの空間しか残っていないであろう。低空という言葉がそらぞらしかった。

波濤《はとう》をかすめて飛ぶことは、プロペラ機では難しくない。だが、プロペラ機とちがって、高速で、一方、沈下率の大きいジェット機に低空飛行は禁物である。わずかの操縦桿《そうじゅうかん》のブレで、そのまま海中に突っこんでしまう。

「危険です。もう少し高度を上げて……」

「心配要らない。このうねりでは高度をとると見落す。少しでも海面に近い方がいい。海面をよく見張ってくれ」

「もう少し高い方が……」

「探すにはこの高さがいちばんよい。心配は要らない」

レシーバーからローリー大尉《たいい》の声がくり返す。

速度計の針が急速に左回転して、三百粁から二百五十粁まで来てとまった。重い機体の浮揚を支えるにぎりぎりの最低所要速度《デッド・スロー》である。速度計と、窓外にもりあがる海面を見ていると、いまにも機体の安定は失われ、ぐらりと傾いて水中へ吸いこまれて行きそうな気がしないでもないが、ローリー大尉が操縦していると思えば、三万フィート、五万フィートの高空にあるのと同じような、眼に見えぬ神の掌《てのひら》の上にあるようなゆるぎのない安定感が感じられないでもない。ローリーが〈心配要らない〉という以上、絶対墜ちる筈はない。

ローリー大尉――米陸軍操縦学校を最優等で卒業。朝鮮戦争で百五十三回の戦闘飛行。ジェットの飛行時間だけで三千六百時間を越す。その間、エンジン・ストップしたこと四回、いずれも機もろとも無事生還している。音速《マッハ》の壁を破ったのはかなり古いことであるが、一方では、失速寸前の低速にまで落し、墜落を避けるため重い機首を立て犬がハイハイするような格好でジェットを飛ばすこともできる。ジェットは、ローリーにとっては乗り馴れた自転車以上に体の一部となっていた。それは、もはや金属のメカニックな塊ではなく、どんな曲技や荒業にも耐えるしなやかな生物に変っていた。このローリー大尉が墜ちるとすれば、それは全世界のジェット・パイロットが墜ちるときなのだ。

前の座席の上にのぞいているローリーの白いヘルメットは、一瞬、使徒の像のように人間のにおいを失って輝いていた。ローリーへの信頼が、体中に湯のように浸《し》みてくる。

腹這《はらば》いになって飛ぶローリー機を包んで、海面は騒ぎ立っていた。黒ずんできたうねり。ナイフの刃を立て並べたような白い三角波。この海のどこに佐々木二尉がひそんでいるのか。

無電の様子では、佐々木は故障した機から脱出した形跡はなかった。最後までしがみついていて、機体もろとも海に突っこんだと思われる。生きている公算は少ない。

〈なぜ早く脱出しないのか。飛行機はまた買えるが、パイロットの生命は買えない〉

〈パイロットは簡単につくれないが、飛行機はいくらでもつくれる〉

ローリー大尉をふくめた米人教官たちの焦立《いらだ》った声が、鉛色の空からきこえてくる。

だが、日本のパイロットには、一億とか二億という機体は金無垢《きんむく》でもできているような存在であり、人間の生命の方が赤紙一枚、一銭五厘《りん》に過ぎないのだという気持が未《いま》だに残っている。人間の方が回転の早い消耗品なのだ。ジェット機のどの部分に比べても、人間の六十キロの重量は安上りにできている。

程度はちがっても、あの整備員たちも同じ考えにとりつかれている。許容範囲内の不調整なら打切ってしまえばよいものを、精魂すり減らしてゼロまで高めようとする。自分をすり減らしてでも飛行機を——。

それは、朝夕、浜名湖の方向から垂れこめてくるじとじとした靄《もや》のように、基地の全員の心を包んでいた。いや、日本人パイロットたちは、前のめりになって、そうした気分を積極的に肯定しようとさえしていた。

T33での最終段階での同乗飛行、F86の単独飛行、編隊飛行、空戦、射撃と、訓練の度が高まるにつれて、操縦時の苦痛は精神的にも肉体的にも加速度的に増してくる。

その苦しさに手早く耐えるためには、精神的な何かが必要であった。闘魂。生命の蔑視《べっし》。血税でまかなわれた高価な機体。戦闘用具以上の何ものでもない自分——第一飛行団魂。

空への憧《あこが》れなんて、なまっちろい考え方ではだめだ。第一飛行団魂をたたきこんでやる。

それが佐々木二尉の口ぐせであった。明治時代の壮士を思わせるような太い眉《まゆ》をみはったまま、あの男は第一飛行団魂を抱いて海中深く突っこんで行ったのであろう。

レシーバーからローリー大尉の声がきこえた。

「五十粁沖へ来た。特殊な旋回をするから、注意するように」

大場は顎《あご》をひき、ヘルメットの背面を座席にぴったりとあてた。

次の瞬間、座席にしばられたままの体がちぎりとられたかと思われるほどのはげしい衝撃が来た。空と海、濃淡二色の視野が右・左、上・下と入れ代る。

大場は、その中で、ジャイロ・コンパス、旋回計、高度計と、計器盤にさっと眼を走らせたが、何が起ったのかわからなかった。相変らず、機の下面すれすれに海が走って行く。しかし、うねりの方向がちがっていた。うねりは、無数の青黒い巨獣を放ったようになめらかな背を向けてひろがっている。

ローリー機は、とんぼ返りをしたのだ。ふつうの旋回をすれば、旋回半径の大きいジェット機のことである。旋回を終ったときには、往路と帰路の間に千米《メートル》近い水があいてしまう。それでは遭難機を見落す可能性がある。

飛魚のようにはね上り、その瞬間横転すると同時に、フラップと方向舵《ほうこうだ》を逆に入れちがいに踏んで、機首を逆方向にねじったのだ。大場の体に感じた衝撃から判断すれば、それは機体の分解一歩前の無理な操作であろう。だが、そうすることによって、ローリー機は沖に向って飛んできたルートと三百米と離れぬ水面を平行して陸岸に直進している。

大場は大きく息を吐いた。その音が、送話マイクを通してローリーの耳に入ったのか、

「どこか悪いのか」

「いや。ちょっとおどろいて……」

ローリーはそのまま黙りこんだ。教官としては手きびしいが、もともと無口な男なのだ。

白いヘルメットがまた動かなくなる。エンジンの低い唸《うな》り。生きているのはジェット機で、操縦者は塑像《そぞう》であった。

帯のような砂浜が機首より高く見え出したとき、ローリー大尉はまた機首をねじ曲げるようにとんぼ返りをした。陸岸に正確に直角の角度をとり、沖めがけて直進する。そうして、五度、六度、定規を当てたように往復してから帰途についた。一度、杭《くい》のような木材の浮遊を認めただけで、海面には何も発見できなかった。

速度を五百粁まで高め、東海道沿いに東進する。低空のため燃料消費量の大きいせいもあって、燃料計のゲージは規定残量ぎりぎりに近づいている。弁天島の上空で、捜索に出動してくる大型のシコルスキー・ヘリコプター三機とすれちがった。

浜松基地。うすく砂ぼこりが舞っている。滑走路から誘導路。さらにエプロンへ。停止したローリー機の前には、ローリーの指示通り、同型のT33A十二号機が燃料補給も終り、尾部からうすく熱気を噴いて待機していた。

十一号機から下り立ったローリー大尉は、パラシュートを尻につけたそのままの格好で、まっすぐ十二号機に向って歩いて行く。エプロンの端で待ちかねていた司令はじめ将校たちが、あわてて駆け寄ってきた。

ローリー大尉は翼端近く立ちどまると、手と首を米人特有の大きな仕種《しぐさ》で振って、

「いまは、だめでした。しかし、今度こそは……」

「大尉。あなたが行かれなくとも、すでに捜索機が……」

「知っています。しかし、やはり、わたしが探さなくては」

「じゃ、少し休まれてから」

「いえ。一刻も早い方がいい」

ローリーはそう言うと、大場をふり返って、

「いいねえ」

眼をみはりつづけたため、大場は瞼《まぶた》が灼《や》けるように重かった。だが、元気よく手を挙げて応《こた》えた。ローリーには教え子、大場には親友にあたる佐々木二尉の姿が、瞬間、二人の間を強く結んだ。

用意はしたものの、本当に飛ぶのかと整備員たちの顔は半信半疑であった。その顔を追い散らすようにして、ローリーは十二号機を一巡して点検、すぐ座席にのりこんだ。大場もその後を追う。

天蓋《キャノピィ》をしめる直前、ローリーは大声で整備主任を呼んだ。

「四十分後に帰ってくる。十三号機も飛行準備！」

「大尉。また、あなたが」

「そう。たのんだよ」

乗ってきた十一号機が、疲れた吐息のように、透明な炎をまだ尾部から吐いている

前を、十二号機はするすると滑り抜けた。

それから四十分。とんぼ返りしては、海面に片道五十粁の縦縞《たてじま》を引いて捜索をつづける。大場の眼は、汐《しお》でもしみたように痛んだ。しだいにおだやかになった海面には相変らず機影も、油のあとも見当らない。

浜松基地へ帰投。

指令通り十三号機が燃料満載《フル・タンク》で待機している。ローリー大尉は十二号機から下りると、そのまま十三号機に飛び移った。大場も後を追う。パラシュートを吊《つ》った帯が肩に食いこんでくる。

「十四号機準備たのむ」

ローリーの鋭い声をエプロンに残して、三機目のT33がすべり出す。

佐々木二尉についての感傷的な思い出は消えて、大場はもはや一個の眼でしかない自分を感じた。佐々木を捜索するためではなく、自分をためすために、ローリーはこうした無鉄砲な飛行をつづけているのではないか――そんな錯覚さえ湧《わ》いてくる。自衛隊パイロットとしての将来に疑惑を抱いている大場。民間への転出を考えている大場。その大場の心を親友の墜《お》ちた海面で洗い落させようとしているのではないか。悪戯《いたずら》っぽい眼、少年のような稚《おさな》さを残した顔。そうした余計な作為などできそうにないローリーの性格を知っていながらも、捜索の一念にとりつかれたローリーの姿は、大場にはうす気味悪く映るばかりであった。

海上には、巡視船や漁船が動きはじめていた。その上をかすめるようにして、ローリーはT33を飛ばして行く。とんぼ返りにも、定規のような超低空での往復にも、一分のみだれも見られない。消耗し、疲れて行くのは、ジェット機の方であった。白いヘルメットの後姿は、不動のまま、展《ひら》けて行く海をのぞんでいる。

三度目の帰投。

すでに二時間以上乗りつづけながら、ローリーは立ち止りもせず、十四号機に移って行く。司令が駆け寄って制止する間もなかった。

「十五号機準備たのむ」

整備員にかけるローリーの声は大きい。表情は蒼《あお》くきびしくひきしまっていた。

車輪止めの外されるのを待ちかねていたように、T33A十四号機ははずみ立つ勢いを抑えて滑走路へ出て行く。別に大場自身が操縦している訳でもないのに、新しい奔馬を次々と乗りつぶして行くような快感が、大場の身体《からだ》に浸みてくる。

さらに四十分の捜索飛行。

高積雲は遠く南アルプスの肩に消えて、訓練飛行の中止された浜松の空は、気の抜けたような静けさに充《み》たされていた。

その中を、一筋強くかきみだして、十四号機が帰投する。コンクリートの滑走路が大場の眼に、いまは青く波打って映ってくる。

十五号機に乗り移るとき、ローリー大尉ははじめて水を飲んだ。エプロンに突っ立ち、パラシュート袋を尻につけたまま。

大場も水を飲み、煙草《たばこ》を一服ふかした。

基地の隊員たちは、まるで不思議な生物でも見るように、声も立てず、眺めている。大場と代ろうと言う者もなかった。すでに三時間近く危険な飛行の連続である。坂道をころげ出した石が、どこまで落ちて行くか。それを見守る眼つきであった。

「十六号機飛行準備たのむ」

手をあげて応えながら、整備員たちの表情には怯《おび》えの走るのが見られた。佐々木二尉だけでなく、なお新しく二名の犠牲者を自分たちの仕立てた機で送り出さねばならないのか。だが、整備主任には、もはやローリーを制止する言葉がなかった。整備主任だけではない。司令でも誰でも、もはや人間の声にはなじまぬものが、ローリー大尉をとらえていた。

犠牲者を呑《の》みこんだ海は、いっそうおだやかになっていた。船の航跡と、ヘリコプターの舞い乱れる中を、T33十五号機は相変らずの超低空で縞目をつくって行く。飼い馴《な》らされた忠実な家畜のように、低い唸りを立てながら。

海をみつめつづけて、大場は自分の瞳《ひとみ》がその底までエメラルドに染まってしまったような気がした。

浜松基地。

十六号機に飛び移る必要はなかった。佐々木機のものと思われる尾翼の一部を漁船が拾い上げていた。

ローリー大尉《たいい》は、はじめてヘルメットを外した。肉にくいこんだ痕《あと》が赤黒いあざをつくっている。大場のヘルメットの痕も痒《かゆ》かったが、それより眼が廻りそうで、急に体の支えがなくなったような感じである。歩数を数えるようにしながら、ゆっくり歩いて行く。

基地には、異常な熱気がただよっていた。遭難事故を出したということからだけではなかった。ローリー大尉の飛行ぶりが、隊員たちの心を興奮させていた。

〈ローリー大尉が墜ちるなら、世界中のジェット・パイロットが墜ちる。そのローリー大尉に教えられるわれわれは……〉

パイロットたちの話題は、ともすれば佐々木二尉のことから外れて行きそうであった。

　——空に浮いてるものは、いつかは墜ちる。例外はない。それは仕方がないことなんだ。

　遭難した佐々木は、酔って女を相手にしているときにいつも繰り返す。酒をのまず、オレンジ・ジュースだけでにこにこ笑って止り木に腰掛けているローリー大尉を横目でにらみながら、

　——ふん、名パイロットだって……

　鼻の先で笑う。はにかみを残した少年のようなローリー大尉は、女たちにもてはやされる。進んで身体を投げ出す女も居るようであった。

　——あのローリー大尉だって例外ではないさ。空に浮いてるものは、いつかは墜ちる。いつかは墜ちるんだ。くよくよしたって仕様がねえよ。

　誰の慰めにもならぬ言葉を、女に向って、大場に向って、くどく繰り返す。

　その佐々木が、今日のローリーの飛行ぶりを目撃したらどうであろう。不運な男であった。死んだ後まで、ローリーの引き立て役になって……。

　事故はつづいて起った。

佐々木二尉の遭難後八日目、射撃訓練中の草野三佐機が天竜川河口沖でエンジン・ストップ。草野三佐はエジェクション・シートを飛ばして海面へ降下した。

僚機がその降下を確認していた。だが、緊急のときに、人間の判断は突拍子もないミスを犯す。このときもそうであった。僚機はその降下地点を、天竜川河口の航空灯台、それと大型のトロール漁船を結ぶ線上と記憶したのだ。

漁船は動いて行く。子供でも気づく誤りを熟練のジェット・パイロットが犯したのだ。

奇妙な誤りと言えば、草野三佐の行動そのものもおかしかった。事故の頻発に、いちばん口やかましく人命の保全を説きつづけていたのが草野であった。

――海上で事故が起きたら、必ず針路を北へとれ。北へ北へと飛びつづけろ。

と、うるさいほどくり返しておきながら、草野機そのものは、エンジンが故障しはじめてから、狂ったように洋上を真南へ舞い下りて行ったのだ。

遭難の報告が基地に届いたのは、夕刻に近かった。「君が代」の吹奏・国旗の降納に、直立して挙手の礼をしていたローリー大尉の姿は、基地から消えていた。浜松郊外の丘陵地にある米軍将校宿舎で、鼻筋のきわ立って通った夫人とともに、夕食に向っている時刻でもあろう。

集まった日本人パイロットたちを前に、司令は、ローリーら米人教官へ事故についての通報禁止を言い渡した。

司令の眼にも、パイロットたちの眼にも、T33を次々と五機も乗りついで行ったローリーの姿が強く灼きついている。事故と聞けば、ローリーはまたあの捜索行をやりかねない。すでに菫色《すみれいろ》の夕靄《ゆうもや》が基地を四方から浸しはじめている。夜闇《よるやみ》の洋上の捜索。それをまたT33でやられたら――。

司令をとらえている不安が、すなおに日本人パイロットたちの胸にしみてきた。観念の中にあるローリーは、不可触な、至宝の存在であった。それに米人の教官でもある。自分たちの生命蔑視《べっし》とはうらはらな米人尊重の念が、一種の畏怖《いふ》とともに司令たちをとらえたことも事実である。日本人のための危険な捜索行で、米人パイロットにもしものことがあったら――。

声を忍ぶように、漁船や巡視船が狩り集められ、ヘリコプター四機があてもなく照明弾を落して廻った。偶然にたよる他はなく、縞目を織るような捜索法はとられなかった。

九時、十時、十一時……。

初夏とは言っても、夜は冷えこんでくる。エプロンに出ていると、火でも焚《た》きたいような寒さが漂ってきた。

海中にある草野に、冷気はなおきびしいであろう。その冷気との戦いに、小さな体に貯《たくわ》えられた最後の熱源が刻々と消費されて行っている。一秒でも早く救出されねばならないのだ。

だが、大場たちにできることは、まばらに星の浮んだ夜空を見上げ、ヘリコプターの気ぜわしい羽音の戻ってくるのを待つことだけであった。

焦立《いらだ》ち疲れたパイロットたちの胸の中を、ローリーのジェット機の唸《うな》りが幾度もかすめ過ぎたにちがいない。

司令たちの姿が消えたとき、大場はこらえ切れずに口を開いた。

「ローリー大尉が居てくれたらなあ」

「居たっていっしょだ。いくらローリーだって、夜じゃどうにも歯が立つまい」

「でも、なぜ連絡しないんだ。教え子の事故じゃないか」

眼に見えぬ壁に向って、答のわかっているうつろな問いをくり返す感じである。

「たとえ、ローリーを飛ばさなくたって、何か知恵が借りられるかも知れん」

「だめさ、ローリーの気性なら、無鉄砲に飛び出して行くだけだ。みすみす貴重な水死者を加えたくないからね」

「だが、こんなことをしているよりは……」

「こんなことをしているより仕方がないんだ」

ひどく投げやりな声が答えた。それは草野三佐を通して、自分たちの生命まで投げすててしまったような声であった。

雲がうすれ、星のきらめきがふえてきた。

——ばかに星の数が多いじゃないか。ところが、その筈《はず》だよ。ふと気がついたら、背面になって飛んでたんだ。地上の灯を星とまちがえてたんだからな。

唾《つば》を飛ばして笑った佐々木二尉の声が、夜空から降ってくる。夜間の単独飛行訓練がはじまってから間もないことであった。霊が空に帰るとすれば、ガラの悪い佐々木も、いまはあの星の一つに移っているのだろうか。

パイロットたちは、飽きもせず、夜空を見上げつづけていた。

星がますます輝きを深めて行く。その輝きが冴《さ》えれば冴えるほど、刻一刻うすれて行く生命の灯を感じながら、草野もまた海中で空を仰いでいることであろう。生命の奪い合いのように、輝きを深めて行く星の光は、その眼にどれほど残酷な輝きを落していることであろうか。

三児の子の父という草野。子供たちは、父親の生命がいま失われようとしているのも知らずに眠っていることであろう。

「なぜローリーに連絡しないんだ」

大場は大声を出した。

誰も答えない。声は、滑走路の部厚なコンクリートの上に散って行く。

午前零時。捜索打切りが言い渡された。それでも、エプロンからも、誘導路からも、人影は立ち去らない。捜索打切りは、草野三佐への死の宣告であった。

〈それほど、たやすく死を言い渡してよいものなのか〉

だが、誰も口には出さなかった。その代り、いっそう頭をうなだれて帰ろうとしない。滑走路もレーダーも誘導灯も、いまは何一つ役に立たなくなった無能な基地。生命が、三児の父親の生命が死の底から救いを求めているのに、腕一本さしのべられないでいる。

いまごろ、丘の上の将校宿舎では、派手な顔立ちのローリー夫人が和服をみごとに着こなし、「春雨」でも踊っているかも知れない。夫人は西川流の免状をとった。

それとも、夫人が自分の手で組立てた大型のステレオ音響再生装置で、「パリのアメリカ人」でもきいているかも知れない。夫人は電気技術にかけては技師ほどの造詣《ぞうけい》がある。

あるいは、夫人は夫に負けず航空法規の勉強をしているのかも知れない。夫人は自家用操縦士免許を取る直前なのだ。

それとも、夫人は……

夫人に関するそれらさまざまの知識は、すべてローリー大尉が話してくれた。無口なローリー大尉が珍しく自分から話すことと言えば、夫人のことだけだ。

「マイ・ワイフ、キャン……」

そう語り出すときのローリーの天使のような顔。その天使は、この聡明《そうめい》で男まさりの夫人の傍ですでに深い眠りに落ちていることであろう。一日八時間の規則正しい睡眠。酒も煙草ものまず、コーヒーの量まできめている摂生家の天使。ジェットを飼い馴らすために自らを機械にしている貪欲《どんよく》な天使。

天使は、天使の丘で、赤いシェードの光に濡《ぬ》れ、天使の夢を結んでいる。それに不思議はない。

眠りから突き放され、この夜の底でうごめいているのは、生命をすり減らすべく宿命づけられた不運な種族なのだ。うなだれ、いじけた小さな人々。その数の中から、二つ目の生命の灯が消えた。ただ、それだけのことなのだ。

翌朝、天使は司令室の机をたたいて怒った。

天使の怒る顔を、大場ははじめて見た。三十四歳とは言っても、二十そこそこにしか見えぬ童顔が、はじめて年齢相応のいかめしさを帯びていた。

「連絡を受けていれば、わたしが必ず探し出したのに」

「しかし、何分にも夜のことで……」

つづく事故に、老いの深まった司令は、言葉少なに遮った。

「夜間でも同じことです。わたしなら必ず探し出せます」

「夜の海でどうして？」

司令はもてあますように、口重く問い返した。

「低空で、着陸用ライトの灯で探し出せるのです」

「それは危険だ。危険きわまる」

司令の声に、はじめて感情がこもった。ローリーに連絡しないでよかったと、その表情が語っていた。

主翼前縁下面につけられた着陸用前照ライト。その光度はかなり強いが、もともと降下する機の前に斜めに隆起してくる地面を照らすものである。その光を海面に当てるためには、着陸時に近く機首をわずかに下方に向ける必要がある。光を届けるための低空、そこでさらに機首を下げる――。

「絶対危険はない。ためしたことがあります」

言い切る天使の光沢のよい頬を、日本人パイロットたちは茫然《ぼうぜん》とみつめていた。どの表情も、心の中をくり抜かれたように淋《さび》しそうであった。

一カ月後、四機編隊二群のF86Fジェット機隊は、ローリー大尉を指揮官に、浜松から北海道千歳までの遠距離飛行に飛び立った。H空将補以下、階級はさまざまの七人の日本人パイロットにとっては、はじめての長距離飛行である。

エンジンに点火。スロットル・レバーを全速運転に開く。一番機の天蓋《キャノピィ》の中でローリー大尉の手が下ると同じに、力いっぱいおさえていたブレーキをはなす。

空気の層を斜めに打ち破って高度三万フィートまで三分間で上昇。そこで編隊を立て直す。大場は先導するローリー機のすぐ右後方に二番機としてついた。

ローリー機は、またすぐ高度を上げはじめた。その後を追い、高度計の針はめまぐるしく右に廻り出す。

深い青みを帯びた五万フィートの高々度。下界は、はるか下方で雲海に蔽《おお》われている。

やがてジェット・ストリームにのって、埼玉県ジョンソン基地の上空あたりまで、機の動きを知らぬ快適な飛行がつづいた。

あたたかな食事の後のような、けだるい幸福感が機を下から支えている。

〈おれは天使になってしまったのか。おれの夢通りに……〉

幻想が視野にヴェイルをかけてくる。

――飛んでおれさえすりゃいい。年とって飛べなくなるときのことを思うと、おれは気が狂いそうになるよ。

佐々木二尉《い》が上機嫌のときに漏らした声が応《こた》えてくる。それが佐々木の本音だったのだ。それだけでいいではないか。それなのに、なぜ〈第一飛行団魂〉などと言い出すのだろう。天使を夢みながら、足もとを流れる瘦《や》せ枯れた泥土をなぜそれほどまでに気にするのか。魂は不毛なのだ。ただ飛びたいという意志だけでよい。

レシーバーからは、ときどきローリー大尉の声が流れてくる。大場たち列機に呼びかけてくることもあれば、下のコントロール・タワーとも交信している。東北・北海道方面はかなり気象が悪化している様子であった。下方の雲海も、暗いかげりを深めながら、しだいに盛り上ってくる。

――第一飛行団魂だって？　それと大和魂とどうちがうんだい。

大場が冷笑をふくんで訊《き》いたとき、佐々木はすわった眼で大場を見返し、吐き出すように言った。

――おんなじだ。……大和魂がいかんとでも言うのか。

――いや、いかんとは言わんが……。きさまは無理に昔の自分に戻ろうとしているんじゃないか。

考えてみれば、佐々木や大場にとって信じられる自分たちの存在というのは、軍隊の中の自分、あの大和魂という妄想に支えられていた自分だけなのだ。

二人は海軍兵学校の同期生であった。終戦を最上級の一号生徒で迎えてから、これまでの御恩返しにと、佐々木は復員船の水夫に、大場は保安庁の掃海船乗組になって働いた。三年経《た》ってようやくシャバに戻ったとき、大学にも社会にも、もはや二人の入る余席はなくなっていた。泥棒以外のことは何でもしたという佐々木。そして二人は、好きな飛行機に憑《つ》かれて、自衛隊に入ってきた。

二年半の訓練教程。空飛ぶ夢が満たされる一方、軍隊の幻影が紙をはさむように戻ってきた。

〈相対した空中戦闘では、絶対避退してはならない。避退した方が撃ち落される。ぶつかる覚悟で敵機に突っこめ〉

ローリー大尉が顔を赤く染めて講義した日の夜、佐々木は大場相手にからんできた。

――えらそうなことを言って……。ローリーなんかに教えられるまでもないよ。あいつはまだ若い。神風攻撃《カミカゼアタック》を知らねえんだ。

――いや、ローリーの言うのは論理《ロジック》なんだ。神風とはちがう。空中戦闘の一つの論理《ロジック》なんだよ。

――論理《ロジック》？　おれの言うのも、論理《ロジック》なんだ。

佐々木は、大場の顔をすくうように見て、

――水爆を積んだミサイルが来たら、おれはジェットで体当りするんだ。

――ばかな。水爆が来れば、体当りしたところで、国民は全滅だ。

――全滅するかも知れない。だが、国民が全滅する一歩前、一秒前におれたちはミサイルに体当りするんだ。

〈何の為《ため》に〉と訊くことは苛酷《かこく》であった。その判断を停止したところから、〈第一飛行団魂〉が生れてきているのだ。

黙りこんだ大場に、佐々木はたたみこむように、

――飛行団魂は古くさいかも知れん。だが、それで、おれが有為なパイロットになれるのなら、いいじゃないか。うじうじしたパイロットでいるよりも。

しかし、そうした佐々木ら有為なパイロットたちも、ローリーに比べればまるでう

じうじした存在ではなかったか。飛ぶという意志だけで軽快に天使の丘を駆けてきたようなローリーの生涯に比べ、いじけ、足重く絶えず〈魂〉の鎖をひきずっている。

眼下の気象は、さらに悪化していた。雲の割れ目に陸奥《むつ》湾が一度だけ光って見え、そのまま視野は雲に埋まった。ミルクを流したような靄《もや》につつまれ、僚機の姿も思い出したようにしか見えない。

指揮官機とコントロール・タワーとの無線電話が耳に入ってくる。千歳基地上空の気象状態はきわめて悪く、飛行計画を変更、青森県三沢基地に不時着するようにとの地上からの呼びかけである。

だが、ローリー大尉ははっきりした声で答えた。

「飛行計画変更せず」

交話音が切りかわった。

「編隊各機へ。こちらはローリー。北海道は悪天候だがローリーが誘導する。ここまで来た以上、計画通り千歳まで飛ぶ」

質問も許さぬような腰の強い口調であった。

編隊は、津軽海峡上空にかかっている筈《はず》であった。急速に減って行く燃料計のゲージ。計器飛行の訓練はまだ十分ではない。果して千歳に着陸できるだろうか。

一度だけ見えた北の海の色が、眼の上縁にちらつく。佐々木二尉、草野三佐の後を追うことになりはしないか。

草野三佐の死体が引揚げられたのは、払暁《ふつぎょう》の午前六時であった。その二時間前までまだ息のあったことがたしかめられた。二時間、生命の燃焼を支えてさえ居れば――。

草野三佐の搭乗前の食事は、うどん一杯であった。

〈あと、チョコレート一枚分のカロリーさえあれば……〉

航空医官は暗い所見を漏らした。実り輝く天使の丘からははるかに遠く、寒々としたパイロットの道である。その道のはてに何があるのか。

レシーバーを通し、ローリー大尉の誘導の声がはげしい。ときどき冗談もまじえて、気分を滅入《めい》らせまいとする。

霧が切れたとき、その指揮官機の姿が見えた。天蓋《キャノピィ》を透《とお》し、白いヘルメットが一度だけまぶしく光る。自信ありげに、あくまで千歳への誘導をやめようとしない。

ローリーの指示通り、降下態勢に移る。厚みを増す雲の層の中へ、機首を突き刺すようにダイブして行く。一万フィート、九千、八千……。

はげしい雨に、天蓋《キャノピィ》はたちまち曇りガラスのようになった。急速なダイブでありながら、悪気流に呑《の》まれて、機体はいく度も大きくゆれる。

千歳のコントロール・タワーからは、

「豪雨。雲高六百フィート。視界〇・五マイル」

と最悪の気象を伝えてくる。

ローリー機に誘導されながら、二千フィートまで降下、着陸態勢に入る。ローリー自身は機首を起し、ふたたび上昇して行った。全機の無事着陸を見届けるまで、上空での旋回をつづけようというのであろう。各機とも、燃料は規定残量を割っている。

雨のためか空電状態が悪く、ようやくGCA（地上レーダー誘導装置）とコンタクトし、ファイナル・アプローチに進入する。そのときであった。コントロール・タワーから意外な命令が伝えられてきた。

「二番機、着陸復航《ゴウ・アラウンド》せよ」

反射的に大場は操縦桿《そうじゅうかん》を起した。着陸をとりやめ、もう一度上空を廻って来いというのである。

「何故《なぜ》だ？」

大場より早く、上空からローリーの声が訊いた。

「編隊各機に告ぐ。こちらは千歳基地。階級順に着陸せよ」

ローリーの声が、はげしく言い返している。タワーからは、太い無表情な声が同じ指令をくり返していた。

大場は、暗雲にとざされた飛行場上空で大きく8の字の旋回をくり返しながら、高度を上げて行った。指令通り、H空将補機がファイナル・アプローチから滑走路へと進入して行く様子である。

大場は燃料計ゲージを見る気になれない。墜《お》ちるなら、墜ちるまでだと思った。この壁、この貧しく重苦しい道をこれ以上歩みつづける必要があるのだろうか。

ローリー大尉の陽気につとめた声が、上から降ってくる。その声は、列機のパイロットたちだけではなく、ローリー自身に向って語りかけているようであった。

千歳への飛行後間もなく、ローリー大尉は浜松基地教官をやめた。ジョンソンの米軍基地に移る日、

「日本の空軍パイロットは、わたしの手の届かないところまで成長した」

ローリー大尉は、はじめて淋しそうに笑った。〈着陸復航《ゴウ・アラウンド》せよ〉の声が、まだ耳もとに残っているような顔であった。

ローリー夫妻が大好きだった日本を後にする帰国もきまった。年が明けると早々に帰国、その夏の休暇には小型機をチャーターして大西洋横断のスピード記録を立てる

のだと、ローリーの表情は相変らず空を仰いで明るかった。

一月の帰国が、四月に延期となった。

桃の節句に、夫人は和服を着、桃の花を髪に挿して、幾通りか習いおぼえた日本舞踊を舞った。器用な夫人は、その数カ月間に生花の免状まで手に入れていた。

ローリー大尉は、ジョンソン基地で以前通りT33Aを操縦、同乗飛行で米軍パイロットの訓練に当っていた。

夫妻は、めぼしい家財道具のほとんど全部を、草野三佐ら殉職者の遺族に分けることにした。佐々木二尉の分だけが引取人がなかった。そうしたところにまで、死んだ佐々木が意地を張っているように思えた。

帰国を十日後に控えた三月三十日午後四時、ローリー大尉は一少佐をT33Aの後部座席に同乗させ、操縦訓練に飛んだ。そして四十五分後、基地寸前の入間川《いるまがわ》に墜落殉職した。

翌日の各紙は、社会面の片隅に「ジェット機墜つ。米人操縦士二名即死」と数行だけ報じた。着陸まぎわの事故とあるだけで、ローリーの名前は、もちろんどの紙面にも記されていなかった。

一週間遅れて、特殊な航空新聞WINGだけが墜落の模様を載せた。

「……基地に着陸のためファイナル・アプローチを滑走路に向って降下中の際、タワーからゴウ・アラウンド（着陸復航）の指示を受け、これを明確に了解し、着陸操作を中止して上昇飛行に移った直後、突然、失速状態に陥り、墜落したものといわれ、原因は米空軍の手で調査中であるが、まだつかめてないようだ」

とし、さらに、

「事故の概況からして事故の原因が信じられないとまでいわれている」

と、つけ加えた。

「着陸復航《ゴウ・アラウンド》せよ」

白いヘルメットに蔽《おお》われたローリー大尉の耳が、その役割の最後にこの文句をきいたことはたしかである。

――空に浮いてるものは、いつかは墜ちる。いつかは墜ちるんだ。

うつろな佐々木二尉の声を、大場は耳もとからふるい落した。

（「文藝春秋」昭和三十四年十二月号）

断《だん》崖《がい》

一

わたしは、九州行きの特急に乗った。

統計によれば、旅客の最も少い時期である。閑散とした車内を想像していた。

ところが、乗ってみると、一等寝台は満席であった。

どうして、こんなに混むのであろうか。

日曜でもなく、また、その列車の行先に年に一度の祭などがあるわけでもない。団体客も、グループらしい客もない。まだシーズンに早く、新婚旅行らしいのが三組ほど。他のお客の一人一人、一組一組が、それぞれの目的を持って、思い思いの土地に急いでいるのだ。

デッキでは、余席は無いかと、車掌に交渉している客もある。

混雑の原因として思い当るのは、しばらく前、航空機の遭難事故があったことである。

生命は惜しい。所要時間にすれば十倍近くもかかるのだが、生命の危険には代えられない。時間も惜しいが、何より惜しいのが生命なのだ。

航空機の利用客の何割かが、列車に移ったのであろう。逆に言えば、何割かが、いまだにやむを得ず航空機を利用しているのかも知れない。

さらに混雑の原因としては、列車運賃の大幅の値上げが予定されていることもあるであろう。長距離客に対しては極めて不利な改訂になる筈《はず》である。

おどろきながら、わたしは自分の席の白いシーツの上に腰を下した。そして、あらためて通路を隔てた隣席を見た。

（どんな乗客であろうか）

そのとき、わたしの眼には、危懼《きく》と期待が入りまじっていた筈である。

他でもない。その少し前、わたしは寝台車の中で、一夜、悩まされ続けた経験があった。

通路を隔てた隣りの上下の寝台を、若い男女の一組が占めていた。だが、ふつうは男が上るべき上段の寝台は、朝まで明いたまま。二人は下段の寝台にいっしょにもぐり込んでいた。多くは重なり合っていたのであろう。

暗緑のカーテン越しに男女のしのび笑いや、ささやきが聞え、それが、せわしない息づかいとなる。夏の暑い日、シェパードが大きな舌で呼吸でもしているような音である。

わたしは、薄闇《うすやみ》に眼をみはった。信じられなかった。

列車の中、カーテン一枚が境である。まさか――と思うのだが、それは紛れもなく、あのときの息づかいなのだ。

無頓着《むとんじゃく》というか、大胆というのか。

息づかいは、わたしの耳にだけ聞えたのではない。近くの老人客が、たしなめるように咳《せき》ばらいした。二度、三度。

しかし、男女には一向にこたえる様子はない。

それでも、ただ、列車のスピードが落ち、レールのつぎ目を渡る音が、しだいに間遠に低まってきたとき、

「駅よ」

短く女の声がした。

列車の静止とともに、あらゆる音がとまり、男女の息づかいも消えた。

ベルが鳴る。連結器が音を立て、車輪が廻り出す。

とたんに待ちかねたように、その息づかいが聞え出した。

翌朝その一組は、漁港でも観光地でもある海辺の駅で下りて行った。男は白い顔に眼鏡をかけ、伏目がちで、少しも精力的にも大胆にも見えなかった。女の方が、心も

ち、しゃきしゃき振舞っていた。

いずれにせよ、寝苦しい一夜であった。

不眠症気味のわたしは、夜行の旅ではいつも催眠薬をのむ。だが、その薬効も空《むな》しかった。寝不足の身に翌日の行程はこたえ、わたしはその男女を思い出しては、憎んだ——。

わたしが隣席をうかがったのは、そうした経験の直後であったからである。

男女ではなかった。一応、ほっとした。

若い母親が二人、しかし、幼児が三人も居る。男・女・女という性別に意味はないが、年齢が問題である。三歳・二歳・一歳という感じで続いている。

わたしは、自分の子供のその年代のときを思い出して、ぞっとした。

二つの寝台に、この五人はどう寝るのか。列車は揺れ続けている。スチームは効き過ぎている。一夜、静かに寝てくれるだろうか。

(今夜もまた眠れない——)

わたしは本を読むふりをしながら、ときどき、恨みをこめた視線で隣席を見た。

はじめは、どの子がどの女のものか、わからなかった。それほど二組は親密であったが、女同士は体つきも顔立ちも、ちがっていた。

一人は長身で、やや華やかな感じの面長。せきこんだ話し方をする。一人は短軀《たんく》で、おとなしそうな丸顔、話しぶりも受身で、おっとりしている。

「わたしは寸足らずだから」

そんな言葉が聞えた。「寸足らず」だから、上段のベッドでいいとでも言ったのであろう。

座席が寝台につくり替えられると「寸足らず」は、女児を連れ上段へ、「長身」は男児と乳児を連れて下段へ入ったようである。声の具合でそうであった。

わたしは、いつもより多く催眠薬をのんだ。

夜中に何度か眼がさめた。

乳児が泣いていた。男の子の声の聞えるときもあった。母親の声がし、間もなく静かになる。

何度かその繰り返しがあったが、男女の声ほど悩まされなかった。断続しながらも、暁方《あけがた》まで眠った。

二

翌朝、寝台が座席につくり替えられるころには、列車は九州路を走っていた。

起き出したときから、若い母親二人は休みなくしゃべり続けている。たのしそうであった。若く小ぎれいにしてはいるが、根は井戸端のおかみさんである。おしゃべりこそ生甲斐《いきがい》という趣があった。体中の細胞が、そのために息づいている。

話声がしないと見ると、「長身」が食堂車へミルク用の湯をもらいに行ったりして、席を外しているときであった。母親たちが話に気をとられているため、乳児は二度、座席から落っこちた。

坊やが声を掛けても耳に入らず、たまりかねた坊やが甲高い声を立てると、

「何です、そんな声を出して」

と、にらみつけ、一瞬の後には、また、おしゃべり三昧《ざんまい》である。

いったい、何をそんなに話すことがあるのか。

砂が入りこむ。ドアの下に一センチも積る。四階なのに、結構、舞い上って来る。風の強いときは、窓に目貼《めば》りをしたら……団地住いらしい。

委託公衆と赤電話のちがい。どちらかが、三分毎《ごと》に料金が上るので、安心して掛けておれない……この人たちに安心してしゃべられたら、どれほどの長話になるだろう。

赤電話の後に立っている人の列が目に見えるようである。

団地に住み、電話も無い――生活の水準についての目安がつく。無造作に一等寝台

を乗りこなせる人たちではない。東京から終着駅までは一人一万円近くかかる。それに、子供を連れて旅行をたのしむには不似合いの季節である。

といって、余儀ない事情で乗ったという顔つきでもない。

では、何のために、何処《どこ》へ、たのしそうに行くのか。

話がはずんで来ると、自然、声が高くなり、こちらの耳にも、よく聞える。

「長身」が、しゃべっていた。

「……朝、ちゃんと切符の金を持たせたのよ。それを、主人たら、すっかり忘れてしまったらしいの。いい御機嫌で帰って来て、『あなた、切符は?』と言ったら、『向うから連絡が無い』とか何とか、ぐにゃぐにゃ言ってたけど、要するに、忘れたのよ。わたし、癪《しゃく》にさわったから、もう、おっぽり出しておいたの。ふつうなら、着てる物剝《は》がしてでも、床に入れてやるんだけど。そしたら、主人、そのまま朝まで炬燵《こたつ》の中で寝たのよ。わたしには言えないものだから、子供に言ってるの。『昨夜はママ、ずいぶん怒ってたけど、どうして怒られたんだろうな』って」

わたしは、吹き出しそうになった。

その場の情景が、これも目に見えるようであった。

切符を買い忘れたからといって、炬燵の中に置きざりにされる亭主。家の中では、子供のように無抵抗、そして、会社では——。いや、結構、仕事にはたくましい男かも知れぬ。ほほえましいダッグウッドの日本版。

話題の中には、「主人」たちと並んで、「おばあちゃん」がよく登場した。

「おばあちゃんが待ってるわ」

「いまごろ、おばあちゃんが……」

どうやら、終着の街に住む老母の許《もと》へ実家《さと》帰りする様子であった。老母は「長身」にとって、実の母。そして、「寸足らず」にとっては、姑《しゅうとめ》に当るらしい。「長身」が、とくに華やいで見えるのも、ただ性格だけではないようであった。もっとも、「寸足らず」も、九州の別の地に実家があり、帰りにそちらに廻るのが、たのしみらしい。学齢を控えているわけでも、何か慶弔があってでもなく、漫然たる実家帰り。それだけに二人の口もはずむというものだろう。

それにしても、この悪い季節に実家帰りとは——。

(後になって、わたしは、屈託無げなこの人たちも、やはり追われて出て来たのだと思った。大幅の運賃値上げとなれば、九州への実家帰りは容易でなくなる。それ以前にと、滑り込むような実家帰りと見た。一等寝台を利用したのも、親子五人寝るのに二等寝台より安上りという計算によるのであろう)

女たちは、ときどき声をひそめ、口と口を触れ合わんばかりにして話す。明らかに、隣席のわたしを意識していた。

いまや上機嫌の二人にとって、ただ一つの不満が、横に客が居ることであった。

（この男さえ居なければ、人生のすべてを語り尽くすのに――）

女たちの横顔に、そうした思いがにじんでいた。

列車は支線に入り、田園地帯を走り続けていた。

わたしは、車内を見廻した。

いつの間にか、客は減り、かなり空席がある。

わたしは腰を上げ、一つ後の席に移った。これで、女たちも四百余州をのむ勢いでしゃべりまくれるだろうし、わたしも気を散らさずに本が読める。

三

通路を隔てた隣りの席には、老人の一人客が居た。

そこへ、前の席の子供たちが、やって来る。何の気もなく声をかけたのが、老人の失敗であった。

長い旅に飽き、また話に夢中の母親に棄《す》てられた子供たちは、入れ代りに老人の席に来る。絵本を持って、「よんで」と、せがんだり、靴のまま座席に上ったりする。

老人は、迷惑顔であった。声を掛けたことを、後悔していた。

「坊やたち、どこへ行く」

その質問の中には、早く降りてくれないかといったひびきがあった。

三つの坊やが答える。

「わぁーたんち」

「え、どこだって」

老人は二つ三つ駅名をあげて、訊《き》き返す。

だが、坊やは繰り返し、

「わぁたんち」

わたしには、それが「ばあちゃんの家《うち》」ということだとわかるが、老人には通じない。

遂《つい》に、吐き出すように、

「わからんなあ、坊や。日本語を使えよ、ニッポンゴ！」

口をまるくしている坊やに、老人も口をとがらせる。

短い警笛が二度。同時に、列車は急ブレーキをかけた。

坊やは、通路に崩れた。

「あら、ら」

母親は一瞥《べつ》してから、眼を窓の外へ向ける。

わたしも、外を見た。

線路のすぐ脇《わき》の道を軽四輪が前から走って来る。追われるような走り方である。せまい運転席に男女二人。

軽四輪はちょうどわたしの席の真横あたりでハンドルを切り、線路とは直角の道を、お尻をおどらせて走り去って行った。

寝台車の二輛《りょう》前が機関車である。距離から判断すると、軽四輪は機関車の直前を横断したもののようであった。

列車は停っていた。車掌か、機関士か、何か叫んでいる。

窓に額を寄せて見た。

軽四輪が走って来たのと反対の方向に、小さな駅舎が見えた。そこから、駅員が走って来る。

駅のすぐ先にある無人踏切。単線であるその支線を走る汽車は、東京から乗り入れて来る一日一本の特急を除けば、ほとんどが駅に停るのであろう。軽四輪の運転手は、列車を認めながらも、駅に停ると多寡《たか》をくって、踏切を突き切ったのだ。

特急列車は、まだ停っていた。憤然として坐《すわ》り込んだ感じである。

せまい密室に男女二人閉じこもり、お尻を振って逃げて行ったあの軽四輪は憎らしいが、どなってみたところで届きはしない。それに、仮に捕えてみても、罰しようもないであろう。

十分近く経《た》ってから、ようやく制動のエアを抜く音がし、列車は動き出した。

女たちの話が聞えた。やや得意げに、声を高めて話し出したからであろう。

「……何千万という罰金を取られるのよ。列車を妨害したといってね。事故があっても、国鉄は一文も損をしないようになってるんですって。……お隣りが社会部の記者さんなの。そう、事件記者ね。だから、そういうこと、とても詳しいのよ」

四

列車は、さらに走り続ける。遅れを取り戻すためか、かなりのスピードである。

丘陵地帯にかかり、カーブが多くなっていた。山と海と段々畠《だんだんばたけ》、その間を右に左に縫いながら走る。S字をつないだような路線である。

老人のところへ、坊やが絵本を二冊持って来た。

「よんで」

老人の手が『のりもの』絵本をひろげる。

「うん、飛行機、飛行機だね」

図柄がきれいなのか、老人は感心している。

「これは？」

「消防自動車だ」

「ううん、しゅうしゅうしゃ」

「なに、消防車だよ」

「しゅうしゅうしゃ」

坊やは自説を曲げない。目をやってみると、白い救急車もいっしょに描かれている。

老人には、まだ通じない。

「これは警官だ。おまわりさんだよ」

そのとき、また警笛が鳴った。一度、二度。

先刻《さっき》と同じである。

（またか――）

短い区間に一度ならず二度も。機関士も、いやになるであろう。わたしまで、舌打ちしたくなった。

何をまごまごしているのか。この辺の人は、少しのんびりし過ぎてるのじゃないか。迷惑ということを考えないのか。特急列車が走る沿線だ。しっかりしてくれなくちゃ。

いつの間にか、列車は停っていた。

わたしは、何の気もなく車内を見廻した。

小肥《こぶと》りの列車給仕が最後部の座席で居眠りしている。仕事は全部終って、後は終着駅に着くだけといった恰好《かっこう》である。その姿は、こちらにまで安心感を与えた。

(何も起りはしない。安心なさい。何事も起りませんよ)

人生のあちこちに、こんな人が居たら——と思わせる姿である。

だが、次の瞬間、列車給仕はまるで電撃でも受けたように身を起し、ドアから消えた。

窓の外は、両側とも断崖《だんがい》が迫り、視界は遮られている。

列車の外で、声がした。車内か、車外か、よくわからぬが、誰か走っている。

様子が変であった。

老人が先《ま》ず立ち上った。車内ではいちばん退屈を感じていた客かも知れない。

ドアを開けて出て行く。

特急列車は、まだ停っている。

女たちの会話も止《や》んだ。代って、デッキから食堂車のウェイトレスたちの声がした。

「轢《ひ》かれたわ」

老人が戻って来た。まっすぐ歩きながら、誰にともなく言った。

「かわいそうに」

席に腰を下してから、

「十二、三だな。即死だよ」

わたしも立ち上ってデッキに出た。こわいもの見たさか、自分の眼でたしかめたかったのか。

列車は、カーブしたまま停っていた。

わたしの車輛《しゃりょう》のデッキからは、何も見えない。次の車輛に行く。食堂車の少女が、そのデッキから身を戻すところであった。少女は蒼《あお》い顔をし、物も言わずに、すれ違った。

わたしは、彼女が握っていた鉄棒につかまり、デッキから身を乗り出した。

眺め廻すまでもなく、それはすぐ眼に入った。

次の車輛のちょうどデッキの下あたり、コンクリートの側溝の中にころがっていた。

ブルーのジーパンをはいた足が二本、空に向って突っ立っている。白い運動靴をはいたまま。人形をころがしたように硬直していた。

小さな体である。まだ子供ではないのか。

人形でない証拠のように、腹から顔にかけて、新聞紙がひろげて掛けてある。まわりには、誰も居ない。嘘《うそ》のように素早く、誰かが死を見届け、新聞紙を掛け、そしてまた、何事もなかったかのように、すぐ去ってしまったのだ。

死体を見下しているのは、崖《がけ》と車輪。そして、その上の短冊《たんざく》状のせまい空だけ。

わたしは、茫然《ぼうぜん》とした。死とは、こんなものではない。

宙に浮くような心持で身を翻《ひるがえ》すと、すぐ前に、「寸足らず」婦人の顔が来ていた。

顔も眼も、丸々している。勢いよく、デッキに乗り出そうとした。

わたしは、思わず言った。

「見ない方がいいですよ」

「寸足らず」は足をとめたが、不満そうに、なお、そこから動かない。わたしが居なくなれば、ちょっとだけでものぞいて見たいといった様子である。

後の車輛のドアをはじいて、先刻の列車給仕が通りかかった。

「奥さん、見ない方がいいです」

言葉は同じだが、給仕は凜然《りんぜん》と言った。

「寸足らず」は、わたしの後について、寝台車へ戻ってきた。

「子供ですの」

未練そうなひびきがあった。

「そう、十ぐらい。いや、もっと小さいかも知れませんね」

わたしの眼に、それは、老人の言う十二、三歳より、もっと年少に見えた。

女二人は、また話しはじめた。さすがに今度は低い声である。

床の下で制動器のエアを抜く音がした。

おや、と思っている中《うち》に、列車は動き出した。

これはどういうことなのか。わたしは、声を立てたくなった。事故は嘘だとでもいうのか。

わたしの背後で、列車給仕の声がした。わたし同様の質問を、食堂車の少女たちからされたらしい。

「いいんだよ。もう死んでしまってるんだから」

少女たちが何か言ったが、

「今度の駅で連絡をとるさ」

それはそうであろう。それ以上に処置の仕様がないのかも知れぬ。まわりには人家も無いらしい。電話ひとつ掛けるわけにも行かぬのだろう。坊やの絵本の中のシュウシュウシャも、おまわりさんさえも、この辺りでは何時間か経《た》たねば姿を見せないのかも知れぬ。

だが、釈然としない。人が死んだのだ。この列車が轢き殺したのだ——。釈然としないままに、わたしは昇天したばかりの少年のことを考えた。

なぜ、鉄路の近くにやって来たのか。山と海。溢《あふ》れるばかりの自然。あの運動靴は、虫でも追って来たのか。それとも、鉄路に魅《ひ》かれて来たのか。野山で遊ぶ友達はなかったのか。少年の母や父は、まだ何事も知らず野良《のら》に居るのか、藁葺《わらぶき》屋根の下で湯でも沸かして帰りを待っているのか。

この上なく無残に思えた。居たたまれぬ。じっと坐《すわ》っては居られない。

だが、背後の列車給仕の声でふっと救われた。

救われたといっては申訳ないが、それを耳にしたとき、ほっとした感じを持ったのは事実である。

「子供じゃない、線路工夫だよ」

そうか、子供ではなかったのか。

（死体は意外に小さく見える）と、耳にしたことがある。白い運動靴にも、わたしの眼は眩惑《げんわく》されたようだ。

死の重みは同じなのに、無残さが紙一重薄らいだ。

大人なら、注意も出来た筈《はず》なのに――という比較論。それに、子供の死には本来、無残感がつきまとうためでもあろう。

だが――。

「……そういえば、今度は非常制動を掛けなかったなア」

列車給仕の声に、また、わたしはこわばった。

たしかにそうであった。二度、警笛は鳴ったが、絵本を見ていた坊やは、よろけもしなかった。列車は知らぬ中に停っていた。

わたしは、機関士の心理を考えた。

最前の軽四輪での急停車。立て続けのことなので、今度は――。

機関士としては、無理もない心の動きであったかも知れぬ。現にわたし自身、（何をまごまごしている）と腹立ったものだ。

だが、わたしの考えは変り出した。

カーブが多く、視界は利《き》かない。勾配《こうばい》があるので、ブレーキも掛けにくい。保安設備は少い。工夫をふくめて沿線の人はスピードに馴《な》れていない。何しろ、周囲がのどか過ぎる——そうしたローカル線へ特急列車が走り込むこと自体が、むしろ、まちがいなのではないか。

一時間でも早く目的地に着きたいという旅行者の心理を棚上げして、わたしは特急列車そのものに批判的になった。

「……一人でということはない筈だ。仲間の見張りが居る筈だ。そいつが、どうしてたんだろう」

背後の声は続いている。

「責任は、監督のところへ行くなア」

死者への責任ではなく、事故そのことへの責任というニュアンスであった。

わたしは、索然とした思いで、そうした声を聞いていた。

列車は走り続けている。

前の方から車掌が入って来た。列車給仕たちと合流する。

そして、聞えて来た車掌の最初の声が、

「何分、停ってたかな」

何かに書き込む気配である。

「四分？　そうだな、四分間にしておくか」

五

次の小駅で、停ったか停らぬか、わからぬほどの臨時停車をし、その後、列車はまた走り続け、わたしの降りるべき駅へは、定刻より十四分遅れて着いた。軽四輪のために十分、死者のために四分、という計算になる。

走り去る特急から、わたしは眼を外らせた。茄子《なす》紺色《こんいろ》に輝くスマートな列車ではなく、血に塗《まみ》れた兇悪《きょうあく》な面相の怪物を見る気がして、わたしは眼を外《そ》らせた。

嫌悪《けんお》だけがあった。あの列車は、いちばん大切なことを落して走って行く。たった四分間。そして、そのことだけを考える人々。わたしたちとは別の人間、別世界の生物によって運行されている――。

わたしは、その駅から私鉄のS鉄道に乗り継ぎ、ほぼ一時間余で目的のS市に着いた。

九州もはずれのローカル線なのに、S鉄道のジーゼル・カーはよく走った。わたしはスピードに過敏になっていたのだろうか、ときに特急列車以上の速度を感じた。

（これ以上、走らないでくれ）

皮肉なことに、わたしの取材するのは、そのS鉄道のスピード・アップをやり遂げたKという人物についてであった。

信じ難いことだが、S鉄道はその区間を二十年前には平均五時間かかって走ったという。ひどいときには、夕方出た汽車が翌朝になって着くということもあった。

蒸気が漏れ、シリンダーには鉄の鉢巻が掛けてあるような機関車。坂を上り切らず、一駅戻って、えいこらしょと勢いをつけて突っかかったり、客に坂の上まで歩いてもらっておいてから駈《か》け上ったり、あるいは後押ししてもらって登ったりした。

「出た筈《はず》の汽車が、また戻って来ちょるじゃありませんか」

そんなことも珍しくなかった。

「小便ばすっけん、待っちょきなんせ」

と客に頼まれれば、機関士は発車を見合わせてくれた。土地の空気と渾然《こんぜん》一体になったのんびり鉄道であった。

若くして経営者になったK氏は、その枠を一つ一つぶちこわして行った。

新型機関車の購入。路線の改修、器材の整備、ダイヤの確立、乗務員の養成……。

大車輪の活躍であった。とりわけ、全路線の軌条を二カ月で全部取り替えるという離れ技を演じたときには、不眠不休の突貫工事が続き、覚醒剤《かくせいざい》注射の濫用《らんよう》と過労から、

K氏は失明してしまった。スピード・アップのために、両眼を捧《ささ》げたのだ。

そして、いまは急行なら五十五分――。

感動してよい事業歴であった。だが、わたしの心は、はずまなかった。

K氏は、第一線を退いている。わたしが興味を持ったのは、氏の現在の生活である。

K氏の趣味は、考古学である。白い杖《つえ》をつきながら、古墳を訪ね廻る。指先で土器の破片をさぐり、足踏みして地形をたしかめる。

時代の先へ先へと走り続けた人が、手さぐりで太古に引き返している。その奇妙な対照が、おもしろかった。

夕方になって、雨になった。

軒端《のきば》や松の梢《こずえ》を入念にたたいて廻るような雨であった。夜も海も黒く、雨の音まで黒く聞えた。

その日の夕刊を、わたしは注意して読んだが、轢死《れきし》の記事は出ていなかった。

わたしは、夢を見たのだろうか。あの宙に突き立つジーパンの足は、ほんとうに人形だったのか。

僻地《へきち》の出来事なので締切りに間に合わなかったとも思えるし、わずかの距離だが県が違うようなので、その地方紙の圏外ということも考えられる。

それにしても、あれからどれだけ後に、警官なり駅員なりが現場に行き着いたのであろうか。死体は担架にのせられたか、形ばかりでも診断を受けたか。それとも、ひょっとして、まだ側溝にころがされたまま、雨に打たれているのではないか。何日も経《た》ち、何カ月も何年もそのままにされ、風化するに任されているのではないか。

そうしたことがあっても、おかしくないほど、列車の人々は無関心であった。

六

わたしは、数日、その地の宿に滞在した。

指折りの観光地、そして新婚旅行ルートなので、宿の女中さんたちは、いろいろ変った新婚組に出会っていた。

夜、廊下で泣いている花嫁があった。訊《たず》ねてみると、

「あんなお酒のみとは知らなかった。帰ったら、すぐ離婚します」

新郎が何本か銚子《ちょうし》を重ね、のむことだけに熱心で、少しも話相手になってくれぬという。

「きっと離婚します」

声をふるわせる花嫁に、女中さんは慰める言葉もなかった。

「このごろの人は、どうなってるんでしょうね」

と、女中さん。新婦もせっかちだが、新郎も新郎だという口ぶりであった。

新婚組の旅程は、あわただしい。

宿に入るのが七時過ぎ、そして翌朝、八時前後には発《た》って行く。ハイウェイが開通してから、新婚クーポンはきまってそのスケジュールである。

九州の東海岸にあるV温泉で一泊、横断道路をバスで突っ走り、さらにフェリー・ボートに乗継いで、一日の中に九州を横断して西岸にあるS市まで来てしまう。または、その逆の行程である。

東行するにせよ、西行にせよ、S市は一日の走行距離の極限にある。うっかり朝寝はできない仕組みになっている。

ハイウェイの開通は、旅行を便利にした。そして、便利になることは、あわただしく忙しくなるということでもあった。その結果、新婚旅行のために交通があるのではなく、交通の便宜のために新婚旅行があるような恰好《かっこう》になった。

そして、感心するのは、ほとんどの新婚組が申し合わせたように、その旅程を進んで受け入れて、やって来るということである。あわただし過ぎる旅程を。

別の新婚客。

朝、「お勘定を」と呼ばれ、代金を預って帳場へ走った。出発時間は迫っている。領収書を持ち急いで部屋に戻った。戸を開けると、二人が……。

「あんな短い時間まで……」

と、女中さんは嘆息をつく。

愛情の昂《たか》ぶりについては当事者以外にわからぬことだが、わたしは新婚組のために考える。強行日程である。そんな機会までこまめに利用しなければ、抱擁するための時間も十分でないのかも知れぬと。

そこまで来て、わたしはいつかの寝台車の男女のことを思い直した。

飛び交うような旅程、二人きりで過ごす時間は少い。寝台車だからといって、永い一夜を別れて寝ていては引き合わない。追いつめられ、落穂でも拾うような気持が、あの夜の息づかいとなったのではないか。二人はたのしむよりも、追われている。たのしみを追うべく、追われている。あの男の表情は、厚顔より遠かった。

もっとも、そうした旅程を受け容《い》れることがおかしいともいえる。二人の都合で動いて、お仕着せ旅行を返上すればよい。

だが、その場合、問題がないわけではない。

S市からは、翌朝、山頂にあるW温泉に上り、さらにN市へ抜けるのが、西へ行く観光ルートである。シーズンには、この西行の新婚組だけで、バス停留所は埋まってしまう。

バスを待つ長い行列。クーポンを用意しなかったある新郎は、花嫁をまずその行列の中に並ばせ、自分は窓口へ切符を買いに走った。

バスが来た。花嫁は夫が続いて乗るものと思い乗り込んだ。だが、次々と乗る新婚客でたちまちバスは満員になり、発車してしまった。

終点のW温泉に着いたが、夫は居ない。花嫁はあわてて下りのバスでS市に引返した。入れ違いに新郎はW温泉に上っていた。

新郎が下りる。花嫁が上る。そのすれ違いをくり返した。花嫁は金も持たず、またN市の宿の名も憶《おぼ》えていなかったため、遂《つい》にその夜はバス会社の従業員寮に泊り、翌日になって警察の骨折りで、ようやく夫と再会した。

「『あれがその人よ』って、車掌さんに教えられたけど、顔を真赤に泣きはらして……。見ておれなかったわ」

便利さをすてれば、極端な場合、そんなことにもなる。

新婚組も、はじめから便利に済まそうとか、易《やす》きにつこうと考えているわけではあ

るまい。ただ便利さがあるのに、その便利さに背を向ければ、どんなことになるか

――便利さに馴《な》れ親しんで生きてきただけに、その辺のところで本能的に不安を感じてしまうのであろう。半ばは正しく、半ばは行き過ぎの不安を。

七

（酒でものまなけりゃ、仕様がないじゃないか）

便利さに疲れた男は、新婚旅行まで便利さに追われて反撥《はんぱつ》する。夜の廊下に花嫁を立たせたという新郎のことである。

新妻への先制という意味もあっただろうが、もっと大きなものに男は腹を立てていたのではないか。

腹を立てながらも、そのメカニズムに巻かれて行かねばならぬ明日を思って、よけい屈辱を感じたのか。それとも、そうしたものに早晩、不適合になって行く自分を予感して、酒に退路と活路を求めたのか。

男にとってその酒の意味を、花嫁に説明することは難しかったであろう。説明して女に理解できることではない。いっそう男の絶望を深めるだけだ。花嫁にとって、男はますます変人に思われるかも知れない。別世界の人に見られるかも知れない。

別世界——。

わたしは、特急列車の車掌たちを、別世界の人と感じた。

だが、どうやら世の大勢にとっては、別世界は逆の側にあるらしい。列車の人々こそ、尋常な社会の市民、それも堂々たる先駆的市民であって、感傷にふけり酒のみの男とともに在ろうとするわたしの方が、別世界の住人であるのかも知れない。

こちらの側の別世界には、寝台車に絡《から》んで、もう一人の男の思い出がある。

やはり夜行でW温泉に行ったときのことである。一等寝台は、ほとんどが新婚客であった。その中の一組の男の方が、着いた日の夜半、断崖《だんがい》から落ちて変死した。これは大きく新聞に出た。

新妻の申し立てによれば、男はその夜十二時過ぎまでのみ、泥酔の勢いで散歩に出た。新妻は誘われたが、同行を断ったという。

男は一人で出かけて行き、街とも宿とも遠い断崖の道から転落して死んでいた。

夜の散歩によい季節ではなかった。それに、新婚の夜にふさわしい振舞でもない。

男が何故《なぜ》それほどまでにのんだのか。生来の酒豪であったかも知れぬし、とるにも足りぬ原因があったのかも知れぬ。

それでも、わたしは何かその夜の男の振舞に壮烈なものを感ぜずには居られない。

あの男も、別世界の人間であった。そして、事実、別世界へ旅立って行った。この世の別世界の住人は少くなる一方であろう。

八

便利さの果てに、何が在るのか。

K氏は、S鉄道のスピード・アップに半生を賭《か》けた。急行バスを走らせ、フェリー・ボートに結んだ。S市発展の恩人である。

だが、スピード・アップは、それだけにとどまらなかった。近く海をまたいで、橋がかかる。

すると、一日の走行距離がさらにのびて、西行組はいままでS市泊りであったものが、さらに西のW温泉まで行き着ける。東行の起点としても、平凡な港町のS市よりも、山頂の温泉町の方が有利になる。

スピード・アップによって浮び上ったS市だが、その同じスピード・アップによって奈落《ならく》に落される。東西のバスが乗り入れ、S鉄道の経営基盤も荒されるであろう。これ以上のスピード・アップは御免——と、悲鳴を上げたいところだが、スピード・アップとは、本来とどまるものではない。

K氏は、詩も書く多感な人である。その辺のことは見透《みとお》しであったであろう。だから、鉄道の近代化から考古学へというのは、奇妙な対照ではなく、K氏としては当然の移行であり、そうすることによって氏は内面の平衡を回復しようとしたのであろう。氏の心の中には、自らの手で放逐したあのオンボロ機関車が、再び蒸気をこぼしながら動き出しているのかも知れぬ。何度も坂へ突っかかって行く汽車を慕って、雲霞《うんか》のように乗客が群れているかも知れぬ。

自動車道路のスピード・アップは、今後もいっそう鉄道のスピード・アップに拍車をかけるであろう。

特急列車は、もっともっと早く走らねばならなくなる。車掌は、臨時停車の時間にいっそう神経をとがらせるであろう。利用する人も、走らせる人も、誰も、それを、それほど望まなくても、勢いはそうなってしまう。この世の隅々までがその論理で埋め尽くされ、逃げ場はない。

九

わたしは、夢を見る。

あの列車から乗客全部がぞろぞろ下りて、鉄路も断崖《だんがい》も埋め尽くす。野の花を積み重ね、死者に手向けて号泣する。

老人も泣き、二人の母親も坊やも、乗り合わせていた老若男女が、声を合わせて泣く。人生にはそのことだけしかないように、泣いて、泣いて、死者を悼《いた》む。機関士は、「もう、運転はいやだ」と、だだをこね、二度とタラップに足をかけない。

特急列車はいつになっても次の駅へ着かない。何百という乗客ごと、行方不明である。

やがて、ヘリコプターが空から、その集団を発見する。泣声はエンジンの音を越して、操縦士の耳に届く。

何ということなのか、集団発狂なのか。操縦士は耳を疑う。

報《しら》せを受けた新聞記者も、頭を抱える。何百人もが一度に狂うことはあり得ない。すると、それは正常なのか。ひょっとして、別世界がどこかから落ちて来たのではないか。それなら、おれもひとつ、そちらへ引越してみるか……。

（「中央公論」昭和四十一年四月号）

解説

高野昭

昭和五十八年九月九日、硫黄島《いおうじま》に、東京都の手によって、鎮魂と平和祈念の碑が建てられた。

除幕式に出席した山本健吉氏によると、この日、最初の青北風《あおぎた》が吹き、風とともに、秋が駆け足でやって来て、島の空と海は、急に青みをましたという。

鎮魂の碑のほかに、釈沼空《しゃくちょうくう》の歌碑も建てられた。安山岩の自然石に、草野心平氏の字で、次の一首が刻まれた碑である。

たたかひに果てにし人を かへせとぞ
我はよばむとす。大海にむきて

沼空の養子、折口春洋は、陸軍中尉《ちゅうい》として、この島で戦死している。春洋は沼空最愛の弟子で、師の学問と歌の道を継ぐはずの人であった。

硫黄島に米軍が上陸を開始したのは、昭和二十年の二月十九日である。

すでにサイパンは落ち、Ｂ29の基地が造られていた。しかし護衛戦闘機Ｐ51は航続距離が短く、日本本土を空襲するＢ29についてゆくことができない。米軍は、Ｐ51の飛行場として、より日本に近い硫黄島をねらった。

米軍の物量攻勢はすさまじく、島の最高地、摺鉢山《すりばちやま》は、砲撃と爆撃で、形が変わってしまったといわれる。

硫黄島は、当時も現在も東京都である。栗林陸軍中将を司令官とする日本軍守備隊は、帝都防衛の最後の砦《とりで》として、必死の防戦をつづけた。そして全国民が息をつめて、戦況を見守った。

といっても、増援部隊を送りこむ力は、もう日本にはなかった。毎夜、八時から九時まで放送される「硫黄島将兵を激励する夕」が、島と本土を結ぶ唯一《ゆいいつ》のきずなだった。

軍歌や行進曲、詩吟やわらべ唄《うた》が流され、その間に留守家族の子どもたちが、「お父さん、がんばってください」と作文を読んだ。司令官の栗林中将が騎兵科出身で、「愛馬進軍歌」を作らせた人であることが、余計、国民を切ない思いにさせた。

三月十七日、全国民の祈りも空《むな》しく、大本営発表は、硫黄島守備隊二万人の玉砕を報じた。米軍上陸から一か月の持久戦だった。

陥落後まもなく、硫黄島から出撃してくるP51は、B29とともに日本の空を荒らし回り、全国の都市が焼きつくされた。硫黄島を失ってから五か月で、日本は降伏した。

戦争が終わっても、硫黄島は、その戦略的価値のゆえに、長い間、日本に戻らなかった。現在も、島全部が日米共用の基地として使われ、民間人が住むことは許されていない。東京都でありながら、硫黄島は遠い島であり、鎮魂の碑の建立《こんりゅう》さえ、戦後三十八年のことだったのも、不思議ではなかった。

ただ、その間に、迢空の短歌をはじめ、いくつかの文学作品が、知られざる島の悲劇を伝えた。城山三郎氏の「硫黄島に死す」は、これら硫黄島戦記の頂点に立つ作品であり、同時に、島に果てた人々に手向けられた慰霊の花である。


昭和七年の夏、五十二年後と同じロサンゼルスで、オリンピックが開かれた。大会最終日、日本の西竹一選手は、馬術大障害飛越競技に優勝、メイン・スタジアムに日章旗を翻《ひるがえ》した。

西は陸軍騎兵中尉。西ばかりでなく、日本の馬術選手団は、すべて騎兵将校だった。

そのころの日本は、上海《シャンハイ》事変、満洲《まんしゅう》事変と武力による中国進出をつづけ、世界の孤児になりかかっていた。アメリカでも排日の嵐《あらし》が吹き荒れ、日系移民の多いロサンゼルスは、その中心地だった。

それだけに、ロサンゼルスの勝者、西は、一躍、国民的英雄になった。横浜に帰った彼を、歓迎の旗と提灯《ちょうちん》と人の波が埋めた。

それから十二年たった昭和十九年七月。西は、見る影もなく変わり果てた横浜港にいた。戦車連隊の連隊長として、部下とともに、北満から硫黄島へ転戦する途中であった。このとき西は、四十三歳の陸軍中佐だったが、すでに軍馬は無用の長物とされて、騎兵連隊はすべて戦車連隊に変わっていた。

「硫黄島に死す」は、ここから始まり、翌二十年三月二十二日、拳銃《けんじゅう》で自決するまでの西の目を通して、硫黄島の戦闘を克明に記録する。同時に、過去をフラッシュ・バックさせて、西の長くなかった生涯を生き生きと描き上げてゆく。

城山氏は、『落日燃ゆ』や『男子の本懐』などのように、個人の伝記に托《たく》して時代を語ることにたけているが、この短編でも、その手腕が存分に発揮されている。

かつて西が学んだ習志野騎兵学校には、《一、服　二、顔　三、馬術》という言葉があったという。服が財産、顔が出自を意味するなら、外務大臣まで勤めた外交官を父として、十一歳で男爵《だんしゃく》をつぎ、尉官の身でロールスロイスやパッカードを乗り回した西は、騎兵士官になるために生まれてきた男といってよかった。

しかし、時代は、西を花やかな騎兵士官として終わらせない。ロサンゼルスに次ぐベルリン・オリンピックは、ナチの手によって開かれ、そのナチス・ドイツと手を結んだ日本は、米英と戦争を始める。国家も軍隊も、もう西の馬術を必要としなくなっていた。

西は親米派といわれたが、それについては何も語らず、ただ最後まで頭を丸刈りにしなかった。陸軍の軍人としては、全く異形《いぎょう》、異例だったろう。最後の日、彼の内《うち》懐《ぶところ》には、ロサンゼルスでベルリンで、勝敗をともにした愛馬ウラヌスのたてがみ、手には愛用のむちがあったという。

西の悲劇は、日本の軍人でありながら、最も貴族的で、個人的で、そのうえ西欧的なスポーツ、馬術の名手だったことなのかもしれない。

「文藝春秋」三十八年十一月号に発表された「硫黄島に死す」は、たちまち大きな反響を呼び、翌年の二月には、文藝春秋読者賞を贈られている。読者たちの、ロサンゼルスの英雄に対する哀惜悲傷の念と、その思いを一編の鎮魂の書に結晶させた作者への拍手であった。

印象的な題名、巧みな構成と、簡潔で力強い文体。数多くの人々の体験から、埋もれていた事実を掘り起こす取材力。こうして「硫黄島に死す」は、城山氏の代表作の一つとなり、いまも広く読まれている。

つづく四編の戦争小説も、それぞれ見事に書き分けられ、短編作家としての城山氏の多才ぶりを示す作品である。

大陸の前線と南の島の銃後。少年戦車兵と空の少年兵。虚構と実話。舞台も登場人物も、主題もトーンも、さまざまに異なる四編で、特に目をひかれるのは、どの作品においても、作者が、少年の目で戦争を見ていることであろう。

「基地はるかなり」の白沢伍長《ごちょう》は、少年航空兵出身の特攻隊員だが、まだ十七歳にもなっていない。「草原の敵」の菊川兵長たちも、十六、七歳の少年戦車兵だ。「青春の記念の土地」の良吉は、中学生であり、「軍艦旗はためく丘に」の予科練は、軍服に着がえた中学生に過ぎない。

自筆年譜によると、城山氏は、昭和二十年三月、名古屋の生家を空襲で焼かれ、四月、愛知県立工専に入学、徴兵猶予《ゆうよ》となったが、猶予を返上して、五月には海軍特別幹部練習生に志願入隊、広島の近くで原爆の雲を見て、終戦を迎えている。十七歳の年のことである。

とすれば、折角、上級学校に進みながら、みずから徴兵猶予の特典を返上、海軍に志願入隊した氏には、「草原の敵」の菊川兵長と同じ、東洋平和への熱い思いがあったにちがいない。

また、「青春の記念の土地」の良吉は、現代の戦争には、前線も銃後もないことを、骨身にしみて知らされるが、そこには生家を空襲で焼かれ、さらにヒロシマを見た氏の体験が生きているだろう。

さらに、「基地はるかなり」の、元特攻隊員の戦後の鬱屈《うっくつ》は、そのまま氏自身のものと思われるし、「軍艦旗はためく丘に」の予科練生の青春は、氏の海軍生活と、ほとんど二重写しになっている。

四編の戦争小説のなかの少年たちは、だれもが戦時中の城山氏の分身なのだ。そして氏は、これらの作品で、自分と運命を共有した少年たちに代わって、悲しみ、嘆き、怒り、訴えているのである。

「着陸復航せよ」は、戦争小説ではなく、草創期の航空自衛隊に材を取った航空小説である。

サン・テクジュペリが好きだという城山氏は、日本には数少ない航空小説の書き手として、「プロペラ機、着陸待て」や「忘れ得ぬ翼」などの名作を残している。ここでも自衛隊パイロットの訓練ぶりが、臨場感ゆたかに書きこまれており、私は自衛隊機の事故があるたびに、いつも、この作品を思い返す。

最後の「断崖《だんがい》」は、城山氏には珍しい私小説風、あるいは随想風の小品で、ほかの作品とは少し肌合いがちがう。「盲人重役」取材旅行の副産物らしいが、作品のなかでは、直接、自己を語ることをほとんどしない氏が、気軽く、時代を論じ、社会を語り、風俗を批判している。

戦争小説とは関係がないように見えるが、あれだけの戦争体験をへた氏が、二十年後、作家となって、日本の戦後を、どう見ているか、作者の素顔を知るために貴重な作品といえよう。

（昭和五十九年六月、元読売新聞記者）

「硫黄島に死す」「基地はるかなり」「草原の敵」「青春の記念の土地」は光文社刊『硫黄島に死す』(昭和四十三年十一月)に、「軍艦旗はためく丘に」は角川文庫『大義の末』(昭和五十年八月)に収められた。「着陸復航せよ」「断崖」は新潮社刊『城山三郎全集第十四巻』(昭和五十六年三月)に初めて収められた。

表記について

新潮文庫の文字表記については、原文を尊重するという見地に立ち、次のように方針を定めました。

一、旧仮名づかいで書かれた口語文の作品は、新仮名づかいに改める。
二、文語文の作品は旧仮名づかいのままとする。
三、旧字体で書かれているものは、原則として新字体に改める。
四、難読と思われる語には振仮名をつける。

なお本作品集中、今日の観点からみると差別的ととられかねない表現が散見しますが、作品自体のもつ文学性ならびに芸術性、また著者がすでに故人であるという事情に鑑み、原文どおりとしました。

（新潮文庫編集部）

城山三郎著

総会屋錦城

直木賞受賞

直木賞受賞の表題作は、総会屋の老練なボス錦城の姿を描いて株主総会のからくりを明かす異色作。他に本格的な社会小説6編を収録。

城山三郎著

役員室午後三時

日本繊維業界の名門華王紡に君臨するワンマン社長が地位を追われた——企業に生きる人間の非情な闘いと経済のメカニズムを描く。

城山三郎著

雄気堂々

（上・下）

一農夫の出身でありながら、近代日本最大の経済人となった渋沢栄一のダイナミックな人間形成のドラマを、維新の激動の中に描く。

城山三郎著

毎日が日曜日

日本経済の牽引車か、諸悪の根源か？　総合商社の巨大な組織とダイナミックな機能・日本的体質を、商社マンの人生を描いて追究。

城山三郎著

官僚たちの夏

国家の経済政策を決定する高級官僚たち——通産省を舞台に、政策や人事をめぐる政府・財界そして官僚内部のドラマを捉えた意欲作。

城山三郎著

男子の本懐

〈金解禁〉を遂行した浜口雄幸と井上準之助。性格も境遇も正反対の二人の男が、いかにして一つの政策に生命を賭したかを描く長編。

城山三郎著
静かに健やかに遠くまで
城山作品には、心に染みる会話や考えさせる文章が数多くある。多忙なビジネスマンにこそ読んでほしい、滋味あふれる言葉を集大成。

城山三郎著
部長の大晩年
部長になり会社員として一応の出世はした。だが、異端の俳人・永田耕衣の本当の人生は、定年から始まった。元気の出る人物評伝。

城山三郎著
無所属の時間で生きる
どこにも関係のない、どこにも属さない一人の人間として過ごす。そんな時間の大切さを厳しい批評眼と暖かい人生観で綴った随筆集。

城山三郎著
そうか、もう君はいないのか
作家が最後に書き遺していたもの——それは、亡き妻との夫婦の絆の物語だった。若き日の出会いからその別れまで、感涙の回想手記。

城山三郎著
少しだけ、無理をして生きる
著者が魅了され、小説の題材にもなった人々の生き様から浮かび上がる、真の人間の魅力、そしてリーダーとは。生前の貴重な講演録。

城山三郎著
よみがえる力は、どこに
「負けない人間」の姿を語り、人がよみがえる力を語る。困難な時代を生きてきた著者が語る「人生の真実」とは。感銘の講演録他。

吉村昭著

戦艦武蔵

菊池寛賞受賞

帝国海軍の夢と野望を賭けた不沈の巨艦「武蔵」――その極秘の建造から壮絶な終焉まで、壮大なドラマの全貌を描いた記録文学の力作。

吉村昭著

零式戦闘機

空の作戦に革命をもたらした〝ゼロ戦〟――その秘密裡の完成、輝かしい武勲、敗亡の運命を、空の男たちの奮闘と哀歓のうちに描く。

吉村昭著

陸奥爆沈

昭和十八年六月、戦艦「陸奥」は突然の大音響と共に、海底に沈んだ。堅牢な軍艦の内部にうごめく人間たちのドラマを掘り起す長編。

吉村昭著

海の史劇

《日本海海戦》の劇的な全貌。七カ月に及ぶ大回航の苦心と、迎え撃つ日本側の態度、海戦の詳細などを克明に描いた空前の記録文学。

吉村昭著

大本営が震えた日

開戦を指令した極秘命令書の敵中紛失、南下輸送船団の隠密作戦。太平洋戦争開戦前夜に大本営を震撼させた恐るべき事件の全容――。

吉村昭著

背中の勲章

太平洋上に張られた哨戒線で捕虜となり、アメリカ本土で転々と抑留生活を送った海の兵士の知られざる生。小説太平洋戦争裏面史。

硫黄島《いおうじま》に死《し》す

新潮文庫　し－7－16

昭和五十九年七月二十五日　発行
平成二十四年八月二十日　四十刷改版
令和五年十月十日　四十三刷

著者　城《しろ》山《やま》三《さぶ》郎《ろう》

発行者　佐藤隆信

発行所　株式会社 新潮社
郵便番号　一六二―八七一一
東京都新宿区矢来町七一
電話　編集部（〇三）三二六六―五四四〇
　　　読者係（〇三）三二六六―五一一一
https://www.shinchosha.co.jp

価格はカバーに表示してあります。

乱丁・落丁本は、ご面倒ですが小社読者係宛ご送付ください。送料小社負担にてお取替えいたします。

印刷・錦明印刷株式会社　製本・錦明印刷株式会社

ISBN978-4-10-113316-4 C0193